Beschädigte Bilder

Steirische Werkstatt
Literatur der Arbeitswelt

Beschädigte Bilder

Neue Stadt- und Landgeschichten

Herausgegeben von Friedrich G. Kürbisch

Europaverlag
Wien · München · Zürich

Umschlaggestaltung von Kurt Rendl
Umschlagbild von Jan Lauth
Medieninhaber Europa Verlag GesmbH Wien

Hersteller Elbemühl Graphische Industrie GesmbH Wien
Verlags- und Herstellungsort Wien
Printed in Austria
ISBN 3-203-50919-9

Inhalt

Helmut Konrad

Vorwort

Was ist eigentlich Heimat? Für die meisten meiner Generation, also jener Menschen, die in oder kurz nach der Herrschaft des Nationalsozialismus geboren wurden, riecht der Begriff nach Blut und Boden, weckt Berührungsängste, klingt nach verlogener Romantik, künstlicher Harmonie unter Aussparung gesellschaftlicher Konflikte. Heimatfilme, Heimatliteratur, Heimatmuseen, »Volks«-Musik und Heimatkunde an den Schulen waren und sind nicht angetan, uns zu anderen Urteilen kommen zu lassen.

Eine knappe Generation später hat sich die Bewertung verschoben. Junge Studenten in Graz aus den ersten Semestern, die überwiegend sich selbst als »fortschrittlich« im weitesten Sinn bezeichnen, assoziierten, im Rahmen einer Lehrveranstaltung spontan befragt, mit Heimat ausschließlich positive Inhalte. Heimat ist dort, wo man sich wohl fühlt, Freunde hat, die eigene Identität finden und den eigenen Stil leben kann. »Heimat« ist nicht »Provinz«, denn »Provinz« wird dort vermutet, wo kein Bus hinfährt, wo alle in die Kirche laufen, wo Konformität durch patriarchalischen Druck erzeugt wird. »Heimat« ist auch nicht »Nation«, denn »Nation« ist verordneter Patriotismus, der nur beim Fußball seine Gewolltheit verliert. Heimat ist somit heute ein Synonym für Kleingruppenidentität im räumlichen Kontext, abgeleitet vom Regionalismus der neuen Regionalbewegung Westeuropas, aber nicht an Ethos oder Sprache festgemacht. Heimat ist Lebenswelt.

Aber noch immer ist für viele Menschen Lebenswelt ein Gegenbegriff zur Arbeitswelt. Hier setzen neokonservative Strömungen an, die über den Heimatbegriff wieder scheinharmonische Kleinwelten vermitteln wollen, ohne die Gegensätze, die sich aus der Arbeitswelt ableiten. Volksgemeinschaft gegen Klasseninteressen, so hat das früher einmal geheißen, und im usurpierten Schafspelz namens Heimat nähert sich der alte Wolf. Hier heißt es wachsam sein. Das Bedürfnis, einen so stark emotionalen Begriff wie Heimat positiv zu besetzen, ist aber in jedem Fall ernst zu nehmen. Spätestens seit dem Beginn der ökonomischen Krise vor einem Jahrzehnt liegt für die Jugend in der Gigantonomie und Uniformierung der Gesellschaft, in der Weltherrschaft von Coca-Cola, in immer größeren und undurchschaubareren Konzernen und Bürokratien nicht mehr die Problemlösungskompetenz für die Fragen unserer Zeit. Im Protest gegen die Entwicklung in den ersten drei Nachkriegsjahrzehnten kam den Kleinraumidentitäten neue Bedeutung zu. »Small is beautiful« ist zwar eine dominant konservative Denkschablone, in manchen Punkten erfüllt sie jedoch Bedürfnisse, die gerade heute wieder legitim sind.

Für Literaten und Historiker, die von der Arbeiterbewegung kommen, stellen sich hier große Probleme. Wie kann man den legitimen Bedürfnissen Rechnung tragen, ohne die eigene Identität aufzugeben? Wie geht man, in der Tradition der Aufklärung stehend, mit Irrationalismen um?

Zweifellos wird man beachten müssen, daß die Arbeiterbewegung historisch schon zweimal eine entscheidende Schlacht verloren hat, weil sie Irrationalismen nicht ernst genug nahm und nur auf der Verstandesebene bekämpfte. Das war so, als die Welle des Chauvinismus 1914 alle Dämme brach, und dann 1933, als der Faschismus triumphierte. Auch die arbeitenden Menschen treffen ihre Entscheidungen aus rationalen Überlegungen *und* aus Gefühl, und keine Seite sollte vernachlässigt werden.

Ziel sollte es also beim neuen Heimatbegriff sein, einen gefühlsbetonten, aber dennoch möglichst wenig irrationalen Zugang zu ermöglichen; die Identität nicht in falscher Harmonie, sondern im Konflikt zu finden; Heimat als Ort deutlich zu machen, in dem Lebens- und Arbeitswelt verankert sind, Geborgenheit und Brüche sich zeigen; Heimat nicht gegen eine feindliche Welt zu stellen, sondern als Teil dieser Welt erklärbar und erfaßbar zu machen. Hier, in der Heimat, tragen die Gegensätze Namen, werden transparent, verstehbar.

Und in diesem konfliktorientierten Heimatbild treffen sich plötzlich Klasseninteressen und Geborgenheitssehnsüchte, sind letztere nicht mehr zu bekämpfende, verwerfliche, vorindustrielle Relikte bei Individuen, die im Klassenbildungsprozeß noch nicht sehr weit fortgeschritten sind, sondern sie sind Teil einer Gesamtexistenz, und in den Kampf um eine bessere Zukunft darf auch das Interesse an einer Kleingruppenidentität, die Sicherheit und Geborgenheit vermittelt, einfließen.

Daß *Friedrich G. Kürbisch* und die *Steirische Werkstatt/Literatur der Arbeitswelt* schon 1981 an junge Autoren mit dem Anliegen herantraten, Heimat als sozialen Erfahrungsbereich aufzuarbeiten, zeigt deutlich, wie früh diese Gruppe die neuen Fragestellungen erkannt hatte. Und die Arbeiten, die dominant doch autobiographische Züge tragen, dokumentieren, wie stark die Autoren das Spannungsfeld zwischen sozialen Konflikten und Geborgenheitssehnsüchten spüren und wieviele Startvorteile die Literatur hier vor der Wissenschaft hat. Es ist zu hoffen, daß dieser Band bald eine Fortsetzung finden kann.

Edith Thabet

Früher war alles anders

Der Kastanienbaum dehnt seine Astarme der dunkelgrau verkrusteten Gebäudehaut entgegen, schon berühren seine Blätter zwei Fensterscheiben des ersten Stockwerks, die kraftlos sind vom Staub und fast blind wie die Frau, die seit Jahrzehnten dahinter wohnt. Grün fließt auf schuppige Mauervorsprünge, Sonnenkringel spielen flackernd im Gesims. Darunter, im Schatten der Allee, drücken sich Rolläden gegen verlassene Portale, metallene Lider vor klaffenden Auslagenhöhlen, »Feinkost« auf der einen Seite, »Waren aller Art, en gros und en détail« auf der anderen, die Besitzer in Pension, verzogen.

Eisenlaub rankt sich vor Mattglasscheiben am Tor, ich presse meinen Körper gegen das massige Holz, es wehrt sich, zurückzuweichen, aber ich zwänge mich durch den schmalen Spalt und stehe am Eingang zu meiner Kind-Heimat, bestehend aus fünfunddreißig Küchen und fünfunddreißig Zimmern, nur wenige, die ich nicht von innen kenne. Ich steige die Stufen hoch und zähle die Insektenleichen in den Nischen der Stiegenfenster. Fünfzehn Fliegen, sieben Bienen, zwei Hummeln sind es bis zum dritten Stock. Die Mücken zähle ich nicht mit, die Dunkelziffer derer, die in Ritzen verborgen liegen, wäre zu hoch.

An den Türen Schilder mit Namen, die fast schon vergessen sind, fortgeschwemmte Erinnerungen, Strandgut in meinem Gehirn. Herein, sagt die Frau, und ich ziehe den Geruch von eingebranntem Sauerkraut in meine Nase und bewundere ihre zwei braunen Zähne, mehr hat sie nicht, und den weiten, gekräuselten Rock, den sie aus Böhmen mitgebracht hat so wie ihren Akzent, und seither trägt sie beide mit sich herum. Ich rutsche auf die Kohlenkiste, die so hoch ist, daß ich meine Beine baumeln lassen muß, und schaue auf die gegenüberliegende Wand, wo in schwungvollem Schriftzug »Trautes Heim, Glück allein« auf weißes

Leinen gestickt ist, mit blauen Blütengirlanden rundherum, aber die Farbe ist nicht kochecht, und so hängen verwaschene Schimmer wie Eiszapfen nach unten.

Hallo, ruft Ricki, und zupft an meinem Kleid, spielen wir doch. Was denn, frage ich vorsichtig, denn gestern erst spielten wir Friseur, und wir schnitten meiner Gehpuppe die Haare ab; was sollten wir sonst mit einer so riesigen Puppe anfangen, die zu unhandlich ist zum Spazierenführen, obwohl sie gerade dafür gedacht ist und diese Eigenschaft auch ausschlaggebend war, daß meine Eltern sie kauften. Denn früher gab es solche Puppen nicht, und sie war sehr teuer, und eigentlich hätte meine Mutter dringend ein neues Kleid gebraucht, aber sie verzichtete darauf, meinetwegen, denn ich sollte nicht zurückstehen vor den anderen Kindern, auch wenn mein Vater Arbeiter ist und kein Fahrschulbesitzer wie der von Ricki. Aber daß ich so undankbar sei und die schöne Puppe verunstalte, sodaß sie jetzt eine neue Perücke kaufen müsse, das hätte sie nicht von mir gedacht, nörgelte meine Mutter, und ich schämte mich, aber da fällt mir auch schon ein, was wir heute spielen könnten: i siech, i siech, was du net siechst, schlage ich vor, das ist harmlos, da kann nichts passieren, und Ricki ist einverstanden, gut, spielen wir ich seh', ich seh', was du nicht siehst, sagt sie betont hochdeutsch, und ich schäme mich schon wieder.

An Rickis Wohnungstür steht vor dem Familiennamen ein »von«, das früher mit Leukoplast verklebt war, weil so etwas jetzt abgeschafft ist, so erzählt mir mein Vater, nur ist das Pflaster schmutzig geworden und verrunzelt und schließlich abgefallen, und niemand hat sich die Mühe gemacht, ein neues darauf zu kleben, aber das ist auch nicht wichtig. Hauptsache, die Zeiten sind anders geworden, Hauptsache, es gibt keine Luftschutzsirenen mehr und keine Hausdurchsuchungen und keine Soldaten, obwohl die Russen, die in unserer Zone stationiert waren, sehr nett zu dem kleinen Buben aus dem zweiten Stock waren, sie haben ihm immer Schokolade gebracht und ihn auf dem Arm umhergetragen und ihn zum Lachen gebracht. Sei froh, daß du das nicht erlebt hast, daß du nicht weißt, wie Trockenmilch aussieht und Eipulver und wurmige Erbsen und wie kalt die Verschläge im Keller waren, vor Schweiß, in die wir hinuntergestürzt sind und wo wir uns zusammengedrängt haben beim Bombenalarm, im wilden Entschluß zu überleben.

Heute lagern dort Äpfel für den Winter und Kohle und Gläser mit Marmelade darin und die Rumpel und der »Wasche-mit-Luft«. Heute ist Waschtag, und mein Vater hilft meiner Mutter, die Körbe voll Wäsche hinunterzutragen, und heizt den Kessel an, damit das Wasser bald dampft, und die Frau aus dem zweiten Stock, die am anderen Waschtrog steht, schimpft, weil eine Lampe im Keller noch immer nicht repariert ist und sie sich im Finstern fürchtet, jetzt nicht, nur wenn sie allein hinuntergehen muß, aber sie ist überhaupt sehr ängstlich, sie hat es auch nicht leicht gehabt, ihr Mann ist aus dem Krieg nicht mehr heimgekommen und sie ist dagestanden mit dem Kind, ohne Arbeit, die hat sie erst später gefunden, in einer Schuhfabrik, im Akkord, kein Wunder, daß sie manchmal so schreit, daß man sie im ganzen Haus hören kann, sie ist mit den Nerven total herunter, besonders seit ihre Tochter den steifen Arm zurückbehalten hat von der Kinderlähmung, der kürzer geblieben ist als der andere und wegen dem sie, wenn sie älter ist, keinen Mann bekommen wird, nein, Wunder ist es keines, wenn sie sich ihre Sorgen aus dem Hals herausschreit, und ihre Tochter ist genau so nervös wie sie, sagt unsere Nachbarin immer, wie sie ihre Mutter anpfaucht, was heißt pfauchen — brüllen tut sie, armes Kind, und dazu auch noch hysterisch, warum sie den Plattenspieler immer so laut aufdreht, möcht' ich nur wissen, das ist doch nicht zum Aushalten, das Gejohle von diesem Breselmaier, oder wie der heißt.

Unsere Nachbarin heißt Muthsam, und ich sage immer »Tante Muthsam« zu ihr, weil sie mich kennt von meinem ersten Tag an und weil sie manchmal auf mich achtgegeben hat, als ich klein war, wenn meine Eltern ins Kino oder sonstwohin gehen wollten, was nicht oft vorkam, vielleicht zwei- oder dreimal im Jahr, aber auch sonst darf ich oft zu ihr in die Wohnung, sehr oft, worüber ich mich freue, denn ihr Schmalzbrot schmeckt besser als das bei uns, und ihre Stoffreste, in denen sie mich wühlen läßt, sind bunter als unsere, und wenn sie mich zum Kinderfaschingsball einlädt, bin ich schon

Wochen vorher aufgeregt, und meine Mutter überlegt, welches Kostüm sie für mich nähen soll, am besten gefällt mir das Margeritenkleid, ich mag Margeriten sehr, und den Leo mag ich auch, den Neffen von Tante Muthsam, der manchmal zu Besuch kommt, er zeigt mir, wie man Twist tanzt, tu so, als ob du eine Zigarette am Boden ausdämpfen wolltest, erklärt er mir, und wir lachen viel zusammen, aber sobald ich neben ihm auf Tante Muthsams Couch sitze, werde ich ernst und steif, ich war noch nie mit einem Mann allein, aber die Tür zur Küche ist nur angelehnt, und Tante Muthsam hört jedes Wort, sie spitzt die Ohren wie immer, sie hört auch durch die Wand, wenn ich am Klavier übe, und bei der nächsten Gelegenheit verkündet sie mir, wie viele Fehler ich gemacht habe, nur einmal hat sie nicht mitgezählt, da hatte ihren Bekannten der Schlag getroffen, im Bett neben ihr ist er gestorben, und sie haben ihn weggetragen, während ich in der Schule war, aber ich habe den Tod gespürt, der ihre Wohnung heimgesucht hatte, und es dauerte einige Wochen, bis ich wieder ohne Beklemmung an ihrer Tür vorbeigehen konnte, aber danach war alles wie früher.

Mit den Nachbarn auf der anderen Seite haben wir nicht so viel Kontakt. Herr Wesely ist Schuster, er macht aber nur Reparaturen in seinem kleinen Laden vis-à-vis, für die Hausparteien zu einem Freundschaftspreis, dafür bringen sie ihm weitere Kunden, davon kann er so schlecht und recht leben mit seiner Frau und seinen zwei Kindern, seine Frau muß natürlich mithelfen im Geschäft, es reicht sogar für seine Zeche im Wirtshaus an der Ecke, wo er jeden Abend verbringt, und wenn jemand nach zweiundzwanzig Uhr im Stiegenhaus grölt, dann wissen wir alle, der alte Wesely kommt nach Hause, und wir denken, wie arm seine Frau ist, und sie weiß, daß alle sich etwas denken und ihre Gedanken nicht lange bei sich behalten, und darum macht sie auch im Sommer nie die Tür auf wie alle anderen, um die kühle Luft vom Hoffenster hereinzulassen, sie huscht nur ab und zu zur Bassena, um in der Kanne Wasser zu holen, dabei wartet sie ab, bis sich niemand auf dem Gang aufhält, denn sie redet nicht gern und möchte nichts gefragt werden.

Wir müssen noch die Wäsche auf den Boden tragen, zum Trocknen, darum holt meine Mutter den wuchtigen Schlüssel, der länger ist als meine Hand, und wir marschieren mit dem Waschkorb ein Stockwerk höher, wo die Luft sich stickig und staubig in die Kehle preßt, wo man die Tauben so lustig gurren hört, die sich in den kleinen runden Fenstern unter dem Dach ihre Nester gebaut haben, und wo es die vielen Holzbalken gibt, die die Trockenböden horizontal voneinander abgrenzen und die man zum Abstellen der Schachtel mit der Wäscheleine und den aus Holz geschnitzten Kluppen benutzen kann, aber nicht zum Niedersetzen, dazu sind sie zu schmutzig, dafür aber zum Hinauf- und Hinunter- und Darüberspringen, was fällt dir denn ein, die Leute unterhalb bekommen ja Sprünge an der Decke, schreit Hilde, die Haushälterin vom Ehepaar Steiner, sie kommt vom Land und nimmt sich nie ein Blatt vor den Mund, nicht einmal bei ihrer Herrschaft, wenn ihr etwas nicht paßt, dann rührt sie sich gleich, sie ist überhaupt eine interessante Person, sie weiß immer eine Menge Neuigkeiten, ganz intime Sache, die sie eigentlich gar nicht ausplaudern soll, zum Beispiel, wie knausrig die Gnädige beim Einkaufsgeld ist, nicht einmal zwei Schilling Wechselgeld darf sie behalten, oder daß der Dackel schon wieder ein Loch in das Ledersofa gebissen hat, woran natürlich sie schuld ist und nicht das unerzogene Hundsvieh, und daß sie sowieso bald kündigen wird, wenn sie weiter so schikaniert wird, aber das nimmt niemand ernst, denn damit droht sie, seit sie bei den Steiners arbeitet, und sie ist dort immerhin schon sechs Jahre im Dienst, daher weiß sie auch über andere Hausbewohner genauestens Bescheid, vor allem über die Elvira, die mit den knallrot gefärbten Haaren, die im ersten Stock wohnt und die eine — na eben so eine gewisse, sagen wir halt, Dame ist, was sich bei der bis in der Früh abspielt, das geht auf keine Kuhhaut, aber Genaueres will sie nicht erzählen, wenn Minderjährige zuhören.

Geh Semmeln holen, trägt mir meine Mutter auf, und ich lasse mir das nicht zweimal sagen, denn es gibt nichts Herrlicheres als so ein knuspriges Gebäck zum Frühstück, da fängt der Tag gleich heiter an, allerdings muß ich aufpassen, daß ich bei den weiß-schwarz-rostrot gemusterten Fliesen am Gang nicht auf die Fugen trete, das bringt Unglück, rede ich mir ein, am besten, ich steige auf die vorgezeichneten Diagonalen — halt! ruft da der bärtige Alte, der genau unter uns wohnt, er kichert so unheimlich und versperrt mir den Weg, das geht ganz leicht, denn mit seinen ausgestreckten Armen und seinem Stock als Verlängerung reicht er genau von einer Wand zur anderen, ich fürchte mich vor dem alten Hexer, sei vorsichtig, wenn dich ein älterer Mann anspricht, höre ich meine Mutter sagen, und ich mache kehrt und haste die Stufen hinauf, so schnell ich kann, was ist denn los, fragt meine Mutter, als sie mich so atemlos verschreckt sieht und lacht mich aus, der tut dir bestimmt nichts, der hat nur Spaß gemacht.

Da gehe ich noch einmal die Stiegen hinunter, und diesmal habe ich keine Angst. Ich drehe mich um. Die dicht aneinandergedrängten Türen starren mich an, verwittertes Holz, hinter dem kein Licht brennt, durch das kein Wort schlüpft. So viele Namen, die meine Heimat waren, und jetzt sind es nur noch Seelen, und sie haben ihre Heimat in mir. Im Hausflur dröhnt das Echo meiner Schritte. Das Tor, mein zäher Gegner, leistet Widerstand. Ich breche ihn und bleibe doch gefangen.

Otto Hans Ressler

Schnee

Damals war ich sieben Jahre alt und krank. Tag für Tag, einen ganzen Winter lang, lud mich meine Mutter auf den Schlitten, wickelte mich in Decken ein und fuhr mit mir zur Uitz-Mühle hinunter, dann die Ingering entlang bis zur Landbrücke, und von dort, neben der Alten Bundesstraße, wieder nach Hause.

Ich war krank, aber es war kein unangenehmes Kranksein. Es bestand lediglich in einer beständigen Müdigkeit. Zweimal in der Woche kam der Doktor und mit ihm eine ebenso unangemessene wie verheimlichte Furcht vor Injektionen. Aber ich mußte nicht zur Schule gehen. Ich mußte gar nichts tun. Ich mußte nicht spielen, nicht reden. Sogar meine Schwester ging auf Zehenspitzen. Ich genoß meiner Mutter ängstliche Sorge, die sich ebenso warm um mich legte wie die Decken, die mich während der Schlittenfahrten vor der Kälte schützen sollten, und blieb doch gänzlich unberührt von ihrer Furcht.

Diese Schlittenfahrten haben sich all die Jahre sehr wach und nah in meiner Erinnerung bewahrt. Selten wurde ein Wort gesprochen: »Ist dir kalt?« »Soll ich umkehren?« »Brauchst du etwas?« und ich schüttelte bloß den Kopf.

Noch heute ist mir jenes Geräusch vertraut, das der Schnee an den Kufen erzeugte. Und noch heute gehe ich in Gedanken den Weg zur Uitz-Mühle, die Ingering entlang bis hinauf zur Landbrücke, sehe mit geschlossenen Augen die verschneiten Felder, die Schneehauben auf den Zäunen und Dächern, die schwarzen Löcher im Eis. Noch heute verfehlt die Erinnerung nicht ihren Trost auf mich, und ich gehe sparsam um damit, so, als würde sie weniger, riefe ich sie öfter wach, tröstete ich mich allzu oft an ihr.

Manchmal vermeine ich, einen Ton, eine Bewegung, einen Duft zum erstenmal wahrzunehmen, und stelle erst nach und nach fest, daß mich nicht vermeintlich

Neues berührte, sondern die Ähnlichkeit mit den Wintertagen, als ich krank und lauschend auf dem Schlitten lag.

Denn auch meine Tage sind längst laut geworden, und ich erschlage die Stille wie alle Leute. Ich fürchte die Zeit zwischen November und März, verkrieche mich mit schalen Gedanken: vielleicht, weil ich die schwarzen Bäume nicht mehr sehe, die ihre erfrorenen Arme ausstrecken; vielleicht weil ich die schwarzen Vögel in den Feldern nicht mehr finde, ihr Geschrei in der leeren Luft; vielleicht, weil ich die eisige, klare Luft nicht mehr atme, die nur selten ein wenig Rauch trug; vielleicht, weil ich die Stille nicht mehr finde, es sei denn, sie kriecht heimlich in meine Gedanken.

Wenn wir die letzten Häuser der Stadt hinter uns gelassen hatten, traurige, schmutziggraue Gebäude in grauem, schmutziggrauem Schnee, glaubte ich mich erst sicher vor den Fragen und Blicken. Ich konnte die Augen schließen. Der Schnee wurde weiß. Der Schnee am Weg, zusammengepreßt, mit Schlittenspuren darin, Fußabdrücken. Wenn es sehr kalt war, knirschten die Schritte meiner Mutter, und die Kufen schrien. Der Schnee auf den Feldern, weicher Schnee, unberührter Schnee. Die blasse Sonne, die sich an die Schatten schmiegte, heimlich mit den Kristallen spielend. Fern, behaglich, ruhten die weißen Berge. Die toten Auen und die vereiste Ingering. Die grauen, lautlosen Tage. Nur selten riß der Himmel auf, oder es schneite und die Stille wuchs noch.

Wenn wir von unseren Schlittenfahrten heimkehrten, stand an der Haustür meist ein Bub. Er war so alt wie ich und wohnte im selben Haus. Dennoch kannte ich ihn kaum. Ich wußte nur, daß ihn sein Vater schlug und daß ihn seine Mutter schlug. Er spielte nie, jedenfalls nicht mit uns, keines der Spiele, die wir anderen Kinder im Haus spielten. Er blieb abseits, beobachtete, blieb stumm. Er hatte blondes, seltsam steif, drahtartig wirkendes Haar, das ihm auf dem Kopf saß wie ein Helm. Die meisten von uns Kindern, auch die größeren, hatten, ohne es je zuzugeben, Angst vor ihm. Ich verstand nicht, was er eigentlich wollte, wenn er Tag für Tag auf unsere Heimkehr wartete, aber er wartete ganz offensichtlich. Dabei blickte er demonstrativ in eine andere Richtung, als bemerke er uns gar nicht, und doch wurde ich das Gefühl nicht los, ganz genau beobachtet zu werden.

Meine Mutter trug mich, noch in Decken gewickelt, an ihm vorbei ins Haus. Sie redete auf mich ein; auch sie spürte diese fast beklemmende Aufmerksamkeit.

Ich fahre nur noch selten nach Knittelfeld. Knittelfeld ist meine Heimat. Ich bin da geboren, aufgewachsen. Wenn ich sage, ich fahre nach Hause, meine ich Knittelfeld. Ich meine Knittelfeld, obwohl es schon seit Jahren nicht mehr mein Zuhause ist. Ich fahre nur noch selten heim.

Mein Zuhause wird weniger. Es wird weniger, nicht weil ich lange nicht da war. Es wird weniger, wenn ich durch die Straßen gehe und nach bekannten Gesichtern suche. Nach vertrauten Plätzen. Es wird weniger mit jedem Gespräch mit Freunden von früher, und wir wissen uns nichts mehr zu sagen. Die Fremdheit wächst. Ich suche herzliche Erinnerung und finde nur die bittere Erkenntnis, daß die Zeit weitergegangen ist ohne mich. Nichts ist mehr, wie es mir früher schien.

Ich steige aus dem Zug. Von Mal zu Mal finde ich den Bahnhof kleiner, düsterer, bedeutungsloser. Irgendwo, in einem der schmutzigen Winkel, muß noch ein Rest meiner Aufregung aus Kindertagen sein. Unsere Mütter drängten Eugen und mich in ein Abteil. Ferien in Italien. »Wenn ihr zusammen seid, wirst du nicht so viel Heimweh haben«, sagte meine Mutter. Heimweh. Fernweh. Noch heute bedeutet beides für mich das Schlagen der Räder auf den Schienen. Der Zug raste durch die Nacht, die als eine Wand flackernder Schatten am Fenster des Abteils vorübergezerrt wurde. Im schwarzen Wasser des Wörthersees spiegelten Lichter. Von Eugen wußte ich damals noch immer nicht mehr, als daß ihn seine Mutter schlug und daß ihn sein Vater schlug. Aber ich entdeckte seinen Schmerz, der so unbegreiflich meinem eigenen glich, und wir wurden Freunde, ohne ein Wort geredet zu haben.

Ohne nach links oder rechts zu blicken, durchquere ich die Bahnhofshalle. Es ist bereits dunkel. Die Bahnstraße ist fast menschenleer. Fünf Minuten vom Stadtzentrum kämpfen hier die Geschäfte bereits ums Überleben. Es ist feucht und kalt.

Wenn ich an Knittelfeld denke, stelle ich es mir unwillkürlich in den Wintermonaten vor. In der Abenddämmerung. Es ist die einzige Zeit, in der die Stadt noch diese seltsam graue, melancholische Stimmung trägt. Diese Stimmung wohnte früher ganz selbstverständlich in den Nischen der alten, grauen Häuser, blühte in den Lachen, verkroch sich hinter die Bretterbarrikaden, die uns Buben hindern sollten, auf dem Schutt und den Trümmern der zerbombten Häuser zu spielen.

Am Bahnhof hatte sogar ein Taxi gewartet. Aber in Knittelfeld gehe ich immer zu Fuß. Auf den Straßen und am Gehsteig liegt Schneematsch. Was braun und übelriechend unter der Brücke am Stadtbühel gurgelt, ist kein Wasser und kann also auch nicht mehr wie früher zu einem bizarren Eisgebilde gefrieren. Am Hauptplatz sind die Häuser verschiedenfarbig, die Auslagen hell. Aber die Nacht ist sentimental wie ich, und selbst die Weihnachtsbeleuchtung kann gegen die Traurigkeit nicht an. Die Pestsäule wird von starken Scheinwerfern angestrahlt. Ich erinnere mich noch der Zeit, als sie, inmitten der Krater und Ruinen, inmitten der von Bombensplittern narbenübersäten Häuser noch lange nach dem Krieg aufragte wie ein mahnender Finger; eine lachhafte Mahnung, der Stadt angemessen. Ich erinnere mich noch, als sie Männer auf Gerüsten vom Grau befreiten, mit Goldfarbe bepinselten und als lächerliche Karikatur ihrer selbst zurückließen.

Ich gehe an Häusern vorüber, die früher viel bedeuteten, viel; das Café, in dem ich manchen Nachmittag mit Eugen saß; wir diskutierten und hörten Piaf-Platten aus der Musikbox; den Toreingang, den ich einst zum Platz für mein erstes Rendezvous wählte; die Kirche, die ich nicht aus religiösen, sondern aus sentimentalen Gründen aufsuchte, weil das alte Gemäuer so empfindlich war, daß es sogar meine Gedanken widerhallte. Ich gehe vorüber und alles bleibt stumm; keine Musik, keine Stimmen. Dort drüben, wo jetzt ein neues Haus steht, kalt wie ein Schlachthof, war die Mauer, über die wir Buben klettern mußten, um in die Hinterhöfe zu gelangen. Gerümpel lag herum. Quer über den Hof war eine Wäscheleine gespannt. »Komm!« flüsterte Eugen und zog mich, geduckt, über den Hof zu einer Holztreppe, die auf eine langgestreckte Veranda führte. Ich erinnere mich, als wäre es gestern gewesen. Durch ein paar unbenützte, verwahrloste Räume gelangten wir wieder ins Freie. Hinter einem Schuttberg ging es geduckt weiter zur Hinterfront des ausgebombten Rathauses. Eugen lockerte eines der Bretter, mit denen der Eingang zugenagelt war. Über einen stockdunklen Gang gelangten wir in ein Zimmer, das zur Hälfte eingestürzt war. Die Sonne schien durch das Riesenloch in der Decke. »Bleib im Eck, ganz im Eck! Es darf uns niemand sehen, es ist verboten«, flüsterte Eugen.

»Geh doch nicht so weit vor«, warnte ich. Eugen kroch auf allen Vieren zum Rand vor, wo der Fußboden zu einem Abgrund aufgerissen war.

»Findest du wieder hinaus?« fragte er. Eine Zeitlang schwiegen wir. Ich hatte noch immer Angst. Es war still; hier, mitten in der Stadt, war es unerklärlich still. »Mein Vater«, begann Eugen, »mein Vater kann Liegestütze auf einer Hand machen.« »Ich habe keinen Vater mehr«, sagte ich. Und dann sagte Eugen: »Du hast dafür eine Mutter.« »Du doch auch«, antwortete ich. »Nein«, sagte er, und ich vergaß meine Furcht. »Nein. Das ist keine Mutter. Die hat mich nicht haben wollen.«

Ich verstand damals nicht, was er meinte. Ich verstehe es auch heute nur mit meinem Verstand. Ich wollte heim. Heim, das war damals heim zu meiner Mutter. »Ich hab's gehört«, flüsterte Eugen. »Ich hab's genau gehört.« Seine Augen waren voll Wut und Verzweiflung. Er packte mich am Hals und drängte mich zur Wand.

Ich gehe nicht nach Hause. Nicht gleich. Nach Hause würde ich durch die Parkstraße gehen, am Stadtpark vorbei, am Eislaufplatz vorüber. Nach Hause. Ich würde durch die Parkstraße gehen, obwohl die Kärntnerstraße viel mehr Erinnerungen für mich hat. Mein Schulweg führte durch die Kärntnerstraße. Ich fürchtete meinen Schulweg. In der Volksschule wurde ich meist gehänselt, begann zu weinen; im Gymnasium trug ich oft genug schwer an meinen Noten oder an anderen Niederlagen. Mein Schulweg, das hieß gestoßen, gehänselt, geohrfeigt, lächerlich gemacht werden; und nie war Eugen in der Nähe. Seine Anwesenheit genügte, daß man mich in Ruhe ließ. Aber ich gehe nicht heim. Nicht durch die Kärnterstraße, am meiner Schule vorüber, nicht durch die Parkstraße, die ich wählen würde, weil sie stiller ist, und, vielleicht, Reif auf den Zweigen der Alleebäume liegt.

Ich gehe nicht nach Hause zu meiner Mutter, ich muß ins Krankenhaus. Eugen liegt da. Sie haben ihm den Magen ausgepumpt, den er sich mit Mogadon, Valium, Temesta vollgepumpt hat. Seine Frau hat angerufen. Sie hat geweint am Telefon. Eugen hat nie geweint. Nicht, als sein Vater begraben wurde, nicht am Grab seines Großvaters, nicht, wenn er verprügelt wurde. Er hat nie darüber geredet. Er litt, er, der gern stundenlang diskutierte, hatte keine Worte dafür. Auch später, als er schon bei seinen Großeltern wohnte, litt er und schwieg er. Das war eines jener Geheimnisse, an denen er schwer trug. Seine Großeltern waren gar nicht seine Großeltern, sondern Leute, die im selben Haus wohnten und nicht länger zusehen wollten.

Eugen konnte Schmerzen ertragen. Das brachte ihm viel Bewunderung ein und machte den Außenseiter bald zum Rädelsführer. Er war stark, rücksichtslos in seiner Wut. Er schlug um sich, auch gegen das Mitleid. »Ich habe gedacht, er schläft«, klagte seine Frau. »Ich habe gedacht, er schläft, und ich war noch böse, daß er schlafen kann, wenn ich ihn brauche. Er hat so merkwürdig geatmet, als falle es ihm schwer, genug Luft zu bekommen, und gleichzeitig atmete er ganz flach, stieß die Luft von sich, als wollte er sie nicht. Ich habe zuerst gar nichts bemerkt.«

Eugens Zuhause sah nicht viel anders aus als die Wohnung meiner Mutter. Alles spielte sich in der Küche ab. Ein weißer Tisch. Weiße Sessel. Eine weiße Kredenz. Auf dem Boden Linoleum, ein Fleckerlteppich. Weiße Türen mit Milchglaseinsatz. Bei uns hing ein großes Bild meines Vaters an der Wand. Mein Vater war anwesend in den Gesprächen, in den Gedanken: »Was würde Vater dazu sagen . . .« »Wenn Vater noch lebte . . .« Eugens Vater lebte und war doch abwesend. Bis spät in die Nacht war er in seiner Stammkneipe. Aber er blieb stets für sich, gab nie den Säufern Anlaß, ihn in ihr verächtliches Lächeln miteinzubeziehen.

»Seine Frau«, hieß es, wenn er einmal nicht da war.

»Es liegt an seiner Frau.« Aber Eugens Vater war fast immer in der Kneipe, und er nährte den Klatsch nicht, behielt seine Würde. Eugen hätte zu sagen gewußt, an wem es lag.

Jeden Tag machte sein Vater Gymnastik. Dabei balancierte er auf einem Bein, das andere, kranke, das sie ihm in Rußland zusammengeschossen hatten, streckte er seitlich weg. Jedesmal, wenn sein Vater sich bei den Kniebeugen aufrichtete, zählte er laut. Eugens Mutter schrubbte den Boden. Sie hatte ein Tuch um einen alten Besen geschlungen. Wenn sie damit unter den Tisch fuhr, hob Eugen ganz automatisch die Füße an. Er konnte sich seine Mutter nicht anders vorstellen als beim Putzen.

»Kannst du mir sagen, warum du nicht in den Hof gehst?« fragte Eugens Vater. Seine Mutter legte Zeitungen am feuchten Boden auf. »Damit er wieder ganz verschmutzt heraufkommt«, schimpfte sie. Dabei blickte sie nicht auf, erwartete gar keine Antwort. »Daß ihr einem alles dagegen tut!«

Eugens Vater massierte das kranke Bein. »Ihr seid schwach«, sagte er, »und ihr steckt mich an mit eurer Schwäche. Ich bin gelähmt in diesen vier Wänden. Wie gelähmt. Sitz nicht so faul herum! Oder weißt du nichts anzufangen mit dir?« Eugen schwieg. Ich stand unschlüssig auf. »Du! Hörst du nicht! Ich rede mit dir!« »Ja«, sagte Eugen. Wir gingen.

Ich fragte mich, was Eugen falsch gemacht haben mochte. Es mußte schlimm sein, etwas falsch zu machen, und nicht zu wissen, was. Vielleicht war es schlimmer als die Prügel.

Eugen zog mich in den Keller hinunter. Er wußte eine Menge Plätze, wo er für sich bleiben konnte. »Kein Licht!«, flüsterte er. Die Tür ließ er einen schmalen Spalt geöffnet. Es wäre sonst völlig dunkel gewesen. Staub lag in der Luft. Es roch nach Kohle, süßlich nach Kartoffeln. »Still«, flüsterte er. Und dann hörten wir zu, wie sein Vater, auf den Stock gestützt, auf der Stiege ging und die Haustür hinter sich zuwarf. Wir schwiegen. Eugen fragte sich, was mit ihm nicht in Ordnung war. Er war gewiß, anders zu sein als andere Kinder. Es mußte ein schlimmer, verachtenswerter Unterschied sein, der seinen Vater so sprechen ließ. Irgendwann vertraute mir Eugen an, seine Mutter zu hassen, weil sie ihn schlug. Aber er bewunderte seinen Vater, obwohl er ihn schlug.

Das Krankenhaus verrät nur noch durch eine schwarze Tafel neben dem Eingang seine Gründerzeitherkunft. Alles ist neu, kalt, glatt. »Schalte das Licht aus«, bittet mich Eugen. Seine Gesichtshaut ist gelblich. Er gibt mir die linke Hand, weil in der rechten die Nadel einer Dauertropfinfusion steckt.

»Weißt du«, sagt er, »ich habe hier zum erstenmal wieder bemerkt, welche Jahreszeit wir haben. Ich habe dem Schnee zugeschaut, den Vögeln, den Bäumen. Zum erstenmal seit langer Zeit. Noch vor einer Woche hättest du mich nach dem Datum fragen können, aber ich hätte nicht gewußt, welche Jahreszeit das ist.« Neben dem Bett liegt ein Plastikgefäß mit einer Einteilung für seine Tabletten. Morgens. Mittags. Abends. Für die Nacht.

»Es tut nicht mehr weh«, sagt Eugen. »Es ist, als wäre der Schmerz zugedeckt unter einer dicken Watteschicht. Ich weiß zwar, daß noch alle Probleme da sind, aber . . . Es stimmt nicht, daß man mit dem Gefühl aufwacht, ein neues Leben geschenkt zu bekommen. Es tut mir nicht leid, daß ich lebe. Aber ich spüre nichts. Der Schmerz ist wie benommen. Die Angst ist fort. Aber es ist nicht Frieden.«

»Willst du darüber reden?« frage ich. Wie oft sind wir so gesessen, im Halbdunkel, rauchend, grübelnd. Ich bin müde, als hätte mich Eugens Erschöpfung angesteckt.

»Da ist nicht viel zu erzählen«, sagt er nach einer Weile. »Von dem Unfall, den ich hatte, weißt du. Ich war betrunken. Nicht sehr, aber der Führerschein wäre weg gewesen. Und damit meine Stellung. Also bin ich davongefahren. Und dann der Streit mit Ingrid. Komisch, ich habe gewußt, daß es nicht endgültig ist, als sie ihre Sachen gepackt und gesagt hat, sie kommt nie wieder. Aber für mich . . . Im Grunde habe ich nirgends und niemandem entsprochen, nichts gehalten von dem, was ich wollte. Ich war daneben, vor allem neben mir, und wenn man so viel lügt wie ich, wird die Wand, hinter der man sich verstecken kann, immer dünner. Ja, ich habe nicht entsprochen, aber am meisten bin ich mir selbst schuldig geblieben.«

»Wir scheitern — irgendwie — doch alle. Jeder. Du. Ich. Alle.«

»Vielleicht ist es gar nicht das. Aber wenn du immer das Gefühl hast, daß alles, was du kriegen kannst, erst einem anderen weggenommen wird, das . . .«

»Und deine Frau?«

»Meine Frau. Ich habe einen Halt gesucht. Sie hat einen Halt gesucht. Wenn zwei nicht einmal jeder für sich stehen können, sollten sie sich nicht aneinander festhalten. Was soll ich mit dem Begriff Glück anfangen, wenn ich da in mir drinnen immer leerer werde. Erlösung von Einsamkeit, hat der Pfarrer bei unserer Hochzeit gesagt. Weißt du, was auf einer der Packungen Schlaftabletten stand: Damit die Welt wieder licht wird. Aber das hat auch nicht funktioniert. Jeder Zauber braucht seine Zeit, und die hatte ich nicht.«

»Hast du Angst gehabt?« Ich hätte mich gefürchtet, denke ich, aber bei ihm ist das anders. Er ist religiös, katholisch, und was er ist, ist er kompromißlos.

»Gott ja, Angst. Früher hat es Leute gegeben, die mir das mehr oder weniger geraten haben, daß ich mich umbringen soll. Es war nicht einmal so, daß ich keinen Ausweg mehr gesehen habe. Irgendwie geht es immer weiter, und ich wußte sogar, wie. Und eben das wollte ich nicht mehr.«

»Und jetzt?«

»Jetzt. Jetzt ist es mir gleichgültig. Ich habe so viele Medikamente im Bauch, daß ich kaum denken und fühlen kann. Es tut nichts weh. Wie unter Watte, wie im Nebel.«

Ich bleibe noch lange bei ihm. Es ist gut, seine Stimme wieder zu hören. Mit jeder Abwesenheit hat sich Knittelfeld immer mehr reduziert auf ihn. Mit ihm konnte ich reden, nach Monaten ein Gespräch fortsetzen, als wäre es gestern gewesen. Es tat nichts, daß alles, was er sagte, ein wenig verworren war. Ich war seine Gedankensprünge gewöhnt.

Ich kannte seine Gedanken.

Eugen war immer stark. Wenn ich log, dann aus Angst. Wenn er log, glaubte ich lange Zeit, dann aus purer Verachtung. Es ist, als könnte ich nachvollziehen, was mit ihm geschah. Es ist, als wäre es mir geschehen. Der Mangel, den ich gefühlt, der mich ratlos gemacht, bekam einen Namen: Ich brauchte seine Auseinandersetzung, seinen Widerstand, seine Verzweiflung.

»Was machst du jetzt?« fragte er mich. Ich schaue auf die Uhr. »Ich gehe nach Hause«, antworte ich. »Nach Hause«, sagte er. »Du gehst nach Hause. Dafür habe ich dich beneidet. Das konntest du immer.« Der kürzeste Weg nach Hause führt durch die Freiheitsallee. Am Friedhof vorbei, wo mein Vater liegt, wo sein Vater liegt. Sein Vater, der ihn schlug. Später, irgendwann, schloß er so etwas wie einen Waffenstillstand mit Eugen. Und mit seiner Einsamkeit. Nicht früh genug und nicht zu spät. Nicht in Liebe oder Haß, sondern in erdrückender Stille. Vielleicht kann man an der Mauer in der Waschküche noch die Narbe von seinem Stock sehen, der Eugen treffen sollte. Eugen hat keine Narben davongetragen; wenigstens keine, die man sieht.

Ich gehe nicht nach Hause. Ich gehe nicht heim. Ich kann jetzt nicht. Ich kann nicht bei meiner Mutter sitzen und ihr von meinen Kindern erzählen und von meinen beruflichen Erfolgen. Ich gehe jetzt zur Landbrücke hinaus, neben der Alten Bundesstraße, quer über ein Feld ziehe ich eine frische Spur im nassen Schnee. Und dann gehe ich die Ingering entlang, hinunter bis zur Uitz-Mühle. Ja.

»Ich hätte auch fortgehen sollen«, hat Eugen gesagt. »Wie du. Hier holt mich immer alles ein. Es ist so eng, daß man erstickt.«

Ich, ich hätte hierbleiben sollen. Wie er. Hier sind meine Wurzeln, und meine Wurzeln verkümmern. Dort, wo ich jetzt lebe, ist alles weit, ja, und beziehungslos, und kalt.

Es ist eine helle Nacht. Der Schnee leuchtet. Die Berge sind schwarz und die Wolken weiß. Der Mond zieht eilig dahin auf seiner Reise.

Wenn ich zurückschaue, funkeln die Lichter der Stadt wie Tautropfen in der Sonne. Die Stille ist so nah, daß sie mich fast schon berührt. Ich stapfe durch den Schnee, eilig, als hätte ich dringend ein Ziel zu erreichen. Aber in Wahrheit laufe ich davon.

Vera Maria Heller

Wo gehöre ich hin?

Es war im Frühjahr 1926. Meine Mutter, Maria Repold, trug in einer Hand eine große Tasche, in welche sie meine Habseligkeiten gepackt hatte. An der anderen Hand hing ich und heulte. Die Füße taten mir weh, und ich war müde vom Bergaufgehen.

»Komm mein Liebes, wir sind bald da!«

Ich glaubte ihr nicht mehr und sagte: »Ich mag nicht. Gehen wir zurück.«

Endlich standen wir auf dem Berghang links der Drau; schräg drüben stand ein kleines Bauernhaus. Wir setzten uns am Wegrand ins Gras und rasteten. Meine Mutter liebkoste mich und drückte mich fest an sich. Sie lobte mich und konnte ihre Tränen nicht unterdrücken, als ob das ein Abschied für immer wäre. Was wußte ich schon? Sie war damals zwanzig Jahre alt. Ich liebte ihr schönes Gesicht, wischte ihr die Tränen fort und empfand Furcht vor etwas, was ich nicht verstand. Ich hatte keine Ahnung, daß ich drüben in dem fremden Hause zwölf Jahre meines Lebens verbringen werde müssen, daß meine Mutter mich dort vergessen wird. Und ich glaube, in diesem Augenblick hatte auch sie dies nicht gedacht.

Meine Mutter hatte sich mit mir auf den Weg gemacht, als man ihr das letzte Arbeitslosengeld auszahlte. Die wirtschaftliche Lage war schlecht. Bei den vielen Arbeitssuchenden war es für meine Mutter aussichtslos, eine Arbeit in Graz zu finden, sosehr sie sich auch darum bemühte. Wir wohnten bei meiner Großmutter, Veronika Repold, in einem Raum, der zwar lang, aber schmal war. Natürlich gab es stets Reibereien. Meinetwegen, wenn ich in der Nacht unruhig war und Großmutter nicht schlafen konnte. Sie arbeitete dreimal wöchentlich am Bau, und Malter mischen war keine leichte Arbeit. Sie war Handlangerin für den Maurer. Es gab Streit: ich war der Bankert, auf den man leicht hätte verzichten können! Aber meine Mutter, so die Großmutter, hatte ja kein Hirn im Schädel. Und wie sie dazu käme, in der Nacht sich die Schreierei anhören zu müssen. Dazu kam, daß meine Großmutter, sie war vierzig, mit einem 35jährigen Mann zusammenlebte, der wieder seine Augen auf meine Mutter gerichtet hatte. Daß hier auf dem kleinen Raum zu den täglichen Reibereien auch noch die Eifersucht zwischen Mutter und Tochter kam, war zwar eine große Dummheit, aber nicht wegzuschieben. Der Mann hieß Hubert und hatte mich gern. Er war arbeitslos und ausgesteuert (nach einer gewissen Zeit wurde vom Staat die Arbeitslosenunterstützung eingestellt, und das hieß ausgesteuert). Der Betroffene hatte kein Einkommen und wurde dann und wann von der öffentlichen Wohlfahrt unterstützt. Hubert lebte mit der Großmutter mit; und von meiner Mutter bekam er Zigarettengeld, weil er auf mich achtgab, als meine Mutter noch Arbeit hatte. Eines Tages kam es zu einem großen Krach. Die Auseinandersetzung ging so weit, daß sich meine Mutter mit mir zusammen das Leben nehmen wollte. Anlaß war die Geburtstagsfeier. Meine Mutter war bei Freunden eingeladen. Die jungen Leute hatten ein Grammophon geliehen, tanzten, tranken Tee und etwas Wein. Butterbrote waren beinahe ein Luxus, aber hier gab es auch sie. Die Zeit verging. Gegen Morgen ging meine Mutter nichts ahnend nach Hause. Auch Hubert war an diesem Abend unterwegs. Die Großmutter lauerte mit einer Portion Wut, die sie nachtsüber in sich gespeichert hatte, auf ihre Heimkehr. So kam es, als meine Mutter ins Zimmer trat, daß die Großmutter sich auf sie stürzte, ihr ins Gesicht schlug, sie bei den Haaren riß und beschimpfte. Hubert kam in diesem Augenblick dazu und nahm meine Mutter in Schutz. Das war der Großmutter zuviel, daß, so brüllte sie, das Pack zusammenhalte, und sie begann, die Habseligkeiten durch das Fenster auf die Straße zu werfen. Jeder schrie zu seiner Verteidigung. Ich brüllte aus Angst um meine Mutter, da sie wegen des Nasenblutens ein blutbeschmiertes Gesicht hatte. Meine Mutter riß mich an sich, wickelte mich in eine Decke ein und meinte; »Wir beide haben auf dieser Welt nichts mehr verloren!« Sie rannte mit mir aus dem Haus. Die Parteien, die sich durch den Krawall angesammelt hatten, schimpften wegen der närrischen Alten, wie sie sagten, aber auch wegen der Ruhestörung.

Im Volksgarten saßen wir eine Zeitlang. Ich verhielt mich ganz ruhig. Mutters Gesicht war verschwollen. In Abständen wiederholte sie die Worte: »Verzeih mir, bitte, verzeih mir, mein Kind!« Später gingen wir weiter. Irgendwer gab uns zu Mittag eine Suppe und redete meiner Mutter zu, nach Hause zu gehen und doch an mich zu denken. Aber sie schüttelte ablehnend den Kopf. Dann saßen wir am Ufer der Mur. Wir warfen Steine in das Wasser.

Plötzlich sagte sie: »Schau, mein Kleines, da, wo es ganz, ganz tief ist, ganz unten, dort ist das Tor ins Paradies. Du brauchst keine Angst zu haben. Deine Mama ist bei dir. Und die böse Großmutter sind wir los . . .«

Gefunden hatten sie uns in der Göstinger Au am Fuß der Kalvarienkirche. Jemand hatte uns beobachtet und die Polizei alarmiert. Minuten später — und für uns hätte sich das Tor des Paradieses geöffnet. Meine Mutter hielt mich in den Armen und stand bereits bis zum Knie im Wasser, als der Polizist zugriff.

Unter dieser großen seelischen Belastung hatte meine Mutter damals an meinen Vater geschrieben; er erfuhr zum ersten Mal von meiner Existenz. Er war Zollwachebeamter an der steirisch-jugoslawischen Grenze. Was mein Vater geantwortet hatte, hat niemand erfahren. Meine Mutter hatte das Schreiben vernichtet und tagelang geweint. Wenn ich heute an meine Mutter zurückdenke, sehe ich sie vor mir als eine ständig heulende Frau; bevor sie widersprochen hätte, hat sie sich zurückgezogen. So hatten ihre Brotgeber und später auch ihr Mann, den ich nicht ausstehen konnte, ein leichtes Spiel mit ihr. Sie war im Jahre 1906 geboren worden, im Jahr des Feuerpferdes: Das Feuerpferd erscheint alle sechzig Jahre, 1906, 1966. Diese Jahre sind äußerst ungünstig für alle in diesem Zeichen Geborenen und deren Familienangehörigen. In Asien sind die Jahre des Feuerpferdes so gefürchtet, daß die Geburt eines Kindes unter diesem Zeichen als ein großes Unglück angesehen wird. Das Feuerpferd bringt Not, Krankheit und Unfälle über die Seinen. Meine Mutter hatte kein Glück, und sie brachte auch niemandem Glück.

Als eine Wendung des Schicksals empfand sie den Tag, an dem sie der Greißler auf eine Annonce in der »Kleinen Zeitung« aufmerksam machte. Man suchte bei »Lokomotiva« am Hauptbahnhof in Marburg eine deutschsprechende Serviererin. Die Rettung! Nichts wie hin! Hoffentlich ist die Stelle noch nicht besetzt. Der gute Mann borgte uns seinen Koffer und das Reisegeld. Und wir fuhren, wie meine Mutter meinte, einer besseren Zukunft entgegen.

Jetzt aber saßen wir beide da am Wegrand im Gras, auf dem Berghang des linken Drauufers; und beiden war uns bang. Bange vor etwas, was wir noch nicht kannten, aber sehr, sehr bald erfahren würden. Die Chefin von »Lokomotiva« hatte meiner Mutter die Adresse einer Bäuerin und ein Schreiben für sie mitgegeben, da die einen nicht Deutsch konnten und meine Mutter nicht Slowenisch.

Die Begegnung mit der Bauernfamilie war freundlich, nur die Verständigung schwierig. Ich bestaunte die Leute mit offenem Mund; sie redeten mit mir und lächelten dabei. Und ich fragte: »Mama, warum sprechen diese Leute so komisch?« Meine Mutter begütigte mich: »Schätzchen, geh hinaus und schau dich ein bißchen um. Mama hat was zu besprechen.« Und ich ging hinaus. Die Anna von den Bauersleuten folgte mir und führte mich in den Stall, und ich jauchzte vor Freude, denn es wimmelte von jungen Hasen. Ich hockte mittendrin, hatte meine Händchen eingezogen, weil ich mich nicht traute, sie anzugreifen. Dann tat ich es doch, streichelte sie, schlug sie in meinem Freudeneifer. Anna schaute mir zu, sagte immer wieder etwas, was ich nicht verstand. Dann kam die Bäuerin. Sie unterhielten sich und schauten mir zu. Mir fiel meine Mutter ein: »Wo ist Mama?« Die Ablenkung war ihnen gelungen. Meine Mutter war gegangen. Ich rief sie, ich schrie und weinte, vergeblich, sie kam nicht. Man tröstete mich mit Worten, die ich nicht verstand. Anna wollte mich auf die Arme nehmen. Ich ließ mich in meiner Verzweiflung auf die Erde fallen und brüllte nach der Mama. Ich ließ mich nicht angreifen, noch weniger beruhigen. Mama muß kommen! Aber Mama kam nicht. Ich hockte auf dem Hof im Schmutz. Hände und Kleidchen waren verschmiert, und ich stank nach Hasenstall. Sie standen dabei zwischen Tür und Angel, schauten mir zu, redeten miteinander, die Bäuerin, der Bauer und die Tochter Anna; sie lachten und warteten zu, was ich noch alles machen würde. Ich sah mich voll von Dreck. Da ich Sauberkeit gewohnt war, behagte mir das gar nicht.

Es dauerte Wochen, bis sich mein kindliches Herz einigermaßen beruhigt hatte. Ich weinte nicht mehr, versuchte die Leute zu verstehen, und immer öfter begriffen wir einander. Meine täglichen Spielgefährten waren die Hasen. Zu Kühen und Schweinen traute ich mich noch nicht allein, nur wenn die Bäuerin dabei war. Eine junge Tigerkatze schleppte ich ständig mit mir herum und redete mit ihr; ich glaube, die Katze war das einzige Wesen, das mich verstanden hat. Einmal hatte ich im Garten allen Blumen die Köpfe abgerissen; die Bauersleuten waren darüber sehr verärgert, und ich mußte ohne Nachtmahl zu Bett. Das war meine erste Strafe.

Nach sechs langen Wochen kam meine Mutter. Meine Freude war groß, meine Augen leuchteten. Heute, dachte ich, heute geh ich mit ihr. Es fiel mir gar nicht auf, daß sie nicht viel sprach und müde aussah. Sie nahm mich, steckte mich in einen Bottich und wusch mich. Mit dem Waschen war es so eine Sache; es hatte niemand Zeit, sich um mich zu kümmern. Im Frühjahr war das Feld zu bestellen. Ob ich gewaschen war oder nicht, war doch kein Unglück. Während meiner Reinigung fragte ich immerfort: »Mama, nimmst' mich mit? Gell, du nimmst mich mit!« Und ich klatschte mit den Händchen, um meine Bitte zu unterstreichen: »Bitte Mama, bitte nimm mich mit!« Sie sagte nicht Nein und auch nicht Ja und wandte sich von mir ab. Ich lief hinter ihr her. Diesmal würde es ihr nicht gelingen, mich hier zu lassen. Ich blieb ihr auf der Ferse. Sie war traurig, ich glaube sogar, sie war sehr traurig. Ich bat, ohne aufzuhören: »Mama, nimm mich mit, bitte, bitte, nimm mich mit.« Es mußte ihr unter die Haut gegangen sein. Sie brach in ein krampfhaftes Weinen aus. Ich verstand nicht, warum meine Bitte so schlimm sein sollte. —

Nach einer Weile sagte ich wieder: »Mama, fahren wir nach Hause!«

Lange sagte sie nichts, dann aber mit erstickter

Stimme: »Deine Mama, mein Kleines — hat kein Zuhause.«

»Mama, fahren wir zu Onkel Hubert!«

»Das geht nicht, mein Kind, die Großmutter mag uns beide nicht.«

Da saßen wir nun eng beisammen. Meine Mutter versuchte mir zu erklären. Ich weiß noch, wie meine Hoffnung schrumpfte, und verstand, daß ich da bleiben mußte. Da rutschte ich von ihrem Schoß und ging weg. Die Abneigung, die ich verspürte, lag tiefer, als sie ahnen konnte. Ich versteckte mich. Ich wollte nicht nachschauen, schon gar nicht auf Wiedersehen sagen, ich war zutiefst beleidigt. Wieso und warum alles so kam, erfuhr ich Jahre später.

Mutter kam ein halbes Jahr danach noch einmal. Zur gleichen Zeit war auch Hans, der Sohn der Bauersleute, ein paar Tage auf Besuch. Das führte unerwartet zu einer großen Überraschung. Hans unterhielt sich gerne mit mir. Er sprach Deutsch, und ich war ihm seit seinem Kommen überallhin nachgelaufen. Manchmal geriet er in Zorn, strich aber sofort beruhigend über mein Haar und meinte: »Du kannst ja nichts dafür!« Durch mein Geplapper hatte er längst herausbekommen, wer ich war. Er hatte mit seiner Mutter gesprochen und bekam die Gewißheit, daß niemand im Haus die wahren Zusammenhänge kannte. »Das kann nur Gottes Wille sein«, meinte er. Anders könne er sich diesen Zufall nicht erklären. Wir saßen alle in der Stube bei der Jause. Da klopfte es an die Tür, und an der Schwelle stand meine Mutter. Die Gesichter hatten sich plötzlich verändert. Meine Mutter war der Ohnmacht nahe. Das hatte sie nicht erwartet. Da Hans den ledigen Namen der Bäuerin trug, konnte sie die Zusammenhänge nicht wissen. Anna hatte die Situation erfaßt, mich erwischt, und schon waren wir beide durch die Tür geschlüpft. Was sich im Zimmer ereignet hat, weiß ich nicht. Mir wurde nur der Ausgang bekannt: Hans war mein Vater, die Bauersleute, zu denen ich als Kostkind gekommen bin, waren meine Großeltern. Ich hatte plötzlich einen Vater und Großeltern, dafür aber die Mutter für immer verloren. Sie kam nicht mehr. Man hatte ihr einen Besuch zwar nicht gerade verboten, ihr es aber nahegelegt, nicht mehr zu kommen. Sie war eine Last los, vielleicht war sie sogar froh, zu wissen, daß ich nicht hungern und sie für mich nicht mehr bezahlen müsse. Im Laufe der Jahre hatte ich sie auch vergessen, nur der Name Repold erinnerte mich an sie. Wichtiger war mir, kein Außenseiter mehr in der Familie Dolinschek zu sein.

Ich ging in die slowenische Schule in Selnica, lernte mittelmäßig, war für meinen Lernerfolg selbst verantwortlich. Meine Aufgaben machte ich so nebenbei, da auf mich immer irgendeine Arbeit wartete, wenn ich von der Schule kam. Man lebe nicht vom Lernen, man lebe von der Arbeit, und ein fleißiger Mensch komme immer im Leben durch: war ihre Devise.

Das Jahr 1934 war ein Jahr voller Erschütterungen. König Alexander war in Marseille ermordet worden. Ich erinnere mich an den Tag, an dem die Lehrer zum Direktor gerufen wurden. Gleich nach der ersten Pause. Sie kamen mit ernster Miene und völlig verstört zurück. König Alexander sei tot: mit dieser Nachricht schickten sie uns alle bis auf weiteres nach Hause. Es war damals ein regnerischer Tag, und da hatten meine Großeltern die Arbeit unter dem Dach verrichtet: Futter schneiden für das Vieh. Ich kam gelaufen. Völlig außer Atem rief ich in die Tenne: »Der König ist tot, man hat ihn erschossen.« Da hätte sich der Großvater beinahe die Finger weggeschnitten, so sehr erschrak er. Alle sind sie blaß geworden, Großvater und Großmutter und Tante Anna. Sie alle hatten das Jahr 1914 in Erinnerung, als der österreichische Thronfolger erschossen worden war und bald darauf der Krieg ausbrach. Jeder von uns hatte nun seine Aufgabe erhalten, falls es wiederum bedrohlich würde, denn wir wohnten nur eine oder eine halbe Stunde Fußmarsch von der Grenze entfernt. Gottlob, es kam zu keinem Krieg.

Drei Monate später mußte ich mich registrieren lassen, da ich für die Jugoslawen eine Ausländerin war. Ich weiß nicht, nach welcher Methode die Registrierung vorgenommen werden sollte. Der Lehrer hat es mir nicht gesagt, bloß mir ein Schreiben nach Hause mitgegeben. Natürlich hatte es sich in der Klasse herumgesprochen, daß ich eine Deutsche sei, und schon war ich nicht mehr eine von ihnen. Sie hänselten mich und sangen das Liedchen gar zu gerne: »Černa zemlja naj pogrezne vsakega nemčurja.« Was soviel heißt wie: »Jeder Deutsche soll in der Erde versinken.« Nach einiger Zeit hörte dieses Verspotten wieder auf, aber die Kluft zwischen den slowenischen Kindern und mir war geblieben. Es war zwar noch keine Tragödie, doch fing ich an, darüber nachzudenken: Wo gehöre ich nun wirklich hin?

Da erinnerte ich mich nach langem wieder meiner Mutter. Warum hat sie mich so ganz vergessen? Warum? Sie hätte doch dann und wann zur Schule kommen und mich dort aufsuchen können! Ich hätte es niemandem gesagt. Aber nein, sie hat mich abgelegt wie ein altes Kleid, das man nicht mehr braucht. Und jetzt war ich hier, wo ich gar nicht hingehöre.

Alle regten sich zu Hause auf: nichts als Scherereien habe man mit mir. Ein ganzer Tag würde aufgehen, weil man mit mir zum Registrieren nach Marburg fahren müsse. Tante Anna fuhr mit mir. Sie nörgelte unentwegt. So könne das ja nicht bleiben mit mir. Niemand zahle einen Dinar für mich. Und alles nur, weil die Großmutter viel zu gut sei. Die Registrierung fand im österreichischen Konsulat statt. Sie lief gemeinsam ab: in einem Raum waren zwei jugoslawische Beamte, im zweiten Raum zwei österreichische. Dort ging alles reibungslos, aber bei den Österreichern fing das Dilemma an. Sie schüttelten ihre Häupter und meinten: »Wie ist das möglich? Österreicherin, und sie versteht kein Wort Deutsch!« Die Frage blieb unbeantwortet.

Seit diesem Tag wiederholte sich im Hause meiner Großeltern der Vorwurf am laufendem Band. Wenn du nicht parierst, werden wir dich abschieben nach Österreich! Sie wußten, davor hatte ich Angst. Abgeschoben zu werden irgendwohin, wo man wahrscheinlich zugrunde geht. Sie hatten mir dieses Abgeschobenwerden so düster ausgemalt, daß ich mich davor entsetzlich fürchtete.

Ich müßte meine Mutter suchen gehen, dachte ich oft in meiner Verzweiflung. Aber wo? Ich wußte doch nichts von ihr. An meinen Vater konnte ich mich schon gar nicht wenden: er war verheiratet, hatte drei Kinder und war weit weg.

Eines Tages sprach mich der Lehrer an. »Was ist mit dir? Bist du krank?« Er griff mir unters Kinn und hob meinen Kopf, um mir in die Augen schauen zu können. Ich hatte feuchte Augen. Er redete mir gut zu. Aber es war nicht leicht, aus mir etwas herauszubekommen. Schließlich wurde ich doch gesprächig. Am Ende versprach er mir, sich um die Adresse meiner Mutter, wenn sie noch in Marburg lebt, zu kümmern. Vierzehn Tage später hatte ich diese Adresse.

Anstatt in die Schule zu gehen, fuhr ich im September 1937 nach Marburg, die Mama besuchen. Ich hatte mir einige Dinar erspart, die ich für besondere Dienste bekommen habe. Das war nicht so einfach. Nur wenn ich besonders fleißig war, hatte man mir eine Belohnung gegeben. Ich war voller Neugier und Erwartung. Nach fast zwölf Jahren war ich in der Lage, meine Mutter zu besuchen. Ich weiß nicht, wie ich sie mir vorgestellt hatte? Diese junge hübsche Frau von damals? Wie in einem Nebel verschwand ihr Bild, ein Schleier fiel und ich sah nur noch ihre Konturen von einst. Es war zu viel Zeit vergangen.

Ich stand also vor meiner Mutter, aber ich erkannte sie nicht. Deshalb sagte ich: »Bitte, ich möchte Frau Maria Repold sprechen!« Und ich fügte hinzu: »Sie ist meine Mutter.« Da wurde sie blaß und hielt sich irgendwo an. Da ahnte ich, daß sie es ist — meine Mutter. Sie hatte mich wohl nicht erwartet und ebenfalls nicht erkannt.

»Bist du es, Mariane?« fragte sie zurück.

»Ja, ich bin Mariane.«

»Komm rein«, sagte sie und bot mir Platz auf einem hölzernen Koffer an.

»Setz dich!«, und weiter fragte sie: »Erkennst du mich nicht mehr? Ich bin deine Mutter!«

Ich mußte sie so entsetzt angeschaut haben, daß sie zu weinen begann. Das berührte mich nicht, denn ich war selber zu sehr betroffen von ihrem Aussehen. Sie war arbeitslos, wie seinerzeit in Graz. Damals war sie mit mir ins sogenannte bessere Ausland gegangen, wo man noch Arbeit bekommen hatte. Und heute? Heute wandern die Jugoslawen nach Frankreich aus, um Arbeit zu suchen. Sie stand noch ärmer da als je zuvor.

Als Ausländerin hatte sie in diesen schlechten Zeiten überhaupt keine Aussicht, einen Arbeitsplatz zu bekommen. Sie ging da und dort ein paar Stunden Bedienen, um sich über Wasser zu halten.

Ich hörte ihr stumm zu, als sie über ihr Leben in all den Jahren erzählte. Sie rauchte eine Zigarette nach der anderen. Sie war sehr nervös. Endlich war Stille eingetreten. Sie schaute zu Boden, als ob sie sich ihres eigenen Berichtes schämte. Sie drehte wieder eine Zigarette zwischen den Fingern.

Plötzlich fragte ich: »Warum hast du mich aus deinem Leben gestrichen? Warum? — Warum hast du mich vergessen?« Diese Frage hatte mich seit jenem Tage beschäftigt, als ich beim Registrieren gewesen war. Eine Antwort bekam ich nicht.

»Warum weinst du denn dauernd? Das macht doch nichts besser?« Meine Mutter war mir fremd. Ich empfand kein Gefühl. Sie tat mir in ihrem ganzen Elend nicht einmal leid. Viel, viel später hatte ich versucht, ihre Situation zu verstehen, aber die Kälte war geblieben zwischen Mutter und mir. Bis zu ihrem letzten Tag.

Mein Besuch bei meiner Mutter hatte keine Lösung gebracht. Ich fuhr zu meinen Großeltern noch am gleichen Tag zurück.

Das Jahr 1938 brachte eine große Veränderung. Ich war während der Frühsommermonate von der Schule befreit, da man mich zu Hause für die Feldarbeit brauchte. So ging es nicht nur mir, sondern auch vielen anderen Kindern.

Im Juni bekam ich ein Schreiben vom Deutschen Konsulat in Marburg, in dem ich aufgefordert wurde, mich binnen acht Tagen zu melden. Diesmal fuhr ich alleine nach Marburg. Ich suchte meine Mutter auf, und wir gingen gemeinsam ins Konsulat. Wir bekamen reichsdeutsche Pässe. Die Beamten wurden sehr freundlich, als wir uns sofort bereit erklärten, »Heim ins Reich« zu fahren. Man gab uns hierfür eine Frist bis Mitte Juli.

Ich weiß nicht wieso, aber auf einmal freute ich mich riesig auf die Fahrt in meine Heimat. Vor allem: jetzt konnten die im Großelternhaus mir mit ihren Drohungen nichts mehr antun. Ich fuhr nach Hause. Auf dem Berghang am linken Ufer der Drau, wo ich mit meiner Mutter zum erstenmal Rast gemacht hatte, und wo es mich später immer wieder hingezogen hat, verweilte ich auch dieses Mal. Ich sah ins Dorf hinunter, wo ich zur Schule ging, bestaunte gegenüber das Bacherngebirge und suchte mit dem Auge die mir bekannten, vereinzelt liegenden Bauernhöfe. Das alles werde ich leicht vergessen . . . Aber ich fragte mich, wie wohl die Welt hinter dem Horizont, jenseits des Bacherngebirges, aussehen mag? Nun, ich werde sie erleben, dachte ich mir. Ich fahre weg von hier, weg von hier: das hämmerte in meinem Gehirn. »Heim ins Reich!« hatten die Herrn im Konsulat gesagt. »Heim« — dieses Wort hatte mich fasziniert, und ich klammerte mich daran mit meiner ganzen Hoffnung.

Aber ich kam aus dem Regen in die Traufe. Ich verstand dort die Menschen nicht, ich mußte ihre Sprache erst erlernen. In das Gasthaus Perschon in Kapfenberg wurde ich sofort als »Mädchen für alles« vom Reichsarbeitsamt eingewiesen. Hinter meinem Rücken nannte man mich dort die »Windische«. Warum? fragte ich mich. Ich bin doch in Graz geboren. Ich gehöre doch hierher. Ich bin doch eine von euch . . .

Erich Zwirner

Dieses schöne Land

Mit dem Taschentuch wische ich mir den Schweiß aus Gesicht und Nacken. Drei Stunden vom Tal bis hier herauf. Eine erbärmliche Leistung! Früher, vor dreißig Jahren, habe ich diesen Weg in eindreiviertel Stunden gepackt, wie wir damals sagten. Du wirst eben alt, und die Scheißraucherei macht es auch nicht besser.

Einen wunderbaren Herbsttag hast du erwischt, um deinen Hausberg wieder einmal unter den Füßen zu spüren. Es ist ein harter Berg. Das spüre ich, als ich mich setze. Auskostend lasse ich meinen Blick über Berge und Täler gleiten. Rechts legt die tiefstehende Sonne ein durchsichtig leuchtendes Netz über die Vorberge, während die Höhen auf der linken Seite wie frisch gewaschen unter einer Glaskuppel den Horizont begrenzen. Die Täler gleichen einem Fleckerlteppich, aus dem die Farben Grün, Gelb, Rot hervorleuchten. Genau wie vor dreißig Jahren, als ich das erste Mal hier war. Das erinnert mich an meinen Freund Hans, und an Willi, die in diesen Bergen ihr Leben ließen. Auch schon eine Ewigkeit her, daß sie unter der Erde liegen.

Ein leises Singen und Rauschen erfüllt die Luft, die durch die Latschenkiefer am Fuße der Felsen streift und dann hochsteigt, als wollte auch sie der Enge der Täler entfliehen. Diese Stunde würdest du gerne wie ein Kupferstecher mit einem Griffel in deinem Inneren eingravieren, um sie nie mehr zu vergessen. Dies könnte dir Heimat sein. Wenn dich nicht eine Unrast weitertriebe. Du suchst noch immer den leisen Klang, der manchmal in dir erklingt und den du nicht fassen kannst. So schnell entschwindet er. Ein Kinderlied. Ein Mädchenlachen. Die Wellen eines Flusses. Ein Gedicht. In allem liegt ein Ahnen der vergessenen Melodie; und sie treibt dich weiter durch die Jahre deines Lebens. Wie ein Fixierbild, das mit den Erinnerungen daraus vollendet werden soll, liegt deine Zukunft vor dir. Gibt es eine Zukunft ohne Vergangenheit? Sonntagsessen mit Kraut, ohne Einbrenn, ohne Fett und einem einzigen Erdapfel sind ein Teil deiner Kindheitserinnerungen. Die Watschen vom Vater, als du dir den Erdapfel deiner Schwester vom Teller angeln wolltest. Sein Spruch dazu: »Wir sind arm, der einzige Stolz ist unsere Ehrlichkeit.«

Das erste Butterbrot mit sechs Jahren von einer Eisenbahnerfrau. Die Worte der Bürgermeisterin, bei der deine Schwester und du zum Mittagessen gehen durftet: »Heiklicher Arbeiterbankert! Hast eh' nichts zu fressen, aber der Sellerie in meiner Suppe ist dir zu schlecht.«

Eine eisige Winternacht, als Vater auf halbem Wege nach Hause sich in seinem Rausch in den Schnee setzte und einschlief. Dein Entsetzen. Dein weinendes Betteln und Rütteln: »Vater! Vater! Steh auf! Wir erfrieren!« Dein schluchzendes Lachen, als es dir gelang, ihn wieder auf die Beine zu bringen.

Das Wort Kommunist oder Sozialist, das gefürchtet war bei der ländlichen Bevölkerung und nur mit finsterer Miene ausgesprochen wurde.

In der Schule sangst du mit den anderen: »Dieses schöne Land, ist der Steirer Land. Ist mein liebes teures Heimatland.«

Aber Heimat für dich war die Hütte, in der wir wohnten. Im Winter der Frost an der Holzwand des Zimmers, wo du vom Bett aus mit der Zunge deinen Durst löschen konntest. Alte Roßdecken und Vaters alter Mantel als Zudeck.

Der Traum vom Christkind, das dir ein paar feste Schuhe bringt, um den ewigen Qualen eisiger Füße zu entgehen. Das stille Beten um Arbeit für Vater, um nicht hungern zu müssen.

Und dann kam Hitler. Überwiegend Jubel: Der Schein der Fackeln blitzte auf den Helmen, den Schulterriemen und den Stiefeln der schwarzuniformierten SS. Worte wie Blut, Ehre, Bereitschaft bellten wie Hundelaute durch die Nacht.

Die ersten Verhaftungen: Ein Kommunist wird von zwei Schupos durch den Ort getrieben. Ein Lehrer, Jude, verschwindet mit seiner Familie ohne Wiederkehr. Niemand weiß wohin. Böse Nachrede der Schuldienerin nach ihrem Verschwinden: »Waren bloß Schweine.

Sogar Quargelpapier haben sie hinter den Diwan geworfen.«

Zeichnungen in der SS-Zeitung »Der Stürmer«: Ein Tisch, darauf ein Dienstmädchen, auf dem Rücken liegend. Ihr Kopf hängt über den Tischrand. Ein Jude schlitzt ihr die Kehle auf. Seine Frau fängt das Blut in einer Schüssel auf. Begleittext: »Sabbat der Juden.« Plakat: »›Ich werde mein Österreich in einen blühenden Rosengarten verwandeln.‹ Adolf Hitler.« Und die Marschtritte werden immer lauter. Die Luft, die Bäume, die Häuser, die Mütter! Alles zitterte unter den Tritten der Marschkolonnen.

Vater im Waldviertel beim Flugzeugbau. Waldviertler Streichkäse ersetzte seine Abwesenheit.

Baldur von Schirach, der Reichsjugendführer, sprach in der Halle des Stahlwerkes der Schoeller & Bleckmannwerke. Auch du warst dabei. Mit einem Hemd, das Mutter braun färbte, und einer schwarzen Turnhose. Bloßfüßig, da du keine Halbschuhe und Stutzen hattest, marschiertest du die acht Kilometer auf einer Schotterstraße unter Fanfarenklängen und dem Lied »Mit uns zieht die neue Zeit« dem Rattenfänger entgegen. Die Kriegssense, bis zu diesem Zeitpunkt nur geschärft, holte zum ersten Schwung aus, und sechs Jahre wurde sie nie mehr aus der Hand gelegt.

Bilder in den Wochenschauen der Kinos: Zerstörte Ortschaften und Städte. Verbrannte Wagen, hingeschlachtete Menschen und Tiere. Ein polnisches Reiterregiment, bei seinem Angriff mit eingelegter Lanze von deutschen Schützenpanzern und Maschinengewehrgarben bis auf den letzten Mann und Gaul vernichtet. Dazu der Nachrichtensprecher: »Mit Mann und Roß und Wagen, hat sie der Herr geschlagen.« Menschen auf der Landstraße, ohne Heim und Zukunft. Frauen, Kinder, alte Männer. Lachende deutsche Soldaten, die Ärmel ihrer Feldblusen aufgerollt, den Helm im Genick, rußgeschwärzt: Sinnbild des Übermenschen.

Drei Jahre lang Bilder des Sieges. Norwegen, Holland, Belgien, Frankreich. Dann Jugoslawien, Griechenland, Afrika. Zuletzt Rußland. Du aber gingst weiter zur Schule, verschlangst gierig alle Berichte über den Krieg, verfolgtest bewundernd »die Heldentaten«

und träumtest, auch du wärest ein Held. Sahst dich hinter einem Maschinengewehr liegen, die »Untermenschen« in Rußland vernichten, im Panzer mit schweißüberströmtem Gesicht die Engländer in Afrika ins Meer treiben, im Jagdflugzeug die feindlichen Flieger abschießen. Nie sahst du dich mit einem Loch im Schädel oder mit herausquellenden Därmen aus dem zerfetzten Bauch. Nie als verbrannten Klumpen, halb aus dem zerschossenen Panzer fallend. Nie als unkenntliche Masse, einen halben Meter in die Erde gestaucht.

Dann andere Bilder: Winter in Rußland. Soldaten, durch die Kälte an Waffen geschweißt. Als wollten sie im Tode noch schießen. Stalingrad. Hitlerbefehl: Halten bis zum letzten Mann! Entsetzen und Schmerz krochen durch Städte, Gassen und erreichten jedes Dorf und Haus. Verbrechen in Vollkommenheit. Das Pendel der Gewalt schlug zurück: Und in einem verzweifelten Kampf um jeden Meter Boden wurde schließlich eine größenwahnsinnig gewordene Staatsmaschinerie von der Landkarte gefegt. Das »Tausendjährige Reich« wurde unter schwersten Blutopfern zerschmettert.

Und ich längst mittendrinnen: Schulende, Schlosserlehre, Wehrertüchtigungslager, mit sechzehneinhalb Jahren freiwillig zu den Gebirgsjägern eingerückt.

Vater schrieb mir nach Leibnitz, wo ich meine Grundausbildung erhielt, daß Tante Grete, die aus dem Siechenhaus nach Deutschland gebracht worden war, gestorben sei. Tante Grete war ein geistig beschränkter Mensch gewesen. Erst nach dem Krieg erfuhr ich, daß auch sie ein Opfer der Euthanasiemorde geworden war. In meiner Erinnerung lebte sie körperlos, nur aus großen, schwarzen Augen bestehend, weiter.

Jugoslawien: Die ersten Toten der Nachbarkompanie. Ihre Füße, die unter der Plane hinten aus dem Wagen hingen, schlenkerten bei jeder Unebenheit des Weges. Dann du selbst, im Kampf »Hurra« brüllend, um das Klappern deiner Zähne zu verhindern. Dein Kamerad, getroffen von Granatsplittern, neben dir kriechend, eine breite Blutspur hinterlassend, bevor er, mit Händen und Füßen zappelnd wie ein abgestochenes Schwein, starb. Der junge Gefreite, der, während er mit seinen Fingern seine Gedärme festzuhalten versuchte, abwechselnd nach seiner Mutter schrie oder uns und Hitler verfluchte. Dein Feldwebel, zerfetzt mit sechs anderen durch einen Volltreffer eines Gebirgsgeschützes. Der Kinderschuh, der bis zu dir flog, war für seine einjährige Tochter bestimmt, die er noch nie gesehen hatte. Leutnant Jäger, der dich mit seiner Maschinenpistole zu erschießen drohte, als du wegen des direkten Granatwerferbeschusses Stellungswechsel vornahmst. Die zwei gefangenen Partisanen, die von den Zugführern abseits in den Wald geführt wurden und nicht wiederkamen. Auf die Frage von dir, wo sie hingebracht worden seien, bekamst du zur Antwort: »Halten Sie das Maul! Sie träumen. Es hat keine Gefangenen gegeben. Verstanden.« Der Unteroffizier, der einem verwundeten Partisanen in den Kopf schoß.

In dieser Hölle ist deine Jugend in drei Wochen für immer verlorengegangen. Am siebenten Mai 1945 war der Krieg für dich zu Ende.

Doch ein neuer Alptraum begann: Drei Jahre Gefangenschaft. Hungermarsch quer durch Jugoslawien. Barfuß wie in deiner Kinderzeit, mit einer Hose, aus der dein Hintern hing. Tagtäglich Erschießung der Marschunfähigen. Wir selbst, unser Bataillon hatte Glück. Die Hälfte des Weges hatten wir einen sehr korrekten Kapitän, der die Kranken und Fußmaroden in einem Wagen mitführte und in einer zerstörten Ortschaft mit der Waffe in der Hand den Leuten die Hälfte ihres kargen Mittagessens — Polenta, Erdäpfel und Rüben — für uns abnahm. Solange er uns führte, bekamen wir fast täglich ein Kilo Brot.

In den Lagern dann: Ruhr, Fleckfieber, Bauchtyphus und Hunger. Reduzierung des Lebenswillens auf Null. Im Lazarett dein Nachbar, der im Sterben lag. Er hatte die Ruhr. Die ganze Nacht bist du wach geblieben, um ja seine Hose zu erwischen. Er war kaum hinüber, hast du sie ihm schon ausgezogen. Mit kaltem Wasser hast du seine Scheiße aus der Hose gewaschen und noch feucht angezogen, aus Angst, sie könnte dir gestohlen werden.

Manchmal aber auch Hoffnung aufs Überleben: Ein Stück Brot, ein Schluck Wasser, Zigaretten, die verstohlen zugesteckt wurden.

1948 Entlassung: Der Schwur, nie wieder eine Waffe in die Hand zu nehmen.

Als du dann das erste Mal auf diesem Berg standest, geblendet von der Schönheit dieses Landes, glaubtest du wieder an einen Aufbruch in ein freies, besseres Leben.

Heimkehr und Arbeitsbeginn im Stahlwerk: Schwerarbeit bei Erdäpfelsuppe und Käse, den wir manchmal zusätzlich für unsere Bleche, die wir in die Tschechoslowakei lieferten, zugeteilt erhielten. Zusammenarbeit und Kollegialität waren keine leeren Worte. Es gab keine Standesunterschiede. Jeder saß neben jedem. Nicht wie heute, wo die Herren der Direktion von unseren Vorgesetzten abgeschirmt werden, um ja bei keinem Arbeiter anzustoßen. Der Urlaub wurde damals noch gemeinsam in Italien in Zelten verbracht. Geschwommen, gesungen, auch gesoffen wurde miteinander, wenn es sich gerade so ergab.

Langsam tasteten wir uns an einen relativen Wohlstand heran. Aber schon wieder Bilder in den Kinos und Zeitungen: Menschen gefoltert, erschlagen, gehenkt. Krieg in Korea, Indochina, Afrika, Palästina und Marokko; Aufstände in Europa und Lateinamerika. Wieder Millionen Menschen auf der Straße des Todes. Und unsere Straße?

Wo endet die? Im Feuer und Rauch der Atombomben? Öl und Benzinpreise steigen ins Unermeßliche; multinationale Konzerne kaufen Bergwerke, Fabriken und die amerikanische Getreideproduktion auf; unsere Wirtschaft wird durch die Verflechtung mit diesen Konzernen immer mehr in deren Abhängigkeit getrieben; soziale Gesetze, die unsere Regierung beschließt oder beschließen will, werden umgangen oder abgewürgt; die Parteien und Gewerkschaften sind unterwandert von Leuten, die nur auf den Vorteil bedacht sind; Fabriken werden nach ihrer Ausbeutung geschlossen, die Arbeiter auf die Straße gesetzt; die Regierung gibt Milliarden aus, um Arbeitslosigkeit zu verhindern; sie gibt auch Hunderte Millionen aus, um Flüchtlingen aus allen Teilen der Welt eine neue Heimat zu bieten; und wird, um vierzigtausend Arbeitsplätze zu erhalten, Waffen in andere Länder liefern.

Darum ist diese Welt mein Heimat nicht.

Ich fühle mich wie ein Wanderer in einer kalten Nacht. Und alle Häuser auf meinen Wegen haben keine Türen und Fenster mehr. Ich möchte in den Himmel der Erinnerung flüchten, in dem einzelne Sterne meinen Weg erhellen: Ein Märchen, das meine Mutter mir und meinen Geschwistern erzählte, um uns unseren Hunger vergessen zu lassen. Der Augenblick, als Vater mich ein einziges Mal in seinem Leben in die Arme nahm, um mich zu trösten. Damals war ich zehn Jahre. Sein letzter Blick bei seinem Sterben, der Hilfe und Verzeihung zugleich erbat. Zu spät! Warum haben wir nie miteinander sprechen können.

Bücher, geschrieben von Storm, Hesse, Eichendorff, Zola und vielen anderen, bei deren Lesen ich mitlebte und mitlitt.

Die erste unschuldige Jugendliebe. Die endlosen Stunden des Wartens, bis wir uns trafen. Schweigsames Wandern auf Wanderwegen in der Dämmerung eines Frühlingsabends.

Mit Freund Hans unterwegs in den Wänden des Hochschwab und auf diesem Berg. Das Seil, Symbol einer unzertrennlichen Kameradschaft. Am Abend unsere Lieder in der Hütte.

Durch den kalten Wind, der mir schon längere Zeit ins Genick bläst, werde ich aus meinen Gedanken gerissen. Der Schatten der Berge hat mich eingeholt, und nur die Kuppe des Berges strahlt noch in einem kitschigen Rosa, als wollte sie mithelfen, den Menschen im Tale eine heile Welt vorzugaukeln. Ich stelle den Kragen meiner Jacke auf und nehme den Weg zur Schutzhütte. Vielleicht werde auch ich irgendwann eine Heimat finden. Irgendwann das vergessene Lied hören, nach dem ich ein Leben lang suche.

Sissi Sattler-Zisser

Die Kolonie

Nach ziemlich langer Zeit bin ich wieder für mehrere Wochen in dem Ort, in dem ich aufgewachsen bin. Mit meinem Sohn im Kinderwagen spaziere ich zur Großmutter, vorbei an den schmutzigbraunen Häusern der Kolonie. Nur mehr an wenigen Fenstern hängen Vorhänge, die meisten Fenster starren schmutzig auf die kahle Fassade des Stahlwerks, die nur etwa fünf Meter entfernt aufragt. Monotoner Fabrikslärm begleitet mich.

Am Nachhauseweg komme ich zuerst an den Schuppen, die zu den Häusern gehören, vorbei. Eine Frau und ein Mann schaufeln Kohlen, ein Nachbar steht dabei und unterhält sich mit ihnen. Alle drei wenden sich mir zu, grüßen freundlich. Ermuntert durch die Freundlichkeit der Leute entschließe ich mich, an der anderen, »fröhlichen« Seite der Häuser vorbeizugehen.

Diese den Gärten und Wiesen zugewandte Häuserfront hat mir immer ein bißchen Scheu eingejagt. Da saßen die Kinder, oft auch die Erwachsenen, auf der kleinen Holztreppe, die direkt vom Freien in die Küche führt, und spielten und tratschten miteinander. Das war so ein Eindringen in die Intimsphäre der dort Wohnenden, ungern nur ging ich an der Hand meiner Mutter, allein — glaub' ich — habe ich mich dort nie vorbeigewagt.

Mir fällt ein, wie beeindruckt ich immer war, wenn ich — an der Seite meines Vaters (denn als ich groß genug war, um bei den Frauen mitzugehen, ging mein Vater aus Groll gegen die eigennützigen Funktionäre nicht mehr mit) — beim Maiaufmarsch zwischen Kolonie und Werk durchmarschierte, wie wunderschön da die Fenster mit Girlanden und »Sozifahnln« geschmückt waren.

»Die Kolonie hams wieda am schönsten aufputzt g'habt«, erzählten wir dann unserer Mutter, die nie mitkam, immer daheim die Schnitzel buk.

Aber ansonsten war die Kolonie mit so einer geheimnisvollen und ein bißchen verruchten Aura umgeben. Bekam etwa in unserem Ort ein Mädchen besonders jung ein Kind, so war sie meistens aus der Kolonie. »Die jungen Menscher stehn dort mit die Buam zwischn'd Heisa und schmusn umadum«, berichtete meine Mutter oft, wenn sie von ihrem wöchentlichen Großmutter-Besuch heimkam. Mir, der wohlerzogenen Mittelschülerin, die sich nie in der Öffentlichkeit hätt' »schmusn« getraut (zwei Versuche in diese Richtung trugen mir nebst den Wonnen ein paar kräftige Watschn meines Vaters ein), rieselten bei diesen Erzählungen kalte Schauer über den Rücken. »Kolonietrampel« und »Kolonietratschn« waren ganz selbstverständliche, äußerst verächtliche Schimpfworte.

Ich fühlte mich von den Leuten, vor allem von den Kindern, irgendwie angezogen, eine scheue Distanz blieb aber immer, auch zu den wenigen, die ich beim Schulfahren im Zug kennenlernte. Und vor allem eines war immer zu spüren: die Kinder, später die Jugendlichen aus der Kolonie hielten immer zusammen, bildeten immer eine oder mehrere Gruppen. Ich, die ich in einer kleinen Siedlung von mit Zäunen umgebenen Einfamilienhäusern aufwuchs und fast nur den Bruder als Spielpartner hatte, stand diesem fröhlichen und offenen Gruppenselbstbewußtsein verlegen und mißtrauisch gegenüber.

Und noch eine Erinnerung im Zusammenhang mit der Kolonie: Meine Mutter sagte stets, wenn sie von den ersten Jahren ihrer Ehe, die sie im Haus der Schwiegermutter verbracht hatte, erzählte: »Liebend gern wär' ich in die Kolonie zogn, obwohl's dort nur Zimmer und Küche gegeben hat, wenn ich nur weg hätt' können!«

In den letzten Jahren hatten die Bewohner freigewordene Wohnungen zusammengelegt, Bäder und Klos in die Wohnungen eingebaut, es ließ sich dort — laut Erzählungen — bei billiger Miete gemütlich und gut wohnen. Vor zwei Jahren allerdings wurden die ersten zwei Häuser der Kolonie abgerissen. »Weil das Werk ausgebaut wird«, hieß es. Der Platz ist natürlich immer noch leer, das Werk bereits fertig ausgebaut. Für die Bewohner wurden Ersatzwohnungen gebaut. Moderner, steriler Sozialbau. Mit Lift. »Wie da Vater in Pension gaungan is, hom ma uns wieda a aundare Wohnung suachn miassn«, erzählt eine Frau im Wartezimmer beim Arzt. »Die Ersatzwohnung hom ma uns net leist'n können. Mit den Betriebskostn hom ma vierahoibtausnd Schilling zoit.«

Beim Vorbeigehen an den Häusern seh' ich kein einziges Kind mehr. Niemand schmust mehr zwischen den Häusern. Eine Frau in einer Kleiderschürze kommt mir entgegen, grüßt. Vom Holzbalkon im ersten Stock, von dem aus man Zutritt zu den oben gelegenen Wohnungen hat, beugt sich neugierig ein junger Mann herunter, ruft »n' Tag« und tratscht dann weiter mit einem unsichtbaren Gesprächspartner. Sogar das wenige, das geblieben ist von der alten Kolonie, strahlt noch die Wärme aus, die mich als Kind immer so verwirrt hat. Und plötzlich weiß ich: Da ist mehr weggerissen worden als zwei alte Häuser. Die leerstehenden Häuser stehen doppelt leer. Die Solidarität mit den Nachbarn, die Öffentlichkeit ihres Lebens, ihrer Sorgen, ihrer Hoffnungen — ob die im Ersatzsozialbau bestehen?

Johannes A. Vyoral

Talschluß (ein Zustand)

I

Konnte er morgens noch die Zukunft beiseite lassen, ist sie abends zu *der* Wirklichkeit geworden, die er sich ohnehin an den Fingern hätte abzählen können. Die Abstriche tagsüber und Tag für Tag aufs neue sind die fehlenden Buchstaben auf dem Weg von der Individualität zur Invalidität. Der Heimweg heißt wahrscheinlich so, weil es der Weg wieder zu dir hin ist. Auf dem Fahrrad, von der Kleinstadt nach dem Weiler, geht es immer bergauf. Aber zu sagen, er wäre nach so einer Staubschicht dann noch auf der Höhe, hieße, endlich angekommen, sich unter völlig falschen Vorstellungen vergeblich zu suchen.

Überallhin fällt Schnee. Auf die schmale Landstraße, wo *er* von Autos beständig an den Rand der Verzweiflung getrieben wird. Auf die paar baumlosen Hügel, auf Fichten und Tannen links und rechts, die da und dort im Sturm knicken. Im Dorf, wo kein Postautobus hinkommt und die Zeit sich auch schon lange nicht mehr hat blicken lassen, fällt er auf die verlorenen Schritte vom raschen Wintertag und in die fensterlosen Öffnungen des Kirchturms hoch oben, wo der Mesner eben die Glocke auswindet und neun Schläge dünn auf den Steinboden tropfen. Der Mesner bückt sich, breitet ein Aufwaschtuch über die Pfütze und geht zu Bett. — Weiter im Norden frißt der Fluß die Flocken auf.

Die meisten oder alle hier schlafen bereits, denkt er. Schlafen bedeutet ihnen nicht die vergebene Zeit, daß nichts sich tut oder fortgeht oder sich weiterbewegt. Schlafen heißt hier, dem sonst unausgesetzten Druck entkommen, daß man eigentlich, sich verändernd, fort sollte, ja schon längst ein wie großes Stück weiter sein müßte. Unter dicken weißen Tuchenten lautlose Alpträume erschrecken einen selbst dann und wann, daß hier nicht nur nichts mehr zu holen, sondern nichts mehr zu haben ist.

Trotzdem sind die Häuser noch tiefschwarz, wenn der Schnee auf den paar Rauchfängen wegzuschmelzen beginnt und der Malzkaffee heiß auf die Tische kommt. Und er hört schon die Geräusche des nächsten wie jedes Morgens: krachen Schneeschaufeln, laufend lachen Kinderstimmen hell mit Gejohle, stoßen, stampfen Stiefel, springt Eis klirrend am Asphalt, kalt krächzen Krähen, krachen Schneeschaufeln gegen Eis. Ein ausgekochter Fetzen steht die Wintersonne hoch. Kinder, die Farben suchen, wo keine sind, sieht er, und er sieht die Männer und Frauen, denen die Landschaft ins Gesicht geschrieben steht als ins Gesicht schlagender Beweis für ihre Sorgen ums bißchen mehr, aber eigentlich ums nicht allzu viel weniger. Es ist die Armut, von der es landläufig heißt, sie sei in Lateinamerika oder in Asien zu Hause.

»Arm — aber sauber.« Die Umgangssprache im Talschluß ist längst die Wandsprüchesprache geworden, und jede Hoffnung ist reduziert auf diesen fremdenverkehrsindustriell gefertigten Aufschnitt aus lauter Lebens- und Ablebensweisheiten, auf denen sie aber seit Jahr und Tag sitzengeblieben sind, wie auf den Leim gegangen, allesamt. »Geteiltes Leid ist halbes Leid.« Nur, wenn der andere auch leidet, läuft es doch wiederum auf ein Ganzes hinaus, stellt er eine Einnahmen-Ausgaben-Rechnung an. »Man muß das Beste hoffen, das Schlimme kommt von selbst«, antwortet es ihm. Und wie bestätigend nickt er: Du hast ein Los gewonnen . . . ein CHANCENLOS.

Ganze Arbeit geleistet mit ihm heute, die Verstimmungsmacher . . . Das Kopfweh ist gut einen Meter breit, und sein Kreislauf ist wie gehabt dem Stundenzeiger um das entscheidende Stück hinten nach. Kaltluft bläst Mantel und Weste und Hemd auf zur nächsten Lungenentzündung. Ein Hustenanfall von Sturmstärke jetzt, und wieder rutscht der Horizont über ihn weg. Wieder hat ihn ein ganz gewöhnlicher Wochentag aus dem Sattel gehoben. Sauwetter das ganze Jahr: im Sommer heiß, im Winter kalt, im Herbst naß, im Frühjahr todmüd. Blind, mit einem Sausen, das ihm Walzwerk und Fräsemaschinen nun schon seit dem fünfzehnten Jahr in die Ohren hängen, benommen zieht er seine Beine wie die eines anderen hinter sich her, das Fahrrad von der Böschung auf die Straße. Seine Hände, zum Ansparen zuwenig, zum Verkommen zuviel, dem Wandfoto von einem Chef verkauft und verraten, klopfen den Schnee von Brust und Bauch und Knie, und sein Knöchel ist geschwollen, und der kurze Schmerz in ihm schreit aus ihm. Wie zornig wirft er die Arme in einen Himmel wie Semmelauflauf, aus dem es weiß heruntertropft, und gegen die Kälte wie wild um sich. Sie kommen aber immer wieder zurück und klopfen ihm auf die Schultern. Es ist der Zynismus, der fragt: »Wie geht's?«, wenn nichts mehr geht. »Du hast ein Los gewonnen, ein AUSWEGLOS« spuckt er aus. Spuckt er aus, fällt es schon als Eisklumpen aufs Glanzparkett der blanken Fahrbahn im schrägen Auflicht: Zwei Scheinwerfer zentrifugieren die Flocken. Eine Anstrengung, sich aufs Rad zu schwingen, ohne seinem Spiegelbild gleich wieder in die Arme zu fallen. Endlich, dem rasch verklingenden Scheppern der Milchkannen auf dem Lastwagen fährt er dann doch hinterdrein.

Magermilch ist zwar nicht Milch von mageren Kühen, sagt er sich . . . aber fette Kühe gibt es hier keine. Hier reden die Bauern, sie haben eine halbe Kuh, wenn sie vier haben, und eine Viertel-Kuh, wenn sie zwei haben. Von einer Achtel-Kuh kann keiner leben. Hier lebt auch keiner. Hier wird man geboren, um sich den Garaus — früher oder später — selbst zu machen. Wenn der Herbst kommt oder der Föhn im März, hängen sie hier gebündelt von den Bäumen, die Füße im Unterholz, in Spinnweben, naß vom Morgentau oder vom Nebel, je nachdem. Den übrigen legen sich die Jahresringe mit festem Griff um den Hals. Von Gewalttat spricht hier niemand, man nennt das Schicksal.

Eiskristalle zerkratzen Brillengläser. Er sitzt im Schnee. Einem scharfen Hund gleich ist ihm der Wind zwischen die Beine gefahren. Er findet sein immer wieder verlorengeglaubtes Gesicht, und die Wollmütze liegt daneben. Er schlägt die steifgefrorene Mütze gegen das Knie, wo sie zerbricht. Dann, nach zwei weiteren Kilometern, kann er endgültig nicht mehr. Sein zu einem Klumpfuß angeschwollener Knöchel stellt dem andern andauernd ein Bein. Trotzdem er sich eine Beule wie eine Laterne mit auf das letzte Stück Weg genommen hat, weiß er weder querfeldein noch aus.

II

Wie das Klopfen im Kopf, wenn der Blutdruck hochgeht vor Aufregung. Erst ist sie erschrocken und hat das Licht ausgemacht und in der Finsternis in sich hineingefürchtet. Schließlich, es könnte wem was geschehen sein, hat sie sich zusammengerissen. Daran zu denken, bewirkt hier manchmal noch etwas.

In seinen Haaren hat sich der viele Schnee gefangen und in den Augenbrauen auch. Von dort tropft es noch auf seine Wangen, als er den blaugeschwollenen Fuß aus dem hohen Schnürschuh herausquält. »Ist ja lächerlich«, antwortet er, »wegen dem . . . Der verlangt allein fürs Hinschauen schon einen Schein. Und fürs Telefonieren ins Spital vielleicht gar seine Schuhnummer zum Tag gar.«

Das Wasser im Schaff dampft und gibt warm im ganzen Raum. Dafür hat sie extra noch einmal eingeheizt und vier Holzscheite vertan, die für morgen gedacht waren. Morgen kann sie sich plötzlich wieder vorstellen. Und sie hängt seine Weste über eine Sessellehne. Und als er, die Füße im Schaff, die Augen schließt für eine Weile, riecht sie heimlich daran. Die Weste riecht nach der Feuchtigkeit von Schneewasser und Schweiß. Vielleicht wird sie diesen Geruch behalten. Wie den von Vanille und Zimt, als Großmutter noch lebte, erinnert sie sich. Oder den, als sie den Hubner fand auf der Tenne nach etlichen heißen Augusttagen.

»Du kannst doch nicht da hinaus wollen jetzt«, hört er sie sagen. Er preßt die Lippen schmal an die zusammengebissenen Zähne. »Danke« und »mir ist schon sehr geholfen« ist die Antwort, und »wie steht's denn sonst immer«. Gleichzeitig denkt er: Du kommst in den Schuh nie nicht hinein . . . Du kannst doch nicht barfuß so weit hinüber . . . nein.

Und, warum *sie* hiergeblieben ist, denkt er weiter. Warum bleibt *sie* hier, wo jetzt ihre Mutter doch auch schon drunten liegt. Sie muß ja allein sein, überlegt er niedergebückt, noch dazu so ganz außerhalb, das erste

Haus am Weg, weitab vom Platz, wo die Postkästen stehen. Der Briefträger kommt schon lange nicht mehr zu jedem Haus und jedem Hof in der Umgegend, trotzdem er nun seine MS 50 hat sogar . . . Sie liegt ja mehr als abgeschieden, da kann einen doch rein nichts halten. Wieso und warum dann? Man weiß halt nichts mehr voneinander, und da gibt's auch kein Verstehen. Man sieht sich gelegentlich, aber man weiß nichts voneinander. Das Leben passiert hinter vorgezogenen Vorhängen. Man sieht nur hinaus, aber nie hinein.

Warum sie jetzt die Lampe abdreht? Als Kinder sind wir immer im grellen Sonnenlicht nackt herum, zwischen den Flußweiden, die wo heute nicht mehr stehen wegen der Regulierung. Bis ins Volksschulalter hinein, erinnert er sich. Die Schule im Ort wurde zweiklassig geführt, und jetzt ist sie überhaupt aufgelöst. Nur noch die Mutterberatungsstelle blieb im flachen Holzbau untergebracht. Das hört sich auch auf. Wer will denn noch Mutter, wer denn Vater werden hier? Das kommt bestenfalls noch zufällig zustand, und dann geht eine Häkelnadel dem Unglück zur Hand, oder? Man erfährt aber nichts, nur wenn es schlecht ausgeht, ganz und gar schlecht. Dann läutet die Zinnglocke schrill, und die ums offene Grab Herumstehenden schauen einander der Reihe nach an, und jeder für sich zählt ab.

Er liegt, die Augen gegen die doppelte Schwärze der Finsternis und einer rußverschmutzten Stubendecke, aus der sich weitere Erinnerung ganz gegen seinen Willen löst:

Er war noch keine fünf Jahre alt, sein Vater damals schon neunundsechzig und seine Mutter auch schon dreiundvierzig. Seine Eltern waren deswegen lange im Gerede. Das Dorf wurde im März evakuiert. Sie flohen vom flachen Land in die dichten Wälder. Dorthin kam die Geschichte nur in Schulklassen, aber es war ein gutes Versteck. Dann kam der Frühling, dann die Ruhr, dann das Kriegsende. Aber in den Wäldern mißtraute man den Leuten, die kamen und sagten, der Krieg sei zu Ende, wie man damals allem mißtraute und beinah auch den Blumen als Frühlingsboten. So zogen sie erst Ende Juni wieder los. Er saß auf dem Holzkarren auf den paar Sachen, die sie denselben Weg hergebracht und nun wieder zurückführen mußten. Das Pferd war blind, und sein Vater ging neben ihm und führte es am Halfter. Seine Mutter schwitzte sehr, denn sie hatte den Wintermantel umgehängt und mindestens drei Röcke übereinander an, weil auf dem Wagen kein Platz mehr war. Als sie nach acht Tagen ins Dorf zurückkehrten, war es schon Nacht geworden. Zweimal mußten sie über große Schutthaufen klettern und das Pferd und den Wagen zurücklassen. Dort, wo ihr Haus mit dem hohen Walmdach gestanden hatte, sahen sie jetzt die Sterne am Himmel.

Warum sie das Bett ausgerechnet unter dieses brüchige Fenster gestellt hat? Der Sturm treibt den Schnee durch die Ritzen, wie immer, wenn es so sehr kalt ist und die Flocken wie Staub. Er kriecht ihren Rücken entlang tiefer unter die Tuchent . . . Naja. Nach der Schulzeit haben wir uns ja jeder woanders hin — und aus den Augen verloren. »Aus den Augen — aus dem Sinn.« — »Jetzt wirst langsam auch ein Mannsbild«, hat man ihm dann bedeutet. Die Lehre waren nur Arbeiter, Werkmeister und Gesellen, die Berufsschullehrer, die Lehrlinge und die starke Erschöpfung jeden Feierabend und lange Zeit auch jeden Sonntag. Trotzdem hat es geheißen: Geh zu dem und dem Bauern, geh dir was dazuverdienen. Beim Farg oder beim Birbaumer oben half er zum Beispiel, die abgerutschte Erde Jahr um Jahr auf dem Rücken zurück auf die abschüssigen Wiesen und Felder tragen. »Wer heute spart, hat morgen etwas.« Das Etwas wurde dann ins Dach geflickt oder in den eigenen Stall gesteckt, weil wieder eine neue »Reinlichkeitsverordnung« herausgekommen ist.

Wenn's mir nur endlich warm würde, nur endlich. Hundselendige Hundskälte das. Sitzt tief drinnen und macht einen völlig gefühllos, völlig gefühlskalt. Das jetzt, das mir, jetzt ausgerechnet. Bewegung, Bewegung! Herumschlagen! . . . Er spürt ihre Fingernägel im Rücken stecken, und eine Gänsehaut bekommt er, die fortläuft von oben nach unten, von oben nach unten, und nimmer aufhört . . .

War das ein Brüllen? Was war das? Ein Gebrüll? Weit weg? Kann von einer Kuh gewesen sein, vom Kalben her . . .

III

Es beginnt als leises Bersten in den Schindeln und endet als kurzer dumpfer Schlagaufschlag: Schneelawine breittritt Wintergras. Dann von neuem die exakte Stille an Eiszapfen zerbrochener Sonnenstrahlen, Tropfen, die fallen mit den Sekunden. Mit dem einsetzenden Tauwetter geht die Zeit wieder voran, wo sie doch während dieser einen Nacht stillgestanden war. Wie man so sagt, sagt sie sich.

Er brauchte nicht viel reden, sie wußte auch so, daß er nichts Besseres war als sie. Gängige Redewendung einer Welt, in der Geld Moral macht, die praktische, nicht die theoretische. »Geld, das stumm ist, macht recht, was krumm ist.« Sie brauchte sich somit nicht genieren vor ihm für eine Dürftigkeit, die nicht von *dürfen* kommt, noch irgendein Theater spielen. Das ist eine Basis, die viele Worte überflüssig macht. Obschon jener instinktive Geschäftssinn der Boden ist für jede dauernde Beziehung hierorts, ist plötzlich Zuneigung wenigstens noch aus gegenseitigem Mitleid heraus möglich. Losgelöst von einer, seiner, ihrer Zukunft, von seiner, ihrer Vergangenheit, muß sie sich das eingestehen. Warum also nicht so sehen? Man muß bescheiden sein. Das Mehr wären Äußerlichkeiten gewesen. Und ob es dann wirklich ein Mehr ergeben hätte?

Macht man hier längst aus der Not eine Tugend, ist es bei ihr noch umgekehrt. In ihrer Tugend — »Bescheidenheit ist eine Zier« — hat sie stets soviel verschenkt, daß ihr vom Notwendigsten nur das »Not« blieb. »Wer weiß«, sagt sie sich, »ich hätte ansonsten vielleicht nicht einmal Anrecht auf die Notstandshilfe jetzt.« Und:

»Arm ist nicht, wer wenig hat, sondern wer viel bedarf«, richtet sie sich selbst auf, bereit zum wiederum nächsten Hinfallen. Das nennt man dann: Am Boden der Realität bleiben. Aber sollte sie nicht froh sein darüber, daß einmal die Ausnahme von der altgewohnten Regel an der Tür stand, daß er nämlich nichts verlangte von ihr, sondern um etwas bat? Sollte sie nicht dankbar sein, dieses: Du da unten, gib mir das da herauf! einmal nicht heraushören zu müssen? Verlangt wird immer von oben nach unten. Deshalb wohl das zusammenfassende Wort OBRIGKEIT. Im besten Fall wird *ersucht,* bestenfalls. Umgekehrt wird immer gebeten, was ein Prinzip ist. Ein Prinzip ist eine schlechte Angewohnheit, die Tradition erlangt hat. Die Tradition wiederum rechtfertigt alles. Das ist immer schon so gewesen, das wirst *du* nicht ändern.

Die Wahl zwischen ähnlichem Galgenhumor einerseits und andererseits: Da kann man doch gleich den Hut auf sich selber draufschmeißen! Das ist auch eine Wahl, eine endgültige. Diese Wahl triffst du ganz selbständig. Niemand redet dir zu, gewiß nicht. Aber dazutun tun viele.

Gründe und Ursachen kommen gern blaukuvertiert. Blau ist die Farbe der Treue wie der Kündigung. Plötzlich war sie frei. So frei, daß sie sich — um nicht zu fallen — setzen mußte. »Freigesetzt« klingt auch anders als »frei gefallen«.

Gerupft und ausgenommen, gerupft und ausgenommen, sagte sie immerfort vor sich hin. Und sie sah, was sie mehr als einmal schon tatsächlich gesehen hatte, wie ein geköpftes Huhn um eine Ecke ein schönes Stück noch weiterlaufen kann. Auch sie wollte ihrem Kopf davonlaufen können — aber kopflos ist sie sich nur vorgekommen. Nicht einmal zur Umschulung bewilligt . . . keine Rücksicht darauf, ob wer alleinsteht . . . so lief sie gangauf und -ab vorm Personalbüro. Sie war entschlossen, diesen Zorn, diese Wut in den Griff zu bekommen.

Mit knochenweißgeballten Fäusten stand sie schließlich vor ihren sitzenden Vorgesetzten. Das unter anderem. Zwischen »vorgesetzt« und »freigesetzt« liegt eben mehr als nur eine andere Vorsilbe. Das zu spüren, kam hinzu. Als personifizierte Unsicherheit schlug sich eine Unterlegenheit auf ihre Seite, die sie nicht gerufen hatte. Die Sprache, auf die es jetzt angekommen wäre, hat man ihr zusammen mit anderem rechtzeitig ausgetrieben. Eigentlich hat man ihr das Recht auf diese Sprache gar nie zugestanden, sondern immer nur *abgesprochen.* Während andere wenige Kapital aus der Sprache schlagen, darfst du nicht zur Mehrheit werden, die du doch bist. Da hilft kein »Wer viel redet, lügt viel«.

Die Ersatzsprache ist auch nur ein mildender Umstand, ein bequemer Gummi, den man sich überzieht, wenn einem Gefühle die Sicht auf die Dinge verstellen. Deine Gefühle, dein anerzogenes Feindbild. Die Dompteuse ist fünfzig und heißt Fräulein. Sie trägt einen grauen Faltenrock und legt Kreidestaub wie Puder auf die Wangen. »Diese Gefühle, die sich zusammenrotten in einem Punkt in dir, das mußt du ausdrücken wie ein Wimmerl am Bauch, hörst du?« ermahnte die Lehrerin eindringlich. »Denen Gefühlen muß man Zügeln anlegen, klar? Nicht umsonst heißt man sie ja animalisch, ja bestialisch. Hörst du, du willst ja kein Tier sein?«

Wenn »Erziehung« sich von »ziehen« herleitet, dann bedeutete das für sie immer nur eine Richtung, das ausgleichende Gegenteil zum Wort »aufwachsen« nämlich. »An jungen Bäumen, wenn sie gerade wachsen sollen, muß man immer etwas abhauen«, heißt es ja auch. Und »Es ist dafür gesorgt, daß die Bäume nicht in den Himmel wachsen«. Im Gegenteil: Mit »Geduld ist das beste Pflaster« und »Die Zeit heilt alle Wunden«, »Die Hoffnung kostet nichts« schließlich war ihre Erziehung die Einübung ins Kleiner- und Kleinwerden. So daß sie heute meinen muß, daß Feld- und Wiesenunkraut sie jetzt schon als eine der ihren ansehen. Was war da gewesen? So, ja . . .

Diese Wut, diesen Zorn in den Griff bekommen und . . . Als sie die Fäuste öffnete, waren sie leer. Die so lange gesuchten Worte hat sie im entscheidenden Moment hinuntergewürgt mitsamt der Angst. Wenn Macht ausschließlich Ohnmacht duldet . . . tja dann. Das Wasser stieg ihr aus den Beinen in die Augen, sonst war da nichts.

Die Zeitungsartikel von damals, die sie aufgehoben hat, um regelmäßig ihre schlechte Stimmung von neuem anzuheizen, sie liegen im Geschirrkasten im untersten Fach. Ein Blick darauf genügt zum Unterzünden, bis diese ohnmächtige Wut wieder kocht in ihr.

»Der Bürgermeister sucht Firmen, denen er bereits aufgeschlossene Grundstücke überschreiben kann.« Am 13. Mai 1970: »Mit dem feierlichen Akt der Grundsteinlegung durch das österreichische Staatsoberhaupt hat der Konzern eine sichtbare Würdigung seiner Verdienste für sein Engagement im österreichischen Wirtschaftsprozeß erhalten.« Aber, wie gesagt: »Die Bodenbeschaffung für das Werk erfolgte durch das Land, weil die Errichtung der Fabriksanlagen doch in erster Linie der Bevölkerung zugute kommt.« Eine Hand wäscht die andere öffentlich: »Eine Bereitschaft und Aufgeschlossenheit, wie wir sie hier erleben durften, hat unser über die ganze Welt verbreiteter Konzern bisher nirgends gefunden.«

So einfach werden Versprechen zu Verbrechen, denkt sie: »In fünf Jahren zukunftssichere Arbeitsplätze für mehr als 2000 Beschäftigte!« Und: Du sollst keinen Superlativ mehr finden, den wir nicht schon leergedroschen und hohlgeklopft hätten: »Technologischer Fortschritt in höchster Potenz!«

»Während man noch vor einem halben Jahr 1.320 Arbeiter und Angestellte halten konnte, erklangen kurze Zeit später die ersten Klagen: Die Autobusunternehmer, die Zubringerdienste und die Deckung des Personalbedarfs seien unbefriedigend. Daß jetzt die Zahl der Beschäftigten auf die Hälfte der ursprünglichen Belegschaftsgröße gesunken sei, daran sei, so die Konzernleitung, eine ›geänderte Weltmarktlage‹ schuld.«

»Um Ärgeres zu verhindern, steckte jetzt das Sozialministerium 2,4 Millionen Schilling Überbrückungshilfe in den Betrieb, wodurch 150 Arbeitnehmer auf ›Schulung‹ gehen konnten.« Daß aber Politik von Politikern gemacht wird, steht außer Zweifel: »Auf die Rückzahlung der widmungswidrig verwendeten Förderungsmittel kann das Land nicht bestehen, will es nicht noch größere Arbeitslosigkeit hervorrufen.« Und daß Betriebspolitik von Betriebsräten gemacht wird, steht ebenso außer Zweifel: »Die rechtliche Konstruktion des Werks — eine OHG — führt dazu, daß der Betriebsrat, wenn überhaupt, erst im nachhinein von den Absichten der Firmenleitung erfährt.« Daß Wahlversprechen ihren schlechten Ruf zu Recht haben, das zu widerlegen gibt es Bundes- und Landesberichte: »Dabei wurde natürlich nie die Förderung und Ansiedlung von größeren Betrieben mit technologisch anspruchsvollem Programm und qualitativ hochwertigen Arbeitsplätzen vernachlässigt . . . Besonders dieses Werk ist ein markantes Beispiel dieser erfolgreichen Betriebsansiedlungspolitik.«

Seit er fort ist von ihr, hat sie sich bloß selbst eingekreist. Hat hin- und her- und weggeräumt, aufgestellt und abgestellt, auf den Kopf gestellt, Unordnung mehr in die Unordnung gebracht, mehr und mehr. Hat alles keinen Zweck gehabt. Eine unmögliche Flucht. Eine sinnlose Erschöpfung, sie starrte lange auf den Packen Zeitungen. Dann, zwischen Geschirrkasten und Wand eingeklemmt, die Plastiksackerln. Vor Weihnachten sind immer zwei, drei mehr zusammengekommen. Der Korb Holz, die Wanne (Blech) halbvoll Schmutzwäsche. Brauner Karton statt zersprungener Fensterscheiben. Der Türstock, der Witterung ausgesetzt, geht in die Knie. Der Lack ist vor der Zeit abgesprungen. Draußen die Mauern stützten sich gegenseitig und sind grau vor Anstrengung bis zum gemeinsamen Umfallen. Der Riß im Verputz über der Tür ist geblieben, der Zorn und die Wut sind in sich gegangen. Aber passiver Widerstand hat nur den Vorteil, daß man sich nicht so sehr wehtut dabei. Nein, ihr Widerstand bewegt nichts und niemanden, nicht einmal ihr Bild im Spiegel, der ja blind ist. Eben. Am Arbeitsamt in der Stadt sagte man ihr auch prompt, daß man — wo sie herkommt — keine großen Sprünge machen wird, was bloß eine Umschreibung ist fürs Aufgeschmissensein. Die größten Sprünge hier sind die weiten Wege, die jeder zwischen Arbeit und Zuhause pendelt. Und wenn man nicht wie sie so oft arbeitslos wäre, man würde sein Zuhaus' kaum je kennen.

'75 wurde die Fabrik eingeweiht, und sie begann da und war froh, nicht länger gar so weit bis nach K. fahren zu müssen. Dort, wo man ihr durch Blicke abwärts, Gesten hinterrücks und Nebensätze tagtäglich zu verstehen gab, daß sie aus einer Halbwelt kommt und also ein Halbmensch ist — das ist ein »halbertes Mensch« —, das war die Kleinstadt. Das Restaurant an der Hauptstraße, wo sie ehvor arbeitete, war 37 Kilometer von hier, wo sie einschlief und aufwachte, mehr nicht. Ein freies Wochenende einmal im Monat, allerhöchstens. Meistens hieß es: Es ist was dazwischengekommen. Das war dann eine Reisegesellschaft auf der Durchfahrt, auf der

Durchschleuse durchs billigste Lokal wo gibt. »Stell endlich hin die Teller, zum Sesselwarmhalten brauch' ich die Leut nicht herinnen!« Als sie einmal einen Reiseleiter sagen hörte: »Daß der noch was verdient dabei!«, hätte sie ihm wohl sagen können, wieviel *sie* verdient und daß sich HOHN auf LOHN nicht von ungefähr reimt, oder daß der Wirt immer schreit: »Schneller staubsaugen, Herrgottnochmal, das kostet ja Strom!« Stattdessen hat sie den Teller hingeknallt vor den Reiseleiter, als Draufschlag auf den niedrigen Preis. Allein das hat ihr genug eingetragen. So viel, daß sie seither taub ist und stumm, taubstumm, weil doppelt besser hält.

»He, da ist wieder eine Drecksarbeit, die keiner machen will!« Da wußte sie schon, daß sie gemeint war. »He!«, das war sie. »He!«, so wurde sie in der Küche geheißen und in der Gaststube, hinter der Theke und in den Fremdenzimmern. Schon nach einer Stunde dort hatte sie Heimweh, weil bei ihr daheim selbst die Schweine im Stall »Anna« oder »Kara« oder »Rosa« gerufen wurden.

IV

Der Frühling, der Sommer, der Herbst sind übers Land gegangen und haben je ihre Spuren zurückgelassen. Die deckt jetzt der neue erste Schnee zu. Ganz plötzlich hat das seit dem Martinstag anhaltende Klopfgeräusch der Regentropfen aufgehört. Alles hat die Köpfe zu den Fenstern hin gehoben und gesehen, der Regen ist Schnee geworden. Und bis Silvester ist noch viel, sehr viel nachgekommen.

»Ein paar Meter nur mehr, dann sind wir draußen aus der Scheiße für dieses Jahr!«

Die Neonleuchten im Rücken strecken die Schatten aus den Werksgassen zum Ausgang hin. Am Gittertor werden die Schritte kürzer. Absichtlich umständlich knöpft er den Mantel zu. Heute wird er der Zeit nicht nachrennen, das hat er sich geschworen. Soll halt das Neue Jahr ein oder zwei Stunden später anfangen für ihn, so heiß ist er eh nicht drauf.

»Sonst noch was? Keine Zeitung?« fragt die Trafikantin. Vor sehr langer Zeit einmal mit ihrem kriegsinvalid zurückgekommenen Mann als Moritatensängerin unterwegs gewesen, leiert sie jetzt die Schlagzeilen ab. »Lauter interessante Neuigkeiten«, schließt sie mit der Aufzählung all dessen, was ab dem Neujahrstag teurer werden soll.

»Ja, aber jetzt weiß ich sie ja schon«, meint er.

»Dann lieber so ein Schwammerl? Oder lieber ein Schweinderl?«

»Lieber ein Schwammerl«, sagt er automatisch, und draußen macht er sich Vorwürfe.

Die Stufen zur Kirche sind hoch und viele. Wozu denn das noch? fragt er sich. Ist ER nicht schon genug weit weg? Unter der Woche konnte er bereits den Pfarrer hören, wenn der Werkmeister predigte, und sonntags hörte er den Pfarrer wie den Werkmeister reden: IMMER DEIN BESTES GEBEN. Beim einen Ohr rein und bis zum Hals hinaus ist ihm gepredigt worden, er sollte sein Bestes geben. Daß ihm dafür etwas handfestes Besseres zuteil wird, davon war nie die Rede.

Gleich hinter der Kirche biegt er in die Sackgasse, hin zur »Tee-Kaffee-Likörstube Bretschuh«. Jeder Glockenschlag schlägt ein Stück Stein von den Fassaden. Dann fahren die Katzen auf und rennen in die Stiegenhäuser. Man geht am besten in der Mitte der Gasse. Die Fahrräder lehnen nicht an den Mauern und Türen, sondern die Mauern und Türen an den Fahrrädern.

Kaffee und Schnaps bestellt er — »Einen Doppler aber, bitte«! — und setzt sich unter den Radioapparat. Der Wetterbericht sagt: »Die Niederschläge dauern an.« Er mißversteht mit Absicht . . .

»Macht's was aus, wenn eine Haut drinnen ist? Sie sind eh nicht heikel, gelt?« fragt die Alte laut. Aus einer Ecke schauen junge Gesichter herüber; sie sind der Musterkatalog der Parfümerie ums Eck und signalisieren den Festtag rot und blau, rot und grün.

»Noch einen!« schwenkt er das leere Glas. Und Minuten später wieder: »Noch einen!« Was kann schließlich er dafür, daß sich am 31. Dezember die ganze Scheiße zusammenaddiert zu einem Riesenhaufen? Da muß die Hoffnung schon sehr groß sein, daß sie obenauf bleibt. Ohne Unterstützung geht da nichts. Ohne Alkohol ist das ein ungleicher Kampf.

Aber heute wird sie umsonst gestanden sein. Wird sie warten? Seit das Kind da ist, hat sie noch keinen Tag ausgelassen. Aber heute hat er nicht mitgespielt, heute nicht.

Während andere angeblich die Zukunft aus dem Kaffeesatz lesen können, sieht er nur die Vergangenheit im leeren Kaffeehäferl. Das zu Ende gehende Jahr vor ihm besteht aus einem einzigen Bild, das sich ihm über fast drei Monate eingeprägt hat und das bleibt, auch wenn er der alten Bretschuh jetzt sagt, sie soll das Häferl wegnehmen.

Es begann Anfang Oktober, eines Tags in aller Früh. Als Pendler ein Grenzgänger zwischen Nacht und Tag fuhr er gegen die Schnitt- und Bißwunden einer Kälte vor Sonnenaufgang an. Sie stand da am Straßenrand und hatte ein wollenes Kopftuch um, so groß wie ein halbes Leintuch. Trotzdem zitterte sie. Und von ihren Armen hing eine braune Decke fast bis zum Asphaltboden. Aber seine Füße traten automatisch weiter . . . Von da an stand sie jeden Tag, von der Dämmerung in die immer länger andauernde Dunkelheit hinein. Sie war da, wenn er zur Arbeit fuhr, und sie war da, wenn er von der Arbeit kam. Einen anderen Weg aus dem Talschluß heraus gab es nicht. Er hätte sie übersehen können, aber manchmal hörte er das Kind unter der Decke schreien, und der Wind und ein schlechtes Gewissen trugen es ihm nach.

Die Berufsschülerinnen sind ins »Azzurro« gewechselt, hat er noch mitbekommen. Die Ellbogen auf dem Tisch legt er den Kopf darauf, der, ihm zu schwer geworden, den Hals zu einem Klumpen drückt, den er beim Schlucken spürt. Da ist eine Schuld, und da ist keine zu Wort gekommene Schuld. Sie hat zu allem nur Kopfbewegungen gehabt. Da waren Auseinandersetzungen, und da war keiner, der auseinandersetzte. Er ist nur nicht mehr gekommen . . .

»Schlafen können S' aber da nicht! Gehn S', heute schon überhaupt . . . Sein S' lustig, na!«

Im Gehen überlegt er, wo er also noch »lustig« sein wird. »Prostitt! und Prostata!« hört er schon, und wie die Schürze der Zahlkellnerin schwer gegen deren Unterleib schlägt. Das Kleingeld ist der Dank für die geduldeten Zugriffe von der anderen Seite her. »An so einem Tag wie heute«, wird sie der Wirt ermahnt haben. Die rotweißroten Vorhänge machen die Sicht im Kreis gehen. Die Einsicht ist die Unbekannte von draußen, die Aussicht darauf hermetisch abgeriegelt. Nur alle unheiligen Flüche einmal wird gelüftet. Die Lustigkeit schaukelt sich dann in Faschingsdekorationen, in vom Bauamt und überhaupt Ämtern festgelegten Höhen. Dann brechen die auf, die vor der Stunde erwartet werden. Es ist ihnen eine Pflicht, urkundlich gemacht durch Trauscheine und Geburtsscheine. Die bleiben, pflanzen deswegen die, die gehen müssen. Das bringt sie in Rage. Diese lassen sie dann daheim mit dem Befehl »Faß!« aus. Die anderen haben kein Zuhause in dem Sinn. Sie werden hier laut. Und er wird einen Kopf haben, einen Kopf wird er haben . . .

Im Land mit den meisten Feiertagen kann man aber auch auf keinen grünen Zweig kommen, sinniert er. In den Häusern gehen vielleicht schon die langen Vorbereitungen über in einen kurzen Genuß, dem ein langer Kater nachher folgt. »Feste sind zum Feiern da.« Dazwischen liegen Erwartungen und Erinnerungen. Zum Eigentlichen kommt man so nicht.

So geht er weiter voran, weil die fortschreitende Bewegung ihn glauben macht, es ginge in jeder Hinsicht weiter. Das Knarren und Krachen unter den Schuhsohlen ist so laut außerdem, daß er meinen möchte, seine Schritte vorwärts hätten Gewicht.

V

Er hat einen Kopf, einen Kopf hat er . . . in dem es zugeht wie beim Umschichten von einem Komposthaufen. Es sind nur mehr einzelne Wörter, die ihm um die Ohren fliegen. Mit biernassen Satzfetzen jagt man ihn aus dem Lokal. Unterm Neuschnee liegt das Eis im Hinterhalt. Fünf Stufen weniger zwei gibt einen Umfaller. Einen Umsturz, aber ganz allein für ihn. Im Rausch ist er haltlos. »Besser, du numerierst dir deine Knochen!« lacht es über ihn hin. Das Herz ist weg vom rechten Fleck, vielleicht ist es jetzt am linken. Egal. Er ruft den Notstand aus und erklärt sich zum Katastrophengebiet.

»Dreh dich nicht um, dreh dich nicht um, das alte Jahr ist schon um.« Das ist leichter gesagt als gedacht. Nach vorne denken kann man doch nicht, im besten Fall Vermutungen anstellen. Und die Gegenwart gibt gegenwärtig nicht viel her. Zählt er zur Ablenkung eins-zwei, eins-zwei mit jeder Umdrehung eins-zwei, eins-zwei, holt ihn das Gewesene erst recht auf der Überholspur ein.

Jeder Tag war wie der andere, und so waren alle Tage ein Tag, und trotzdem wurde er älter. Wenn die Maschinen gewartet wurden, wußte er, daß wieder eine Woche vorüber war, und mit jedem großen Service, daß ein weiteres Monat um war. Und wenn Inventur war, wußte er, daß er wieder ein volles Jahr älter geworden war. Ganz besonders merkte er es daran, daß seine Wunschvorstellung vom endgültigen Weggehen von hier und die Vergeblichkeit das Wollen zum Tun in ihrer Mitte zusehends aufrieben. Sagte er sich ehedem »Man kann alles, was man will«, mußte er sich nach und nach eingestehen, daß das »Man muß den Willen für das Tun nehmen« nur eine Ausflucht ist ins Bequemere.

Der Winter, das Totenhemd Schnee und die Totenstarre Kälte — da war weit und breit nichts, was das Auge vom eigenen Selbst ablenkte. Wenn er nicht arbeitete, schlief er deswegen. Wenn er nicht schlief, war er entweder auf dem Arbeitsweg — weg von sich, vor der »Lotte« oder der »Helga«, wie seine Maschinen heißen — oder am langen Weg von der Arbeit heim. Angekommen, fand er sich nicht mehr dort, wo er sich verlassen hatte. Dieser Irrtum wird täglich neu inszeniert. Die Komödie prolongierst du jeden Morgen selbst. Oder ist es eine Tragödie? Jedenfalls suchst du unter »Besondere Kennzeichen: Kaputt« und findest das, den, dich genauso wie gestern und vorgestern: ein mitgewirkter Statist. *Die* Überraschung ist aber gelungen: daß man sich in den paar Stunden so verändern kann . . .

Das war der Winter, das war: die Augen ganz fest zudrücken. Daß das Nein feststand, bevor er wußte, daß sie schwanger ist, beruhigt den Mann und nicht den

Menschen. Wer hätte anders getan, wo man auf Armeslänge auf immer nur verwilderte Natur ausblickt? Aussichtslos. In dieser Lage von einem Tag auf den andern nicht mehr nur für sich selbst verantwortlich sein, sondern auch für Frau und Kind, Kinder, Kindeskinder, überforderte ihn schon als Vorstellung. Aber das war es nicht eigentlich. Schwerer wog das: Er geht ja doch eines guten Tages fort von hier. Und was dann tun mit ihr? — Ich hab da einen Überstellungsschein nach einer besseren Welt. — Sich nichts aufzuhalsen, was ihn in diesem Entschluß schwächen könnte, läßt ihn wenigstens die Illusion bewahren. Ja, morgen geht es ja doch für immer weg von hier . . . und das seit wievielen Jahren schon.

Als er bergauf fuhr, wurde das Lampenlicht schwächer und schwächer. Der Schneesturm hatte um zehn herum eingesetzt. Die Ortschaft im Rücken, läuteten sämtliche Glocken das neue Jahr ein, und Böllerschüsse fuhren dazwischen hinein. Das war vor einer Stunde, und vor einer Viertelstunde ist er dem einzigen Auto begegnet. Und jetzt ist jetzt.

Hermann Obermüller

Und dann

dann in die Stube, die Sessel, der Tisch in der Ecke, die *weiße* Tischplatte, *geschnitzte* Tischlade, Kruzifix, Spinnweben, alles unverändert, sagt sie, und da.

Hier habe er gesessen die letzte Nacht, über Erlagscheinen, sagt sie, über Rechnungen, es seien tags zuvor einige unerwartete Rechnungen eingelangt.

Aber die Wände, die *blau-rot-weiß-getünchten* Wände mit den Blumenstöcken, Bildern und Kalendern vom Vorjahr, Foto im versilberten Rahmen, er, sie, wir um den Tisch, eng aneinander gedrängt, fast übermütig die Gesichter, zufrieden zumindest, ein seltenes Bild, hört er ihn sagen, einmal alle zu Hause, ein schönes.

Sie habe nicht schlafen können, bei offenen Türen habe sie ihn bis hinauf ins Schlafzimmer mit sich reden gehört, sie sei wieder aufgestanden, aber er habe gesagt, geh nur, geh nur, hat er gesagt, sagt sie, ich komme bald nach, ich bin noch nicht fertig, was ist es? ach nichts, nur Papierkram, er muß ja früh aus dem Bett, habe sie gedacht, um halbsechs, halbzwölf ist es jetzt, und er ist todmüde, ja todmüde, das habe sie noch gedacht.

Ein Familienbild. Fast übermütig, denkt er, fünfzig Jahre, zwanzig kenne ich ihn, das war er also auch, ein sich Freuender, ein Lustiger sogar.

Darüber sei sie eingeschlafen. Dann.

Ein kleiner Mann, ein Arbeitstier, zwei dicke braune Arme, zwei rote, aufgeschwollene Hände, zeitlebens zu Krallen gekrümmt, unfähig, sich weiter zu schließen als um einen Gabelstiel, für glättende Gesten, harmlose, untauglich, sanft nur im Derben, Grobian hieß es dann, zwei krumme, wann aus ihren Gelenken platzende Beine, ein wachsweißer Stumpf, in breite, blaue Adern geschnürt, alles von Händen aus, zu ihnen hinführend, wie sie allein ernährend; ja: ein Körper war auch dabei.

Dieser Körper, Unfallobjekt oder verkrampfter Clown, wenn er beachtet, im Mittelpunkt sein wollte; zum Kasperl erniedrigt, mußte er, weil er nicht auffallen konnte, immer bald tapferer als andere, bald stärker, schneller, verkrüppelter, zerschundener, ausdauernder, unglücklicher, schweigsamer, verständiger, lauter, vergnüglicher, duldsamer als andere sein.

Dann ans Fenster, noch immer die *grünen* Wiesen, auf denen er dreißig Jahre herumgerannt, herumgeflucht, die er mehr als das halbe Leben beschwitzt hat, da eine Heufuhre umgestürzt, dort vom Gewitter gehetzt, vom Wagen gefallen, die Tiere davon, hinein in den Sumpf, von Bremsen zerstochen, ganz nah die *grünen* Obstbäume auch, Mostbäume, sagt er meist, heuer blühen die *Mostbäume schön,* oder: heuer hat es die Blüten erfroren, es hat die Mostbäume *erwischt,* und: wozu, habe er öfter gefragt, wozu, wenn niemand sich annimmt, *für wen,* grün, kommt es ihm in den Sinn, grün, dieses verharmlosende, idyllische, dieses verlogene Wort.

Er so weit, und der Bruder für das Haus, für diese Art von Arbeit verloren, entfremdet, habe er zuweilen resignierend gemeint, sagt sie, und wir beide — man wird keinen Tag jünger — zu alldem allein.

Einer, der sich in Wartesälen nicht zu setzen getraute, weil er kein *Besserer* war.

Der sich in Ämtern ob seiner Anwesenheit entschuldigte, noch eh er die Bitte, stören zu dürfen, vorgebracht hatte.

Ein Abgekrüppelter mit einem Hohn von Rente, weil seine einstigen Dienstherren nicht für ihn eingezahlt hatten und er dazu erzogen war, ja zu sagen zu dem, was man ihm vorsetzte.

Ein *Strebsamer. Sparsam.*

Sein Leumund: ein *tüchtiger* Arbeiter, nie *Schwierigkeiten* gemacht, *ungut* aufgefallen sei er nie. Einer, der vor halbleeren Schüsseln die Gabel weglegte mit dem Bemerken: »Ihr mögt es schon selber.«

Fragen gestellt nur zu Hause, sonst meist geantwortet. Was dann zum Beispiel, wie weiter, falls er oder seine Frau einmal erkrankten?, eine Aushilfe, wo?, verpachten, verkaufen, dreißig Jahre Schinderei sonnaufgangs bis in die Nacht, dieses Ergebnis von heute auf morgen verlassen, um dann, untätig und einsam, selbst von den Tieren getrennt, zu *verenden?*

Und, und Feuerversicherung, und Viehversicherung, Krankenversicherung und Pensionsversicherung und landwirtschaftliche Zuschußrentenversicherung, Fernsehgebühr und Radiogebühr und Telefonbeteiligungsgebühr; Straßenabgabe und Kuhumlage und Dreschgebühr an den Bauern; Einkommenssteuer und Lohnsteuer, und tagaus tagein vor Arbeitsbeginn in den Stall, auf das Feld, eine Tasse Milch im Stehen, aber nicht ausgetrunken, dazu blieb keine Zeit, und von der Firma auf das Feld, und dann in den Stall, in vierzig Jahren nicht einen wirklich freien Sonntag, und, sagt sie, sein Unfall und das Gerede der Nachbarn über die schwangere Schwester und: warum, sagt sie, warum bin ich nur schlafen gegangen!

Dann in die Küche, der Krug noch auf der Kredenz, leer, das Gestänge über dem Ofen, wo er im Winter die feuchten Socken trocknete, niemand hat sie entfernt, all die aufdringlichen Gegenstände, die Holzkiste, die, das ließ er sich nicht nehmen, stets er selbst auffüllte, eine Arbeitsbluse darüber, das *Emailweiß* der Wandkacheln, unerträglich schneidet rundum die *Klarheit* der Kanten ins Fleisch; der *grausam freundliche* Fußboden. Und zehn Jahre Kaltes zu Mittag, Aufgewärmtes am Abend, Verschlucktes am Morgen, zuwenig Zeit, um zu essen, aber genau, während irgendwelcher Tätigkeiten irgendetwas hinunterzuwürgen, und Schlaflosigkeit und Krämpfe, von denen niemand erfuhr, Nierenkoliken, Magengeschwüre, bis zu dreimal in mancher Nacht aufs Klosett.

Aus der Küche hinaus in den Hof, dessen Ende das Licht sprengt, es liegt auf dem Dach, fällt durch zwischen den Bodenbrettern im Schuppen, glänzende Lachen am Boden, zwischen den Leiterwägen; Pflug, Geräte an der Mauer, Fahr-, Trittspuren im Sand, eine Idylle, keine Wolke, kein Gewitter am Himmel, kein Unglück, Feuer, Weltuntergang in der Nähe, von den Nachbarhäusern Arbeitslärm, Herdrauch mit dem Wind, Hundebellen, Gezänk, Lachen, Befehle, er begreift es nicht.

Und die Schulden, sagt sie, auf das neue Dach, neben ihm, es habe sein müssen, hereingeregnet an allen Ecken und Enden, aber, habe er oft gesagt, heute braucht niemand zu hungern und wer arbeiten will, dem geht es gut.

Und das Dach für die Kinder und das Haus für die Kinder, der Acker, die Wiesen, das Vieh wie auch alles Geld für die Kinder, wenn es nicht — für die Kinder — immer draußen geblieben wäre. Alle sechs Jahre ein Anzug, wegen der Kinder, Geburtstag, Weihnachten, Neujahr, nur für die Kinder, und, sagt sie, wie auch anders, denkt er, alles umsonst.

Vor einer Flasche Wein der Satz: Der Mensch muß sich einmal im Leben auch etwas *vergönnen.*

Ein Feind weißer Hemden (weil man darin nicht *arbeiten* kann), verregneter Tage und von Wintern, da lief er im Haus auf und ab, da kratzte er noch aus seinen Sommerblusen Zigarettenstummel heraus.

Dann die Stiege zum Heuboden hinauf, die Stufen ächzen noch immer, in der Mitte haben Tritte Vertiefungen ausgefranst. Dreimal am Tag stieg er da hinauf und hinunter, Astlöcher lenken ab, rostüberzogene Nägel im Holz, er möchte sich in den Anblick eines Käfers, einer Fliege verlieren, Heugeruch, Strohgeruch — Schweißgeruch, erinnert er, die Tür ist nur angelehnt, wie oft bin ich ihm hier oben gegenübergestanden, in den Dachritzen hängt Licht, die Balken von dicker Staubschicht bedeckt, *sein staubbedecktes* Gesicht, es war, fällt ihm jetzt ein, eigentlich ständig ein *Staubgesicht,* eine Vulkanaschelandschaft, die der Schweiß mit Straßen durchzog, ein *Schweißgesicht.*

Da sind die grauen Mauern der Heustücke ringsum, aber er sieht einen mächtigen Heuklumpen sich in kleinen Rucken aufwärtsbewegen, ein Gabelstiel darunter und unter dem Gabelstiel zwei in Ziehharmonikafalten gedrückte krumme Hosenbeine, eine gestürzte Leiter sieht er, daneben gerötetes Stroh und ein sich bewegendes Bündel, er sieht ein kalkiges Gesicht, hört das Krachen von Knochen, Klatschen eines Antriebsriemens, das häßliche Wimmern eines ersterbenden Elektromotors und ganz nah ein Wort: Spitalsangst!

Vor dem Spital, sagt sie soeben, habe er die größte Angst gehabt, nicht wegen des Geschwürs, vor der Operation habe er keine Scheu gezeigt, aber vor der Aussicht tagelangen Herumliegens, der Untätigkeit; er könne nicht schlafen im Krankenhaus, habe er fortwährend gegrübelt, wie er zu Hause fehle, stelle er sich vor, wer die und die und die Arbeit verrichten solle, dann weiter, wie *überhaupt einmal* die Arbeit gemacht werde, im Krankenhaus, das sehe er voraus, werde er sich daran *versinnieren,* dahingehend habe er sich stets nur oberflächlich beruhigen lassen, er sehe dann die *Ungetanheit* der notwendigsten Verrichtungen *schreiend* nahe, wie er sich auch bemühe, anderes, an seine Umgebung, seine Gesundheit, Ärzte, Schwestern, irgendwelche bedeutende Ereignisse zu denken, es nütze nichts, zu jeder Tageszeit habe er die ihr entsprechenden *schrecklichsten Versäumnisse* vor Augen, vollends seinen Zustand habe er, wie auch seine früheren Verletzungen, Erkrankungen, sagt sie, das wisse er ja, nie als Verpflichtung zu gesunden, vielmehr Notwendigkeit, dennoch zu arbeiten, aufgefaßt, die tiefgreifendsten Verstümmelungen waren ja für ihn nicht Probleme der Gesundheit, sondern der liegenbleibenden Arbeit gewesen, wie er ja auch das Wort *krank* nie anders als in dem Begriff *arbeitsunfähig* zu fassen vermochte.

Seine Wirbelsäule auf dem Röntgenbild: eine unregelmäßig geknotete Schnur mit Richtungsänderungen.

Sein Gesicht: eine Felslandschaft jenseits der Pfadgrenze. Nahbar.

Seine Sonntagsröcke und -hemden mußten nach dem Tragen umgestülpt werden, damit das, was die Leute sahen, stets schön blieb.

Irgendwann dann zur Leiter — hinauf unter das Dach.

Und die Lichtbahnen, die Staubteilchen, die *vielen* Staubteilchen, die Obstbäume, *seine,* Wiesen, die *blühenden* Wiesen, die *leblose* Straße, Häuser, die *qualmenden* Schornsteine, die *geschäftigen* Menschen, das Spinnrad, die Spinnweben, die *feinen* Spinnweben, der Schlitten, das Pflugrad, die Gabeln, die Rechen, Sensen, das Heu in den Winkeln, die Dachziegeln, Lücken, der *graue* Betonboden, die Schuhe, die Beine, die *faltigen Hosenbeine!*

Dann die Sparren und Balken, der fingerdicke Staub auf den Balken, auf *dem* Balken, und *durch* den Staub auf dem Balken der *seilbreite staubleere Strich* in der Mitte; der *helle* Strich. Und hier, sagt da jemand, und die Leiter darunter, die Sprossen, abgetretene Sprossen, das Nichtsehenwollen und Dochsehenmüssen, und wieder: die fernen Geräusche, aber die blaue Schürze, aber das weiße Gesicht, die nahe, entsetzlich *friedliche* Stille

und endlich, viel später, im Hinuntersteigen, im Zurückgehen schon (als ob, denkt er, irgend jemand irgendeinen Weg *zurückgehen* könnte, dieser hassenswerte, dieser lächerliche, alle Wahrheit entstellende Begriff) während er denkt: aber von dem allen ist es *vielleicht nichts* gewesen, sagt sie:

»Einmal hat er einen Besenstiel an dir abgeschlagen.«

»Es waren dreißig Schritte«, sagt er, »ab der Stube.« Die auf der Leiter nicht eingerechnet.

Gisela Windisch

Kürzer als ein Augenblick

Diese Schmerzen. Sie kommen schon wieder. Ich kann meine Gedanken nicht zusammenhalten ...

Ich rufe mir mit Gewalt in Erinnerung, wer ich bin und was geschehen ist. Also: Ich heiße Paul, bin 26 Jahre alt, nicht groß, von eher schmächtiger Figur. Seit Jahren arbeite ich in einem Betrieb, der Fensterstöcke erzeugt. Ich stehe an einer Maschine, die Leisten zersägt. Ein anderer fügt sie zu Rahmen zusammen. Ich muß ganz schön zugreifen. Es wird einem nichts geschenkt. Wir arbeiten im Akkord ...

Ja, soweit ist das richtig!

In letzter Zeit ist mir diese Arbeit immer schwerer geworden. Ich wurde rasch müde und hatte oft wahnsinnige Kopfschmerzen. Abends bin ich nie ausgewesen und nie spät nach Hause gekommen. Nein, das wäre gar nicht möglich gewesen. Ich mußte doch Tag für Tag um drei Uhr früh aus dem Bett, fuhr mit dem Auto zwanzig Kilometer zum Arbeitsplatz. Um fünf Uhr war Arbeitsbeginn.

Jetzt weiß ich es!

Ich wollte lange schon zu einem Arzt. Aber — ginge ich, würde mein Arbeitsplatz sofort von einem anderen besetzt. Käme ich dann zurück, hieße es gleich: Gehst du in Krankenstand? Ja, dann bleibe ich an deinem Platz. Wenn du nicht mehr kannst, mußt du eben schauen, wo du bleibst.

Dann?

Verschwamm nicht das Sägeblatt vor meinen Augen? Und kroch nicht die Angst durch meinen Körper, wenn ich die Maschine einschaltete?

Ich hatte durch Wochen Tabletten eingenommen. Es wurde mir nicht besser. Ich muß zu einem Arzt! Morgen. Heute sind es ja nur noch zwei Stunden. Nur nicht schlapp machen. Ein neuer Stoß Leisten wurde herangefahren. Der muß heute noch weg, Paul! hämmerte es in meinem Kopf. Kaum, daß ich ihn an meine

Maschine heranbrachte. Automatisch hatte ich den Schalthebel umgelegt. Das Sägeblatt rotierte rasend schnell. Jäh stieg der Lärm an. Das schrille Kreischen des Metalls. Mein Kopf drohte zu zerspringen. Ich griff nach ihm — merkte, daß ich fiel. Tiefer, immer tiefer. Um mich nichts als ein Rauschen, ein Schrei! . . .

Ich löse mich aus einem Dämmerschlaf. Habe ich geträumt? — Alles um mich ist weiß. Auf mich laufen zahlreiche Schläuche zu. Ich greife nach ihnen. Es geht nicht. Meine Hand schmerzt. Der ganze Arm. Ich kann ihn nicht bewegen. Ich kann mich nicht bewegen. Ich schreie.

Von weit her kommen Stimmen. Wie schwere Tropfen fallen einzelne Worte an mein Ohr: Schwerer Blutverlust, Operation, Blutdruck sackt ab! Infusionen, noch eine Blutkonserve . . .

Eine Krankenschwester.

Jetzt verstehe ich. Ich bin in einem Krankenhaus. Mühsam forme ich Worte. Ein Arzt kontrolliert das Krankenblatt, versteht meine Frage und antwortet, ohne seine Tätigkeit zu unterbrechen: »Der rechte Arm unterhalb des Ellenbogens ist abgetrennt. Ein Erhaltungsversuch ist gemacht worden. Ob die Operation erfolgreich verlaufen ist, wird sich in einigen Tagen zeigen.« Und nach einer kurzen Pause: »Aber da ist noch etwas. Der Betriebsarzt hat einen Bericht mitgegeben. Verdacht auf Kopftumor. Das müssen wir erst durch Röntgen feststellen . . .«

Wellen der Verzweiflung überfluten mich. Ich will nicht mehr weiterleben. In meinem Kopf kreist nur ein Gedanke: Wie kann ich mein Leben selber beenden? Sobald ich aus diesem Bett bin, werde ich es tun . . .

War es noch am gleichen Tag?

Ich weiß es nicht. An meinem Bett sitzen meine Eltern. Von ihnen erfahre ich mehr über den Unfall. Ich sei plötzlich seitlich gestürzt. Vater sagt, ich hätte tot sein können, wenn ich nach vorne gefallen wäre, mit dem ganzen Körper gegen das Sägeblatt. Mein Gott, wissen sie nicht, wie es um mich wirklich steht? Ich fange zu weinen an. Mutter will mich trösten. Wellen von Schmerz überfallen mich . . .

Irgendwie nehme ich gelegentlich wahr, daß ich auf

der Intensivstation liege. Seit vierzehn Tagen schon. Die Eltern wären noch einmal bei mir gewesen, eingehüllt in sterilen Gewändern. Sie seien wiedergekommen. Vor der Tür zur Intensivstation seien sie abgefertigt worden mit dem lapidaren Satz: »Ihrem Sohn geht es den Umständen entsprechend.« Wahrnehmungen und Erinnerungen vermischen sich. Immer die gleichen Bilder. Immer der Betrieb. Holz. Das Sägeblatt.

Wie hatte ich um Arbeit gebettelt. Rundum um mein Heimatdorf. Da ist Vater in die Fabrik gegangen, zum Chef. Nichts. Kein Platz. Da hatte mein Vater gebeten: Sein Sohn müßte endlich einen festen Arbeitsplatz bekommen. Im Umkreis von zwanzig Kilometern unseres Dorfes gäbe es keine andere Industrie, nur diese Fabrik hier. Und der Chef hatte sich erweichen lassen.

Ich hatte nicht immer an der Säge gearbeitet. Bretter und Leisten hatte ich zu schlichten. Dann wurde ich an die Hobelmaschine gestellt. Dann ist das mit der Säge gekommen. Dem Vorgänger wurden drei Finger abgetrennt. Ich war hinzugesprungen, klaubte die Finger zusammen, steckte sie in ein Nylonsackerl und gab es dem Rettungsmann mit. Da hatte der Chef bestimmt, daß ich die Maschine zu bedienen habe. Als Auszeichnung, und mehr Lohn würde ich auch bekommen. Ich wollte nicht, konnte aber nicht ablehnen. Wenn ich mich geweigert hätte, wäre ich die Arbeit los gewesen. Ich hatte ein ungutes Gefühl. Ich bekam die Maschine nie in die Hand; sie hatte mich im Griff. Nachts träumte ich von ihr. Ihr Schrillen riß mich aus dem tiefsten Schlaf. Ich war dann froh, weil die reißenden scharfen Zähne nicht mehr auf mich zurollten . . .

Auch jetzt drängt sich kalter Schweiß aus meinen Poren. Ich schreie. Bestimmt, meine Augen sind geschlossen, denn ich bringe sie kaum noch auf, aber ich sehe die weißen Wände rotieren und auf mich zustürzen. Ich spüre, daß Ärzte und Schwestern um mich sind. Immer sind welche da. Es muß mir schon sehr dreckig gehen, denn sonst machen sie nicht solchen Tamtam um einen Menschen wie mich. Wieviel Zeit bleibt mir noch? Ein Tag? Eine Woche? Oder werde ich doch noch einmal gesund . . .

Diese Schmerzen. Sie kommen schon wieder. Ich

kann meine Gedanken nicht beisammenhalten. Ich sehe verschwommen den Arzt vor mir, spüre den Einstich der Injektionsnadel kaum, eine eisige Kälte umgibt mich. Ich quäle mich, bringe die Augen noch einmal auf und sehe etwas, was mir das Blut in den Adern stocken läßt: Eine Schwester breitet ein weißes Tuch aus ... noch nicht über mich ... aber es wird nicht mehr lange dauern ...

Walter Macku

berti alt und herr greil, sein chef

er saß auf dem geländer der brücke und starrte auf die trübe suppe des baches.

geschwängert vom gift der nahen beizerei, dampfend von der hitze der schmiede, durch deren kühlrohre es gejagt wird, gurgelte das wasser unter ihm dahin, jeglichen lebens beraubt, zwischen verbrannten ufern.

er spuckte in die schaumkronen und holte tief luft.

die hände in den taschen, die linke faust um den blauen umschlag gekrampft.

immer wieder hat er die wenigen zeilen gelesen, kannte den inhalt längst auswendig.

so war das also, wenn einer gekündigt war.

getuschelt hatten sie und scheinheilig gegrinst, als er die kantine betrat. kaum daß er sich mit der schwarzen lacken, die die alte grete stolz kaffee nannte, einen freien platz gesucht hatte, war der franz gekommen. ernst, ganz der sich sorgende betriebsrat, hatte er gesagt: »kommen sie, herr alt! der herr greil, unser chef, will sie sprechen.«

nicht wie sonst ein kollegiales »he, berti, der alte will was«, nein, ganz fremd und feindlich hatte es geklungen.

und dann der chef. selbstgefällig, straff stand er da unter dem bild des verstorbenen vaters — gott hab ihn selig —, ganz der alte fliegeroffizier.

»sehen sie, alt«, hatte er ihn empfangen, »sie wissen genau, wie heikel die wirtschaftliche lage des betriebes ist, da muß man sich als chef schon auf jeden einzelnen seiner leute verlassen können. da ist kein platz für quertreiber!«

er hob die hand, stach mit dem gestreckten zeigefinger nach berti und brüllte: »und was tun sie?« und nach einer eindrucksvollen pause: »sie erziehen ihre kinder zu revoluzzern und terroristen! dreibel ist ein kleines dorf, und es ist *mein* dorf, wie sie wissen. ja, haben sie denn tatsächlich geglaubt, keiner würde das merken, alt? — das ist vielleicht eine sache.« und jetzt nagelte er berti mit seinen augen förmlich fest: »ihr herr sohn macht auf zivildiener. ist auch einer von denen, die sich vor der pflicht des staatsbürgers drücken und dem vaterland den dienst verweigern!« empörung stand ihm im gesicht. »ich will ihnen etwas sagen, alt. es ist ihre familie, aber woher haben die kinder das, wenn nicht von ihrem vater? also, zu meiner zeit . . .«

ach der, dachte berti: stolz auf seine 17 abschüsse im letzten krieg, auf seine verwundung; hoch dekoriert war er, der sohn eines nazibonzen, nach hause gekommen, als die anderen noch in der scheiße lagen. und sein ohr nahm erst den nächsten wutausbruch auf.

»und dann erst ihre tochter! ich zahle ihnen jahrelang studienzuschüsse. und was macht die feine dame? statt sich ums lernen zu kümmern, etwas zu leisten, sich vor augen zu halten, daß sie von unserem geld lebt, jawohl, unser aller geld ist das« — seine stimme überschlug sich —, »leitet sie straßenschlachten, schreibt und verteilt schmierblätter gegen die rüstung und atomkraftwerke und . . .«

da hatte es dem berti gereicht.

»leck mich doch am arsch!« hatte er gebrüllt, daß der greil rot und blaß geworden war. »als du die quetsche hier übernommen hast, warst du ein niemand, warst froh über jede stunde länger, die ungezahlt geblieben ist. und als die quetsche hochgebracht war und geld abwarf, hast du gesäuselt: was täte ich ohne euch, meine freunde? — bist fett geworden durch meiner hände arbeit, und jetzt willst du dich zum richter machen, willst mir erzählen, wie ich meine kinder zu erziehen habe?«

alles andere war dann klar.

berti alt hatte durch boten den brief zugestellt bekommen: die wirtschaftliche lage . . . es täte ihnen sehr leid . . . man habe sich aber arrangiert, herr greil werde von einer ehrenbeleidigungsklage absehen und so weiter.

er zerriß den brief. langsam glitten die fetzen aus seinen fingern, sich drehend und wirbelnd tauchten sie ins wasser, wurden fortgerissen, weggeschwemmt. berti alt stieß sich vom geländer ab, steckte trotzig seine hände wieder tief in die rocktaschen und schritt langsam dem bahndamm zu, bog in den kleinen feldweg ein.

dorthin war er oft mit den seinen spaziert, sonntags nach dem kirchgang. damals hatte seine frau noch gelebt. hans war hier auf seinen ersten baum geklettert, elke hatte gejauchzt und sich mitten in die blumenpracht der großen wiese gestürzt.

nein, schwierig waren sie nie gewesen, seine kinder. waren immer von allein gekommen, wenn was anlag. alles war immer ehrlich und offen ausgesprochen worden zwischen ihnen. er hatte keinen fehler gemacht, da war er sich sicher. auch als hans gekommen war und gesagt hatte: du, papa, ich geh' nicht zum bundesheer, das ist gegen mein gewissen, hatte er genickt und gemeint: du weißt schon, was du tust, bub. und hans hat ihm stumm die hand gedrückt.

nein, für den bub mußte er sich nicht schämen.

und elke? hatte nicht er selbst den kindern die liebe zu natur und mensch gepredigt? war es da ein wunder, daß das mädel sich gegen umweltverschmutzer wie den greil und gegen den bau von atomkraftwerken engagierte? schließlich hatte er die druckkosten der ersten flugblätter übernommen, von seinem ersparten. nur um diesen jungen menschen zu helfen, hatte er gesagt, und weil er sie verstünde. elke ist schon richtig, das wußte er.

berti alt steckte sich eine zigarette an.

nachdenklich betrachtete er seine schwieligen hände. beim greil hatte auch der portier zupacken müssen, verladen und so, wenn einer zu wenig war. und das war oft der fall. wer würde ihn jetzt wohl noch nehmen mit seinen 56 jahren? die frührente kam nicht in frage. zwar hätte er die jahre schon beisammen und das steife bein wäre auch grund genug. aber er fühlte sich gesund und keineswegs schon alt.

langsam machte er sich auf den heimweg. es dunkelte bereits. ein zug donnerte vorbei. berti starrte ihm nach. er lächelte. plötzlich wußte er: es war noch nicht vorbei für ihn. im gegenteil, es gab viele, die so dachten wie seine kinder. und er fühlte, daß das ein neuer anfang ist . . .

Gerhard Ruiss

Kahlschlaggleichenfeier

Frauen, Männer, halbe Kinder; der Betonklotz hat sie im Zangengriff. Zehn Meter hohe Wände, die winzigen Milchglasfenster im oberen Drittel, die hinaufbrennenden Augen im untersten. Lichtbündel aus lecken Fensterstellen beleuchten eine gespenstisch pantomimische, in Gehörschutz getauchte Szene, wo jeder Griff, jede Handbewegung einem riesigen Tier an Entsetzen gilt, einem Monster, vor dem die Welt einmal nicht in Angst und Schrecken erstarrt stehen wird. *Wirtschaftswachstum,* wird es mit seinen Menschenfresserzähnen neonfarben blinken.

Die Wände sind voll mit nackten Plakatfrauen, Sprüchen, mit dem Genital geschrieben, zum Teil mit Kalk schlecht gelöscht. Wahnsinnstaten gehen im Gehirn um, Heldenmärchen sitzen den Leuten im Nacken, und dazu spulen sich vom Körper immer die ein, zwei Bewegungen ab, so lange, bis nicht einmal mehr eine Hand zum müden Abwinken dageblieben ist.

Splitternackte Menschen auch am Teerboden, sich die Hände reibend, am Werkstück, am kalten, blutsaugenden Eisen, von der Erdanziehungskraft nur scheinbar festgehalten.

Riesengroße Drahtgitter malen lange, schwarze Schattenkreuze auf ihre Körper. Monströse Schwungräder ziehen ständig auf ein und derselben Stelle über ihre Köpfe hinweg, ziehen alle zwei Minuten neue Scheitel durch ihre Haare. Stahlhämmer brechen zentimetertief in ihre Kopfmotorik ein. Auf der Spitze des Fließbandkreisels tanzen die, die zehn Jahre in der Fabrik sind und noch länger, Schattenkreuze eingebrannt, als Brandzeichen des Betriebes.

Gleichschnell läuft das Fließband, langsamer die Menschen, müder, schlagen sie wild wie in Notwehr um sich; das Schweißbad schäumt nicht.

Die Strahlung der einförmigen Bewegungen dringt bis in die Untiefen des Körpers vor, setzt sich im Magen fest, frißt an den Gedärmen, würgt an den Sehnen, den Muskeln, den Knochen und würgt schließlich die Hauthülle wieder heraus und spuckt ein paar Haare auf sie: das Modul fährt die Arme aus, das Modul nimmt sie wieder weg.

Ein kurzes Erwachen: Brigitte Bardot steht unter ihrer Blondhaarperücke im fersenlangen Faltenkleid neben der Walzmaschine und liebkost sich kurz selbst mit den Händen, die noch den Seifengeruch der Seife haben, mit der sich auch die Bardot wäscht; Schmierölgeruch kommt aus ihrem Intimbereich.

Rudolf Kirchschläger blickt von seinem Präsidentensitz auf der Wand aus auf seinen Mitarbeiterstab am Betrieb *Österreich.* Neben ihm sieht der Juniordirektor von der Wand, mit größeren Augen, aber schon viel kleineren Interessen, lediglich diesen einen Betrieb betreffend. Wie groß sein Mund ist, sieht man nicht, weil er ihn geschlossen hält.

Der Abteilungsleiter im Glasverschlag der Halle, der die Vertretung für diese Herren ist, verfolgt aus den Augenwinkeln Abteilungsinteressen und sieht manchmal, wenn er stumm nur mit den Augen mahnt, zu den Bildern an der Wand auf, als kurzer Hinweis auf ihre ständige Gegenwart durch seine Vertretung.

Praktisch jeder, der hier Verantwortung fühlt, verfolgt irgendwelche, je nachdem, kleinere oder auch größere Interessen. Nur die Leute an den Maschinen und an den Bändern interessiert rein gar nichts, außer, ja außer, daß sie *am Letzten ihr Geld haben wollen.* Das sieht auch der Abteilungsleiter und sagt es dem Direktor/und der sieht es ja auch und sagt es seinen Gremien/und die sehen es ja auch und sagen es ihren Politikern/und die sehen es ja auch . . . und deswegen sieht es von oben bis unten und von unten bis oben schließlich *jeder* ein, daß man die Interessen der Leute wahrnehmen muß, die praktisch keine Interessen haben, damit man ihre Interessen verfolgen kann, *daß man solange daran nichts ändern kann, als sich daran nichts ändert.*

Trotzdem klettert der Hauselektriker zuoberst, wenn auch interesselos, in den Stahlverstrebungen der Halle herum. Vielleicht gehört er zum Absturzschnitt, vielleicht auch nicht; jedenfalls bringt er die Beleuchtung wieder in Ordnung, während unten am Band die Arbeit weitergeschoben wird. Typisch, könnte man meinen, daß einer dem anderen die Arbeit zuschiebt: — wenn es nicht das Fließband wäre.

So aber ist das Fließband die ganze Zwischenmenschlichkeit und Brigitte Bardot in Wirklichkeit eine Marianne Hofbauer unter vielen möglichen, mit dem Pech, mit 13 schon einen erwachsenen Körper gehabt zu haben und plötzlich mit einem Kind dagesessen zu sein, oder vielleicht auch nur mit einer Schwester. Sich den besten unter allen möglichen Vätern ausgesucht zu haben und, statt für das Kind einen Vater, einen Verleumdungsprozeß an den Hals bekommen zu haben. Das hat sie kleingemacht und schwer.

Von den Eltern rausgeschmissen, von der Fürsorge zurückgetrieben, von den Eltern wieder rausgeschmissen, von der Bewährungshilfe wieder zurückgetrieben, hat sie dann doch wieder einmal dableiben dürfen, als fester Bestandteil im Dorf wie der Dorftrottel und andere auch. Mit Sammelbussen in eine Fabrik am Stadtrand gelockt und da mit glatten Tausend über dem Existenzminimum.

»Die meinen Sie, die mit der blonden Perücke und mit den großen Schwitzflecken unter den Armen? Die jetzt den Nylon-Arbeitsmantel hat?«, fragt der Betriebsrat, der als einziger noch in den Fall Marianne Hofbauer eingeweiht ist, als ihm gesagt wird, daß einer Kollegin jetzt bald die Straftilgung bevorstünde. Aber zwei Schilling mehr in der Stunde deswegen sei vielleicht doch zuviel. Mit der Hälfte von dem, was sie weniger draufbekommt, kann vielleicht auch ein Betriebsrat einverstanden sein. Es bringt ja doch nur Unruhe unter die Leute.

Ihr Fünfväterkind ist jetzt schon sechs Jahre alt, und sie weiß immer noch nicht, ob sie es lieben soll. Schließlich ist es doch ein Stück von ihr. Vielleicht aber ihr schlechtestes?

Das Kind lernt gut im ersten Schuljahr, es ist das klassenbeste; sie kann jetzt bald den Antrag auf Straftilgung stellen; nichts wird mehr gegen sie aufliegen; sie wird ein ganz normaler Mensch sein wie alle anderen auch. Aber sie wird weiterkränkeln, weil das Kind das eigentlich anerkannte Dokument ist und nicht zu tilgen ist, lebenslänglich.

Abends kriecht sie mit den anderen Zangengeburten aus dem Fabriksschoß, fällt müde auf einen der Autobussitze und wird in einer halben Stunde wieder zu Hause sein, sich überzeugen können, daß alles wieder beim alten geblieben ist.

Wind reißt an den Fensterbildern, Gesichter werden zu Fleischdreispitzen, zu Hüten, direkt am Hals aufgesetzt, vom Fahrtwind zum Grüßen gelüpft, von den Verlustträgern durch die Fensterkette bis zum Busblechende verfolgt.

Aus dem Halbschlaf wieder hoch wirbelt trockener Schmutz unter den Rädern zu Staubsäulen auf, ist jedes Haus der Straße ein Parlament für sich. Die Dämmerung rastert die Gesichter, die Umgebung wird braun und rollt sich ein wie zu lange in der Sonne gelegene Fotos. Die Leute reden in Bildtexten, Kinderkolonnen marschieren mit Maschinenspritzpistolen gegen Osten, Veteranen klopfen ihnen auf dem nächstbesten Holz, — dem ihrer Prothesen —, das »Toi-Toi-Toi« nach. Im Bus schlägt gebremster Puls.

Erste Station! Ein paar sind schon da und steigen aus. Warum die Psychologie eigentlich nie vom Betrieb redet? Erster Gang, zweiter Gang, dritter; die Gegend ist voller Nachhause. Wiener Becken, Tullner Becken; fruchtbare Gegenden heißen eigentlich immer so. Aber Achtung! »Allgemeine Gefahr«, mit einer unleserlichen Zusatztafel. Ein Verkehrszeichen manchmal, und wenn der Fahrer aufs Gas steigt, ein Vagina-Symbol für eine Blecherrektion. Die Schlafenden werden vom Busfahrer ausgebremst, beinahe hätte er die »Allgemeine Gefahr« übersehen — ein paar Arbeiter schieben Räder zwischen Werksausfahrt und Dorf.

Das Fahrzeug Schlafender und Halbschlafender schraubt sich tiefer in die Nacht nach Westen, die Schlußlichter versinken in der Ferne.

Auf Nummer zehn schiebt die Dämmerung die zwetschkenschweren Äste zur Seite, fließt in die kühle Luft ein und umschließt den vorm Haus sitzenden Vater, bevor sie sich über das Haus stülpt und hinter dem Haus wasserfallartig weiterstürzt.

Schon sitzt wieder einmal der Vater am Sessel vorm Haus, und es dauert eine ganze Weile, bis er sich wieder hochgerappelt hat und wieder auf dem Sessel vorm Haus sitzt, mit allergrößter Genauigkeit alles registrierend, was ihm sein Alkoholspiegel vorhält.

Morgen wird er wieder seinen Nachbarn erzählen, daß die Kinder der kinderreichen Familien schon wieder versucht hätten, die Zwetschken aus ihren Gärten zu stehlen. Was ihnen sicher auch gelungen wäre, wären nicht er und sein Gehstecken gewesen. Zumindest der Schnaps, den er dafür bekommt, ist das Aufpassen wert. Auch wenn sie dann wieder hinter seinem Rücken über ihn reden, es ist ihm egal. Was außerhalb seiner Räusche passiert, geht ihn nichts an.

Die Mutter in der Küche stemmt sich erneut mit aller Gewalt gegen die Sprünge in der Mauer, gegen den sich senkenden Dachstuhl und gegen den sich werfenden und faulenden Fußboden; kurzum, sie hält das Haus zusammen.

Vater, Hausherr, war früher bei der Elektrizität; Monteur, Familienerhalter, viel auf Montage, dort Lohn-, daheim Hauspatschenempfänger, stützt sich, jetzt pensioniert, auf den Alkohol und auf seinen stets bedrohlich wirkenden Stock und versucht sich damit im Gleichgewicht zu halten, vor dem einen, dem endgültigen Umfallen. Zwei Jahre schon hat er auf diese Weise seine Pensionierung überlebt, seine Frau wird er wohl nicht überleben. 35 Jahre lang teilt er schon Tisch, Bett und Alkohol mit ihr — sie steht zu breit im Leben, 95 Kilo schwer, so fällt man nicht!

Das Abendessen greift aus den Fenstern nach ihm, legt sich wie ein Ring um seine Nase, an dem ihn seine Frau, wie jeden Abend, durch den Vorgarten ins Haus zieht. Sie tritt ihre Essen-am-Tisch-Regentschaft an. Da nimm! Noch den Salat! Na, schon noch was dazu! Du wirst schon können.

Aha. Das Fräulein Tochter wieder einmal nicht zur rechten Zeit da. Überstunden? Ja, ja. Wo denn? Wo denn?! Im Bett vielleicht! Aber auf so ein, — auf so ein, auf *die* Art verdientes Geld kann *ich* verzichten! Und seine Faust läßt die Teller auf dem Tisch tanzen: ein täglich wiederkehrendes Ritual.

Seit ein paar Monaten hat er fast keinen Bissen mehr bei sich behalten. Und wirklich, er bricht wieder, bekommt einen gehässigen Gesichtsausdruck, beginnt, von den Händen ausgehend, am ganzen Körper zu zittern, lacht erregt darüber und bricht erneut; bricht, schluckt, lacht, bricht und schluckt gleich wieder, was er gebrochen hat und bricht es wieder. Sein ganzes Essenmüssen war wieder einmal umsonst, war für die Katz' — die sich auch schon an das Erbrochene heranmacht, ehe sie vor den heranstampfenden Wasserbeinen seiner Frau die Flucht ergreift.

Plötzlich steht ihre Tochter Marianne in der Tür, ein Luftzugpuzzle. Die Mutter schiebt sich die Brille vor die Augen und sagt statt einer Begrüßung, daß sie gleich essen könne.

Sie kann aber nicht essen, bei dem Geruch. Und wie es da aussieht! Das schreit sie, und der Vater schreit auch und bricht wieder und lacht gehässig, und es tropft vom Tisch, und die Mutter wischt und kommt mit dem Wischen nicht nach. Und die Luft ist sauer, der Fußboden fleckig, der Fernseher auch heute noch nicht gerichtet, überhaupt das ganze Haus eine Bruchbude, und dann das Kind, das schreit jetzt auch noch. — Na, dann geh schon hin, Oma! Sie schlägt die Tür hinter sich zu und taucht zwischen den Lichtpfosten der Straßenbeleuchtung unter.

Unbeschreibliche Wut füllt ihr das Loch im Bauch an; sie kann nichts essen, und sie will auch gar nichts mehr essen. Sie wird halt spazierengehen, so lange, bis ihre Eltern schlafen, sich dann ins Haus schleichen, ihren Körperspray im Zimmer verspritzen und sich in den Polstersessel fallen lassen, einen Arzt- oder Liebesroman lesen und sich ganz daheim fühlen, in ihrem Zuhause aus der Dose.

Sechs Monate lang schon jeden Abend dasselbe Theater, jeden Abend denselben Streit und am Wochenende, wo alle anderen ihre Ruhe haben, da ist es bei ihr am schlimmsten. Sie kann sagen, was sie will, noch so viel Geld nach Hause bringen — das letzte Wort haben immer ihre Eltern. Sie haben sie sogar schon soweit, daß sie gar nichts mehr zu sagen brauchen. Es genügt ja schon, nur einmal kurz nach dem Kind zu sehen, das

Bildchen im Anhänger vom Halskettchen zwischen den Fingern zu drehen, um ihr jedes weitere Recht, auch auf nur die bescheidensten Ansprüche, schon von vorne herein abzusprechen. »Was das Kind nur schon wieder anstellt! — Du hast halt leider auch nicht die Zeit . . .« Sie hält sich die Ohren zu, sie kann das alles nicht mehr hören! Aber Ohrenzuhalten hilft nichts mehr, wenn sich etwas schon so hineingefressen hat. Sie will den Knopf im Magen loswerden und lehnt sich an einen Baum, schiebt sich den Mittelfinger tief in den Schlund, aber es stößt nur biersauer auf, sonst nichts. Jetzt will sie wenigstens weinen. Warum kann man sie denn nicht in Ruhe lassen? Sie tut doch auch niemandem was! Wenn sie wenigstens ihr Kind nicht im Spital bekommen hätte, sondern allein, zu Hause. Heiß baden, aufs Fensterbrett legen, die Tür aufmachen und selbst aus der Zugluft gehen, die die Lungenentzündung anweht. Schluß. Aus. Fast geniert sie sich über ihre Gedanken. Aber ist das ihre Schuld, daß sie jetzt so darüber denkt? Ihre Eltern haben sich ja richtig auf sie gestürzt, sobald das mit ihrer Schwangerschaft heraußen war. Schritt für Schritt waren sie hinter ihr her, wie der Dackel, den sie einmal gehabt haben, der immer hinter der hochschwangeren Katze her war, um ihr die frischgeworfenen Kätzchen gleich hinten wegzufressen, nur mit dem Unterschied, daß sie darauf aus waren, die Mutter zu fressen.

Dabei hat sie sich ja über das Kind gefreut, hat es ja haben wollen, einen Menschen, wie sie einer ist!

Aber es ist nicht so geworden, und es wird wohl auch nicht mehr so werden.

Umgotteswillen, der Pfarrer! Jetzt nicht auch noch beim Pfarrer vorbeimüssen!

Seitdem sie nicht mehr zur Beichte geht, wird sie sowieso von ihm ignoriert. Aber als nicht unweit von ihrem Ort auf einmal eine an den Händen zu bluten begonnen hat, da ist er jeden Tag hingefahren, und obwohl er in dem Ort gar nichts mehr zu suchen gehabt hätte, weil der seine eigene Pfarre hat. Freilich, sie blutet auch, regelmäßig; anscheinend leider an der falschen Stelle. Sie kann sich schon ganz gut vorstellen, warum er sie so geflissentlich übersieht, bei Leuten, die nicht zur Beichte gehen, weiß man wahrscheinlich nicht, wie man mit ihnen dran ist. Die geben einem vielleicht sogar noch was Freches zur Antwort. Hingehen sollte sie, und ihn fragen, ob er nicht auch glaubt, daß es besser wäre, den Leuten etwas weniger unter die Arme, aber dafür umso öfter zwischen die Beine zu greifen.

Aber er war es nicht. Es war nur irgendeiner der andern im Dorf, auf deren Biertischen sie schwimmt, in deren Gebetmühlen sie zerrieben wird.

Außer ihr selbst kennt sie eigentlich nur eine im Dorf, die auch nicht das »Wahlrecht« hat, der »auch nichts anderes übrig bleibt«, als da zu bleiben, und sonst nichts, als dankbar zu sein. Von der hört man genausoviel hinterrücks wie wahrscheinlich von ihr.

Die wohnt seit zwanzig Jahren in einem gemauerten Schuppen, war in dieser Zeit angeblich keinen Schritt mehr vor der Türe, soll in eine durch drei Eisenstäbe viergeteilte Welt sehen und überhaupt nicht reden können, nur schreien, in einem ewig gleichlautenden Ton schreien.

Der einzige Mensch, zu dem sie Kontakt haben soll, ist ihre Mutter, sonst soll niemand zu ihr dürfen. Soll ihr Menstruationsblut an die Wand schmieren, ihren Kot, dabei schreien und immer wieder ein Wort an ihre vier Schuppenwände krakeln: *Igeleide, Igeleide.*

Kein Mensch weiß, was das heißt.

Sie weiß eigentlich gar nicht so recht, warum sie die Verrückte auf einmal so interessiert, daß sie sogar zu ihr hin will. Mitleid kann das nicht sein, wenn sie sie nicht kennt. Artverwandt fühlt sie sich erst recht nicht mit einer Verrückten. An Neugier kann sie nicht so recht glauben, weil es doch Nacht ist und gar nicht sicher, ob sie überhaupt etwas sieht. Aber so wichtig, daß man dafür gleich einen Grund braucht, ist das ja auch wieder nicht, wenn man an einem Abend in sechs Monaten einmal ein bißchen was anderes macht als sonst immer. Jeden Tag nur Bitternis schlucken, bis ihr Vater endlich vor Rausch und ihre Mutter vor Müdigkeit eingeschlafen sind, das macht auf die Dauer wahrscheinlich auch verrückt.

Das kleine Fenster hat wirklich drei Eisenstäbe als Vergitterung. Wie sie sich schon gedacht hat: Licht brennt keines. Sie legt sich eine der herumstehenden

Obstkisten unter, um besser durch das Fenster sehen zu können. Jetzt muß sie sich sogar noch etwas bücken, um was zu sehen. Zu sehen ist eigentlich nichts, aber schnarchen hört sie. Schon ein bißchen verrückt, das Schnarchen. Wenn das wirklich alles stimmt, was man sich so von ihr erzählt, dann müßte die ja geradezu ein Exorzistenfressen sein. Das Fenster hat ja nicht einmal innen was zum Zumachen. Was machen die denn mit ihr im Winter da draußen? Wenn es da drinnen nur nicht so finster wäre! Nein, neugierig ist sie nicht, aber wenn sie schon einmal da ist —. Sie sucht nach Zündhölzern, fingert ein Zündholz aus der Schachtel und reißt es an. Im ersten Moment sieht sie gar nichts, dann hält sie die Hand schräg darüber, sodaß sich ein Lichtkegel bildet, der den weißen Raum in fahles Licht taucht.

Die Verrückte schnellt hoch, schreit. Ihr fällt das Zündholz aus der Hand, kalt schwitzende Hände legen sich langsam auf ihren Rücken. Sie stürzt Hals über Kopf davon.

Der eine Augenblick schon hat genügt: die Verrückte mit ihrem grün-orangen Riesenkinderkopf, mit ihren austretenden Aschenaugen, eigentlich ihr Kind, nur zweimal so groß; der Schrei! Darüber eine Feuersbrunst von klobigen Großbuchstaben: *IGELEIDE, IGELEIDE, IGELEIDE* . . ., die weißen, steilen Wände, die Gitterschatten, der Geruch von Unverdautem und trockenem Blut: die Fabrik, in der sie arbeitet und das Haus ihrer Eltern in einem.

Erschöpft bleibt sie stehen, ihre Lungen pressen nach Luft. Sie spürt es ganz deutlich, irgend etwas in ihr ist aufgebrochen. »Ige-, Ige-«, irgend etwas rührt sich da im Karst der Jahre. Ige-, Igeleide, was war das? Das war nicht geschrieben, das war geschrieen.

Vom Kopf bis zum Magen ist ihr alles in Bewegung, selbst die kaltgerauchten Hände sind ihr wieder warm geworden. Es liegt ihr auf der Zunge, so wie noch belegt, aber schon kurz vor dem Gesundwerden. *Igeleide,* das kennt sie, das hat sie von irgendwo! Aber nicht von da, von irgendwo, wie von einer Reise mitgebracht, wo nach Jahren nur mehr das Gefühl da ist von dem, was war. Sie kann es förmlich riechen, der Geschmack ist da, am ganzen Körper kann sie es spüren: es fällt ihr nicht ein.

»*Ige-Igeleide . . .*«, immer wieder murmelt sie es in sich hinein. Ihr Kopf ist die schwarze Halle ihrer Einsamkeitsträume. Von allen Wänden echot es wieder: *Ige-Igeleide,* und jedes Mal kommt der Klang anders zurück. Und plötzlich spürt sie, sie muß brechen, und dann bricht sie und kann gar nicht brechen, weil sie ja nichts im Magen hat. Und trotzdem bricht sie minutenlang, keucht dazwischen schwer, bis sich ihr alles vor den Augen dreht und sie vor Erschöpfung ins ungemähte, nachtfeuchte Gras fällt. Jetzt weiß sie auf einmal, was das heißt: Igeleide. Jetzt weiß sie auch, woher sie das hat: ihr erstes Bilderbuch. »Dem Ige tut man nicht eleide, es schütze ihn die Stachegeide«, das war sie vor zwanzig Jahren. »Igeleide«, hat sie gesagt, wenn sie es hören wollte. Igeleide — Igeleide — Igelleiden — ein Igelleiden! Was nicht im Igel drin ist, kommt auch nicht mehr in ihn rein, sobald die Stacheln aufgestellt sind. Sie ist sich ganz sicher, daß die Verrückte nach jemandem schreit. Daß sie jemanden sucht. Einen Mann? Einen wie sie? Den kriegt sie nicht! Verrückte sind doch nie ganz gleich verrückt.

Aber sie! Ja, wieso nicht sie! Sie würde doch ganz leicht einen kriegen. Nicht da! Sie zieht weg. In die Hauptstadt. Sie nimmt sich eine andere Arbeit, mietet sich eine Wohnung, wird jetzt auch die Pille nehmen, wird eine Menge neuer Leute kennenlernen, und einmal wird sie auch wieder ein Kind haben, ein richtiges Kind!

Es steht fest: sie geht weg. Sie nimmt sich die Wohnung in der Stadt, die neue Arbeit. Und sie wird einen Mann haben und Kinder und später vielleicht sogar ein Auto und eine große, moderne Wohnung. Morgen schon, morgen früh schon.

Sie tanzt fast nach Hause, wo alles schon schläft, liest nichts mehr, ißt auch nichts mehr, geht gleich schlafen, stellt sich den Wecker nicht; sie will morgen richtig ausgeruht und ganz stark sein, und nichts und niemand wird sie da mehr halten können.

Die Straßensperren sind aus Nachtnebel, die Kontrollorgane die Uhren, die Aktentaschen die Passierscheine; der Ö-3-Wecker hebt die nächtliche Ausgangssperre auf.

Mariannes Wecker rasselt nicht — die Mutter weckt

sie auf und plumpst in die Küche voraus. Damit sie nicht wieder einschläft, beginnt ihre Mutter durch die offene Tür auf sie einzureden. »Wenn du auch nur halb soviel Rücksicht nehmen würdest«, sagt sie, und wann sie denn heimkommen werde. Und weil keine Antwort kommt, sieht sie nach: »Du weißt doch, Vater hat heute Geburtstag!« Sie weiß es. Er wird eine Torte brechen dürfen. Ja doch! Sie weiß es! Heute hat ihr Vater Geburtstag, morgen ist es ihr Kind, das krank werden wird; sobald es wieder gesund ist, wird ihr Vater sowieso nicht mehr lange zu leben haben, danach wird sie ihre Mutter doch nicht ganz allein lassen wollen, und schließlich wird sowieso alles einmal ihr gehören.

Wortlos steht sie auf, zieht sich an, frühstückt wie jeden Tag viel zu wenig und raucht dafür zuviel, nimmt die Tasche, die ihr die Mutter hergerichtet hat und geht mit schweren Schritten durch den Vorgarten aus dem Haus, zur Sammelstelle des Betriebsautobusses. Nur einen Moment will sie sich noch an gestern erinnern, dann geht sie schnell weiter, auf den schon wartenden Bus zu.

Nicht mehr lange, dann ist sowieso Urlaub.

Hubert Höllmüller

ortsgebunden

heute sind sie wieder ins dorf eingefallen. wie ein rudel wölfe. zu viert oder zu fünft streifen sie durch den ort. mit hochroten und verschwitzten gesichtern, die sie hinter einer maske verstecken, schlagen sie sich ihre wut aus dem bauch. sie haben alle viel getrunken. und die leute stehen am gehsteig, sehen zu, lachen, wenn sie nicht geschlagen werden, schreien auf oder bleiben stumm, wenn sie schläge abkriegen. es ist schon vorgekommen, daß sie auf ein fahrendes auto gesprungen sind, die tür aufrissen und die insassen herausgedroschen haben. oder daß sie sich untereinander hetzen. jeder, der sich maskiert, darf zuschlagen. das dorf sieht zu, gibt das recht dem stärkeren.

es schneit. die straße ist kaum befahrbar. drüben steht ein polizist. falls es zu ausschreitungen kommt. es ist schon passiert, vor etlichen jahren ist es passiert, daß es mitten auf dem hauptplatz mit vier polizisten zu einer wilden rauferei gekommen ist. wölfe in masken gegen wölfe in uniform. wer an diesem abend ins dorf geht, akzeptiert die spielregeln. alles ist umgedreht an diesem abend: es geht darum, zu schlagen und geschlagen zu werden. vielleicht gibt es das gefühl, auf freier wildbahn zu sein. in einem rudel von wölfen.

»schließlich sind wir alle eine große familie. deshalb müssen streitigkeiten auch intern gelöst werden, ohne groß an die öffentlichkeit zu treten.« der bürgermeister ist fertig. er lächelt. georg lächelt zurück. alles hat wieder »seine« ordnung.

»i und da jg-obmann. eine familie. wo er den schas nur herhot. der is imma nou ein aufsteiga. dem is es wurscht, ob rot, braun oda schwoaz. außadem is er ein faschist.«

mit dem wort soll er vorsichtiger umgehen. das ist kein schimpfwort wie jedes andere. da steckt was dahinter.

»owa geh! i woa dabei, wie er im gosthaus g'sogt hot,

daß damois nur 200.000 juden vagast worden san. bei dem *nur* erübrigt sie jeda kommentar!«

wir stehen auf. wir sind also alle eine große familie. ich seh da den harald, die susi, den herbert, die eva und noch zehn, fünfzehn andere. die machen jetzt seit zwei jahren eine jugendgruppe, eine dorfzeitung, und ihre eigenen gedanken. sozialismus und so. sie halten nicht viel von parteivätern und -müttern. und geschwister?

»mir streitn uns, mit wem's uns paßt.«

der georg ist einer von denen, die am meisten für die gruppe machen. er ist schlosserlehrling, 15 kilometer talaufwärts. er ist kein pessimist. aber manchmal hat er einen schleim auf alles. wenn wir dann so dahinschimpfen, kommen wir ganz automatisch auf die gewerkschaft. er sagt, daß es ihm jetzt endgültig reicht mit diesem gewerkschaftler. als betriebsratsobmann sei der schlimmer als die schwarzen. er sei ja auch ein aufrechter gewerkschafter, aber bei ihnen ist der ögb ein schimpfwort. und wie das mit den vier arbeitern war, mit ihrer kündigung, da hat es ihm gereicht. einen bessern unternehmer als den betriebsratsobmann find'st du nit. der glaubt, er kommt gleich nach dem bürgermeister.

das werk gehört übrigens dem, naja, ist ja wurscht, der sich von seinem schwager in der landesregierung die unterstützungen hintenrein schieben läßt. und die gewerkschaft spielt dazu!

ob ich das kenne. ja, das kenne ich. leute mit einem gewerkschaftlichen brett vor dem kopf, die dann so tun, als wär'n sie die noblesse des dorfes. die dorfcreme, sozusagen. aber vom schimpfen wird das nicht anders. bei uns gibt es das sagen: einem beim streit'n helfen. das stimmt schon. und ich helf' jetzt dem georg. »warum schreibst des net in die dorfzeitung?«

ob ich glaube, daß sie einen familienkrieg durchstehen. »die gewerkschoft ist sowieso grundsätzlich sauer auf die zeitung. das ist die feindlichkeit der arbeiterbewegung gegenüber ollem intellektuellen. mir hob'n in da vorigen numma die hauptschul an'griffn. prack, hob'n mir ane üwan schädl g'hobt. die hauptschul is nämli a feindlich gegenüber ollem intellektuellen. wobei sie damit manan, kritisch, und zwoa so kritisch, daß a jeda vasteht.«

ich gebe ihm recht. wenn willi so zu erzählen anfängt, dann krieg' ich das gefühl, am besten, du versteckst dich zu hause. sonst fallen sie über dich her. und ja nicht an ihrer ordnung rütteln. wer was zu sagen hat und so. jeder muß sich da langsam hinaufarbeiten. wie in einem wolfsrudel.

heute ist im heim eine anti-weihnachtsfeier. ich komme um eine halbe stunde zu spät. sie sitzen schon um ein paar tische, es sind über zwanzig gekommen. willi liest aus einem kriegstagebuch. das große licht ausgeschaltet, neben willi brennt eine kerze. die andern sind sehr ruhig. draußen schneit es ein wenig. ich sehe weit hinaus, über die felder zum stahlwerk. »comet stahl« steht mit großer neonschrift auf einem hallendach. ein anderes dach ist vor zwei jahren eingestürzt. zwei tote. niemand war schuld. es war eben zuviel schnee auf dem dach. auf der anderen seite vom tal, wo jetzt dichter fichtenwald steht, soll die trasse der schnellstraße führen. genau vor mir steht die arabersiedlung. die ist erst vor kurzem fertig geworden. sie heißt deshalb so, weil sie aus lauter schachteln besteht, wie in der wüste.

die leute hören immer noch zu. zwei lachen hinter vorgehaltener hand. an der wand hängt ein plakat: arbeiterweihnachtslied aus dem ruhrgebiet ende letztes jahrhundert. die stimme vom georg klingt eintönig. wir sind jetzt in stalingrad. es geht um den frieden. ich erinnere mich an eine diskussion hier, wo einer sagte: »jo, obrüstung, und wos is, wenn mia vom weltraum aus angegriffen werdn. von ufos und so. wia wolln mia uns do vateidign, wenn's kane woffn mehr gibt?«

georg ist jetzt fertig. eine unangenehme pause. dann stehen etliche auf, andere ziehen sich an und gehen, zwei holen aus dem kasten spiele. waltraud ist verärgert. schon von anfang an, als zwei drei burschen hereingekommen sind und ihre erste frage war: »wos hobt's zum trinkn?«

und der georg hätte die jungen polenflüchtlinge einladen sollen.

»du, die hobn vorvorgestern, vorgestern, gestern, heite nochmittog und morgn a weihnochtsfeia. jede partei und jeda varein möchte ihnen eine frohe weihnocht im freien westen bescheren.«

aber reden hätten sie können, über das, was er vorgelesen hat. georg gibt zu, daß die feier nicht besonders war. es ist schwierig, wenn ein teil der leute nichts anderes weiß, als sich wo immer und wann immer umzuschneiden, also zu besaufen.

es ist schwierig, wenn einige stumm sind, aber soviel sagen möchten und nicht wissen wie. erzählen, wie es einem geht, wie du dich fühlst, und die vielen fragen über sich und andere — das alles ist da, wenn wir zusammensitzen, und wir wissen nicht wie und sind angezipft.

waltraud geht. nach einer stunde sind wir noch zu viert. wir spielen mit dem fritz und dem walter karten. die sind beim bundesheer. der walter ist ziemlich blau. er sagt, das saufen hat er beim bundesheer gelernt.

bevor wir gehen, schau' ich mir die ausstellung im nebenraum genauer an. aktion »kein kriegsspielzeug«. geschäftsleute aus dem ort stellen aus. ich finde plastikindianer und cowboys.

»net sehr friedlich.«

»do muaßt da des aunschaun.«

georg holt hinter einem großen teddybär eine schachtel hervor. darauf ist ein flugzeugträger abgebildet.

»zum z'saumbasteln. hob' i glei versteckt. des geht denen eben olles über ihr'n horizont.«

wir springen die stufen hinunter. gehen wir noch wo hin? wo ist denn noch offen? drüben, beim ewald. letzten sommer, als der herbert mit einem bekannten österreichischen gegenwartsschriftsteller dort gesessen ist, erstattete ein mitterdorfer bei der polizei anzeige, daß helmut b. mit einer verdächtigen person mit bart, die noch nie im dorf gesehen worden sei, im kaffeehaus sitzt.

»wir müssen jeder anzeige nachgehen«, so der herr inspektor.

»nein, ich will heim, ich bin müde.« gut, der georg kommt mit. wir sind ja fast nachbarn.

am hauptplatz seh ich ein neues leuchtschild »erste mürztaler reblausstubn, eröffnet in drei tagen«.

da war früher die diskothek drinnen.

»wos, die disko gibt's neama?«

georg meint, daß es zu wenig geschäft gegeben hat.

seit einer woche hängt das schild: »in drei tagen eröffnung«.

»donn gibt's kan disko mehr in mein dorf?«

»in dein dorf?«

»jo, irgendwie is mein dorf.«

»sogn ma, in unsan dorf.«

im fernsehen heute abend. eine ansprache ans österreichische volk. gutformulierte und wohlklingende worte, von großen herren in großen städten gesprochen, machen hier kein leben. hier ist alles weit weg. zum beispiel die kunst. oder eben die hohe politik. und wenn die neueste mode hier ankommt, heißt das nicht, daß sie ankommt. sie taucht einfach auf, wird vermischt. was bleibt, ist vielleicht der haarschnitt. in diesem »unserem« dorf verliert sich alles zwischen den alltäglichen kleinigkeiten und kleinlichkeiten. einige aufstrebende leute, als fernziel einen direktorsposten oder einen sitz im landtag, oder funktionär auf bezirksebene. jedenfalls alles in dieser köstlichen mischung von geld und macht. dazu ein paar geschäftsleute, denen der reichtum genügt, der sie im dorf auszeichnet. parteiprogramme sind hier fast unbekannt. wozu auch. wie gewagt etwa das wort »demokratie«. die wird hier bei jeder wahl zu tode gewählt.

ich hab' es noch im ohr, wie ich mit einer bekannten gesprochen habe. sie wolle jetzt bald heiraten, nicht weil sie gern ein eheleben führen möchte, sondern weil sie hier ohne ehering als freiwild für männer angesehen wird.

es kann sehr unangenehm sein, wenn du hier nicht den vorgegebenen formen folgst wie einem leittier, mit blindem vertrauen.

hier geschieht alles namentlich, auch das ausstoßen aus der gemeinschaft. und jeder hat seinen platz. seinen rang in einem großen rudel.

mit vielen zusammen bin ich hier ein betrogener, mit wenigen zusammen versuche ich mich dagegen zu stellen.

diese region hier wird wirtschaftlich krankgeschrumpft. hohe arbeitslosen- und abwanderungsrate.

gerhard hat zu sich eingeladen. diesmal bin ich pünktlich. wir essen die weihnachtskeks von gerhards mutter.

dazu ein schluck bier. eva kommt etwas später, sie hat angerufen. georg weiß einen witz, und er erzählt von seinem unbehagen. es geht darum, mehr gemeinschaftsgefühl zu entwickeln. und daß sich in diesem dorf was rührt. »untn im heim, do is so a unguate atmosphäre. mia brauchatn ebn an eigenen raum.« aber woher nehmen. diese idee gibt es schon seit mehr als einem jahr. irgendwo einen raum mieten. einen freiraum. einen lebensraum.

»vielleicht die sakristei von da kirchn. die g'hört eh der gemeinde.«

»warum net glei a jugendzentrum?«

willi lacht.

»wieso, irgenwia hobn mir ein recht auf ein jugendzentrum.«

jetzt merkt er, daß ich ernsthaft eine antwort will. »unsa bürgermeister is net da schlechteste, owa do locht er di hundertprozentig aus. hundertprozentig.«

sicher. wie naiv. also suchen wir weiter nach einem geeigneten raum. allein durch das herrichten und einrichten würde viel mehr beziehung untereinander entstehen. und der raum könnt' ausschaun, wie wir wollen. ein ort, wo wir uns immer treffen könnten. und nicht nur wir. wo jeder vorbeischauen könnte. eine art offener betrieb. stefan ist dagegen. das kostet alles zuviel.

»da stefan mit die zwa rechtn händ. do it yourself. wer wagt, gewinnt.«

die gabi meint, sie sollten unten bei der alten villa fragen. wer macht das. stefan, gabi, willi, petra und ich.

»warum i?«

»weil du auch irgendwie dazuaghörst, herr inschinär.«

in der gruppe sind so ziemlich alle lehrlinge. die meisten müssen zu ihren lehrstellen pendeln. diese region hier wird wirtschaftlich krankgeschrumpft. hohe arbeitslosen- und abwanderungsrate. mit einigen bin ich zusammen in die volksschule gegangen. zusammen indianer gespielt und uns verdroschen. und jetzt? was kannst du als jugendlicher hier machen?

»du kaunst an pornofülm aunschaun, in a disko foan, spühautomaten füttern oda di umschneidn in irgendan gosthaus. könig alkohol.«

»und im ernst?«

»im ernst, es bleibt da nix üwa, wie di zu organisieren. du muaßt echt drauf schaun, daß fia di wos los is.«

das wird heute ein schöner tag. ich sollte schlittenfahren gehen. jedenfalls hinaus. beim essen fragt mich mein vater, ob ich den franz gekannt habe. wieso?

»der is krank.«

was heißt krank?

»najo, mittn in da noch hot er aufn friedhof randaliert, und do hobn's'n glei eingliefert.«

so ein blödsinn. deshalb muß er doch nicht krank sein, sicher war er nur betrunken. ich erinnere mich an franz. zuerst matura und dann ist er hiergeblieben. hier, in diesem tal, das bezirksmäßig die höchste selbstmordrate hat. ich erinnere mich, es hat mich damals gewundert, von der matura zur post und dann ins stahlwerk 20 kilometer talabwärts. und jetzt — jetzt möchte ich mit ihm reden.

es ist wirklich ein schöner tag geworden.

Helmut Brenner

freundschaft leo!

gestern haben wir den leo begraben. ist auch nicht alt geworden, der arme hund. kaum zwei jahre war er in pension, davon die hälfte krank. vor dem begräbnis war eine messe, aber ein großer teil der trauergäste ist nicht hineingegangen in die kirche. es waren überhaupt viele leute. viele kinderfreunde- und parteimitglieder, darunter sogar einige genossen. als wir am offenen grab vorbeigingen, fröstelte es mich ein bißchen. ich mußte an eine geschichte vom zwirner-erich denken, in der ein kleiner junge schreit, er will nicht hinunter ins loch. der leo hat sicher auch nicht hinunter wollen, nicht so früh zumindest. als der trauerzug zum stillstand kam, stand ich genau vor einem kriegerdenkmal mit einer ganzen reihe von helmen darauf. immer wieder mußte ich daran denken, daß es viel gescheiter gewesen wäre und viel hübscher noch dazu, wenn man die helme andersherum montiert hätte, mit blumen darin. oder noch besser, schon vor vierzig jahren hätte man das machen sollen, dann gäbe es vielleicht hier kein kriegerdenkmal. aber das ist natürlich leicht gesagt, man hätte machen sollen, man macht ja nicht einmal heute — und überhaupt, wer ist »man«? am grab lagen viele kränze, die meisten davon mit roten nelken und roten schleifen, na ja, immerhin was. der pfarrer maß uns, wie mir schien, mit grimmigen blicken. wahrscheinlich, weil wir nicht mit in die kirche gegangen sind, aber mir reichte es schon, daß ich mir sein getue am friedhof anschauen mußte. dann begann er zu beten — ich nenne es »sprüche aufsagen«. auch so ein relikt aus vergangenen jahrhunderten. damit konnten damals jene leute, die man sich bewußt dumm erhielt, alle übel, die vom adel oder von den bürgern kamen, gott aufhalsen. so kamen sie wenigstens nicht auf die idee, selbst etwas dagegen zu unternehmen. während der pfarrer seine show abzog, fiel mir ein plakat ein, das ich einmal irgendwo gesehen habe. auf diesem plakat sah man jesus, wie er sich gerade von vier in einem straßenkreuzer vorbeifahrenden kardinälen oder so etwas ähnlichem abwendet, und das die aufschrift »mein gott, so habe ich das nicht gemeint« trug.

dann kamen die redner an die reihe. bei einer für mich besonders ergreifenden stelle kämpfte ich gegen die tränen an und ärgerte mich. »ja du kannst es allen zeigen, brauchst gefühle nicht verschweigen« heißt es in einem unserer lieder, und nun merkte ich, daß ich selber noch nicht soweit bin. wahrscheinlich hat man mir zu oft erzählt, daß buben nicht weinen, von männern ganz zu schweigen. lieber leo, sagte der redner, wir werden dich niemals vergessen. was für ein großes versprechen. niemals, hat er gesagt und noch dazu wir. wenn er wenigstens ich gesagt hätte. dreißig jahre, das geht ja vielleicht mit ein bißchen glück noch, aber die vielen kinder, die noch sechzig oder siebzig jahre zu leben haben, wenn alles gut geht, werden dieses versprechen doch niemals halten können. der eine oder andere wird sich vielleicht beim betrachten alter fotos noch flüchtig erinnern, aber an ihn denken ist das ja auch nicht.

na ja, ein revolutionär war er ja auch nicht gerade, der leo, zumindest nicht, solange ich ihn gekannt habe. möglicherweise war er früher einmal einer und hat dann, wie so viele andere, einfach resigniert. für die kinder jedenfalls war er immer da. soweit ich mich zurückerinnern kann, verging kein einziges jahr, wo er nicht die kinder seiner ortsgruppe vom ferienheim abgeholt hätte. am ferienheim hat ihm sowieso viel gelegen. er wäre einer jener gewesen, sagt man sich, auf deren initiative das ferienheim überhaupt erst entstanden ist. hoffentlich ist das heim nicht mit ihm gestorben. die verhandlungen mit der besitzerin werden von jahr zu jahr schwieriger. das hat früher auch immer der leo gemacht, das verhandeln, und er hat auch jedesmal einen ordentlichen preis ausgehandelt.

als sich der redner mit dem gruß vom verstorbenen verabschiedete, auf den er selber immer so großen wert gelegt hat, kamen mir abermals die tränen. ich kämpfte auch diesmal dagegen an, wenn auch mit weniger erfolg. als ich nach dem begräbnis den steilen weg vom friedhof hinunterging, gingen mir allerlei gedanken über das leben und sterben durch den kopf. was ist der sinn des lebens und gibt es ihn überhaupt? einige jahre nach dem tod eines menschen weiß niemand mehr, daß es ihn überhaupt gab, geschweige, was er getan oder gedacht hat. vielleicht ist aber der sinn des lebens einfach das leben selbst. mein gott, so viele fragen. komisch, jetzt habe ich mein gott gesagt, dabei weiß ich gar nicht, ob es ihn nun gibt oder nicht. schon wieder so ein thema, über das man sich nächtelang den kopf zerbrechen kann, ohne zu einem ergebnis zu kommen.

zum glück kam ich dann zu meinem auto und mußte mich auf das fahren konzentrieren. das brachte mich weg von diesen gedanken. hier unten herrschte das übliche treiben, das leben geht einfach weiter, und das ist gut so.

nur sind wir jetzt wieder um einen weniger, die am selben strick ziehen. dabei war es ohnehin bis jetzt schon schwer genug. aber wie gesagt, das leben geht weiter.

freundschaft, leo!

anläßlich des begräbnisses des wartberger kinderfreunde-obmannes leo prettenhofer im juni 1982

Gerhard Winkler

Hofflucht

Hätte der Franz Kronberger etwas griffigere Schuhsohlen gehabt, dann müßte er beim Bergabwärtshasten nicht so oft krampfhaft um sein Gleichgewicht bemüht sein. Die vom vortägigen Schneeregen glänzenden Traktorspuren im Forstweg wurden durch Franz' rutschendes Schuhwerk verletzt. Zudem zerquetschten seine Tritte das dunkle Erdbraun zu einem helleren schmierigen Farbton. Dem Franz schien es, daß die frische regennasse Luft durch sein Zutun fußwärts noch mehr an Gehalt gewänne — ja, daß er sie erst aus dem Boden löste. Später, auf der Wiese, machte er sich einen Spaß daraus, in die noch spärlich liegengebliebenen Schneepatzen zu schlittern, bevor das Dach des Moser-Bauernhofes in der Senke auftauchte. Hier an der Weggabelung zum Moser hatte die Österreichische Post- und Telegraphenverwaltung einen Briefkasten mit sechs Fächern errichten lassen, der für die umliegend verstreuten Bauerngehöfte hin und wieder bedeutungsschwere amtliche Schreiben oder Kartengrüße der städtischen Verwandtschaft enthielt.

Der Franz fingerlte mit seiner Hand in der Hosentasche nach dem Spagat mit dem Holzschild und dem Postkastenschlüssel dran. Er steckte den Schlüssel ins kleine Schloß und ließ die Klappe scheppernd nach vorne fallen. Da lagen weißkantig zwei Briefe und eine Postkarte. Die Postkarte ist bestimmt von den Preskers aus Graz, die wieder einmal wissen wollen, ob sie am Sonntag Eier holen kommen können, dachte Franz. Es war auch so. Den einen Brief verzierte eine Kurrent-Handschrift und ein violett gedrucktes Postwertzeichen, das selbst ein Trafikant nur mehr aus der Erinnerung kennt. Auf den anderen Brief hatte Franz gewartet. Mit schmalen, grünen Buchstaben stand da zu lesen: »YELA-Packmittelindustrie Ges.m.b.H.«.

»Jetzt haben die doch noch geantwortet«, freute sich Franz. Gleich wollte er diesen — für ihn so wichtigen —

Brief nicht öffnen. Sorgsam verschloß er den Briefkasten und stopfte den kleinen Schlüssel zurück in die Hosentasche. Er spürte erst jetzt die scheußlich-kalte Feuchtigkeit in den ausgetretenen Schuhen aus Lederimitation.

Langsam trat er den Rückweg an. Erst als er sicher war, daß keiner vom Hof des Moser ihn beobachten konnte, riß er das Kuvert auf und begann zu lesen:

Sehr geehrter Herr!

In Beantwortung Ihres Bewerbungsschreibens vom 5. des Monats teilen wir Ihnen mit, daß eine Stelle im Rollenlager vakant ist. Wir erwarten Sie zu einem persönlichen Gespräch am 24. um 7 Uhr in unserem Personalbüro.

Mit freundlichen Grüßen

YELA-Packmittelindustrie Ges.m.b.H.

Franz war davon überzeugt, daß die ihn nehmen würden. Sonst hätten sie nicht so freundlich auf seine Bewerbung reagiert. Ihn beeindruckte das ins Papierweiß geprägte Firmenzeichen und die große unleserliche Unterschrift blattunten sehr. Was Franz nicht wußte (nicht wissen konnte), war, daß das Packmittelunternehmen bei Auftragsengpässen gern junge Männer kurzfristig einstellte, aber niemand über Gebühr lange beschäftigen wollte.

Zu Hause würde er noch allerhand auszustehen haben.

Seine Mutter hatte daheim nie viel zu reden. Arbeit über Arbeit ließ ihr auch kaum Zeit dazu. Wenn Franz Meinungsverschiedenheiten mit dem Vater hatte, hielt die Mutter meist zu ihm. Gern was dreinreden ließ sich der Vater sowieso nicht. Er hatte seine Erfahrung von seinem Vater vermittelt bekommen. Das genügte. Die kleine Landwirtschaft warf trotz Mühen und Rackern einfach nicht genug ab. Der Franz sah das. Der Vater wollte es nicht wahrhaben. Wenn er laut dachte, klang das so: Wenn die Großbauern rundherum so gut leben können, haben auch die Kleinen ihr Auskommen. Es muß ja nicht ein Mercedes im Hof stehen.

Der alte Kronberger hatte so zwischendurch, meistens winters, wenn der Hof es zuließ, das alte schwarze Puch-Moped aus dem Verschlag geholt, das in einem gummiumringten Plastiksack verstaute Jausenbrot in den Gepäckträger geklemmt und war erst, wenn es schon wieder dunkel war, zum Hof hereingekommen. »Die soll'n sich ihr'n Dreck selber machen«, hatte er dann nicht selten geplärrt, wenn er grünes Papiergeld und ein paar Groschen in der Kaffeebüchse in der Kredenz verwahrte, während die Mutter in der Speis mit dem Abendessen hantierte. »Sei froh, daß du dir was dazuverdienen kannst«, hatte die Mutter dann immer zu dem bei Tisch sitzenden Vater gesagt. Und »Wer weiß, wie lang das noch geht?«.

Es ist dann auch nicht mehr gegangen. Weil das alte Puch-Moped, trotz schweißtreibender Bemühungen mehrere Stunden hindurch, ganz einfach nicht mehr zu reparieren war.

»Ein neues Moped kommt gar nicht in Frage«, so der Vater. »Die Gemeinde soll zuerst den Weg ordentlich herrichten lassen, da ruinierst dir ja jeden Karren!« Das hatte er auch gesagt.

Des Vaters zeitweilige Berufstätigkeit in Zebern wurde in der Wohnstube sichtbar an einem Radiogerät, das in seiner Plastikform so gar nicht zur Kredenz paßte, und auch an einem Fernsehapparat, der tagsüber — ausgenommen an Sonntagen — immer mit einem schwarzen Tuch abgedeckt war. Die Mutter hatte es eigens genäht. »Es braucht ja nicht jeder zu sehen, daß wir so was auch schon haben«, hatte sie dazu gemeint. Der Franz dachte sich auch was, denn die Anmeldung für den Fernseher, die er sich auf dem Postamt hatte geben lassen, geriet ihm später einmal in der Zeitungsablage unter der Eckbank in die Hände.

»Was machst denn da?« hatte ihn der Vater gefragt, wie der Franz sich die Adressen der inserierenden Firmen auf ein Blatt Papier geschrieben hat. »Du willst doch nicht jetzt, wo wir dich auf ein Jahr auf die Landwirtschaftsschul' g'schickt haben, plötzlich was anderes machen?«

»Na, umschauen wird man sich ja wohl noch dürfen«, hatte der Franz unwirsch geantwortet. Wo doch der Vater genau weiß, daß der Hof vorne wie hinten nicht genügend einbringt. Außerdem geht es doch um seine Zukunft. Nein, niemand kann ihm hier vorwerfen, daß sich der Franz das nicht überlegt hätte. Sogar die Bauernbundfunktionäre hatte er sich angehört, die da vor Wochen beim Grabenwirt einen Vortrag über »Ertragssteigerung für Kleinlandwirte« gehalten hatten. Die waren der Meinung, erst ab einer gewissen Größe bringe die Landwirtschaft genug ein. Da sei es besser, als Nebenerwerbsbauer zu arbeiten. Nicht nur wegen der Sozialversicherung. In demselben Gasthaus hatte Franz dann im Pissoir ein Gespräch mitangehört, das zwei aus der Gegend führten:

»Ja, was soll ich dir sagen? Arbeit haben wir genug, und die Arbeitszeit von sechs bis zwei ist auch ganz gut. Außerdem sind da viele junge Mädchen. Und da geht immer etwas.« Das wissende Grinsen der an ihren Hosenknöpfen Nestelnden hielt Franz nicht davon ab, nachzufragen.

»Bist vielleicht in dem neuen Elektrowerk?«

»Aber geh, ich red' von der YELA in Zebern.«

Daheim fand er dann im Zeitungspack gleich die Anzeige wieder.

Franz fuhr am Vierundzwanzigsten nach Zebern in die Fabrik. Das frühe Aufstehen um halbfünf war für ihn nicht schwierig, wohl aber der bei schattigen Stellen glitschige Boden auf dem Weg zur Postautobus-Haltestelle. Am dichten Gras der Straßenböschung ließen sich die erdbeschmutzten Schuhe einigermaßen gut säubern, wie Franz das auch immer vor dem Betreten des Autobusses auf dem Weg in die Hauptschule gemacht hatte. Der klobige Saurer-Postautobus vermittelte ihm ein angenehmes Gefühl der Sicherheit; ja fast Geborgenheit. Ein Platz hinter dem Buslenker war noch frei, und Franz hörte die im rückwärtigen Teil des Fahrzeugs glucksenden Schülerstimmen erst wieder bei der nächsten Haltestelle, als der Dieselmotor im Stand leiser klopfte. Sein Blick ruhte auf den Schultern des Fahrers, und er dachte: Autobusfahrer, das wär' auch was für mich.

Da gab es nämlich im Fernsehen einen Werbespot, wo der uniformierte Vater in Sonntagsstimmung von der Arbeit nach Hause kommt und von Hund, Kind und Frau freudestrahlend zum Tisch mit Tee und Kuchen geleitet wird. Oder war es Kaffee? Auf jeden Fall, das ist erstrebenswert. Der Franz träumte dieses Bild.

Franz war bis dahin nicht dazugekommen, sich von der Einrichtung des Personalbüros eine Vorstellung zu machen. Er war auch nicht überrascht, als er in dem unangenehm grüntapezierten Raum grußlos von einer Sekretärin einen Sessel zugewiesen bekam.

»Der Herr Eibl ist unten im Betrieb. Warten Sie halt so lange.« In sein Blickfeld sprang die schreiende Schlagzeile einer auf dem Nebensessel liegenden Boulevardzeitung. Er wollte gerade nach dieser Zeitung greifen, als Herr Eibl schwungvoll bei der Tür hereinkam. Franz streckte ihm das Firmenschreiben hin. »Kommen Sie zu mir herein!«

Nach einer halben Stunde stand Franz wieder auf der Straße. Beim Hinausgehen hatte er noch einen Blick auf die Sekretärin geworfen, die geschäftig einen Bogen Papier in die Maschine spannte. Herr Eibl hatte allerhand von ihm wissen wollen. Morgen schon könne er anfangen. Während des Gesprächs hatte Herr Eibl eine Schere aus der Schublade geklaubt, hatte sich zu einem fahrbaren Wagen mit Topfpflanzen hin bewegt und linkshändig absterbendes Grün gesammelt. Er hielt es auch noch in der Faust, als er Franz verabschiedete.

Dem Schild auf der Eingangstür zum Personalbüro entnahm Franz die Information, daß die Sekretärin Erna Gableitner heißen mußte.

Die erste Arbeitswoche verging so rasch, daß Franz außer einem mächtigen Schnupfen eigentlich nicht viel Gesprächsthema über seinen neuen Arbeitsplatz hatte. Irgendwie wurmte es ihn, daß niemand es für wert gehalten hatte, ihn mit den anderen Arbeitern bekannt zu machen. So kam er sich ziemlich verloren vor. Von den Österreichischen Bundesbahnen hatte sich das Werk ein Anschlußgleis auf das Betriebsgelände legen lassen, und Franz mußte in den geräumigen Waggons an der Laderampe die von einer Papierfabrik in Sillbach gelieferten Rollen für den Gabelstapler zurechtrücken. Der Fahrer auf dem rotlackig glänzenden Stapler redete nicht viel. So erfuhr Franz lediglich, daß das gasbetriebene Fahrzeug vor zwei Wochen neu gekommen war und daß vor einer Woche vier statt fünf Arbeiter (Anweisung des Betriebsleiters) eingeteilt worden waren. Von den vielen im Werk arbeitenden jungen Mädchen bekam er an seinem Arbeitsplatz kaum eines zu Gesicht. In dem riesigen zweistöckigen Rollenlager arbeiteten nur wenige Männer.

Einmal hörte Franz, der die Mittagspause meistens auf einer der kleineren Rollen sitzend verbrachte, Stöhnen und Schnaufen in den Rollentürmen. Ihm leuchtete ein, daß man es, angelehnt an die Rollen, bequem im Stehen machen konnte. Eilig davonklappernde Absätze kurz vor Ende der Pausenzeit bestätigten seine Vermutung.

Mit den Arbeitern im Rollenlager wußte Franz nicht viel anzufangen. Sie kamen so wie er aus der Landwirtschaft, und der Altersunterschied zwischen ihm und den anderen verlangte natürliche Distanz. Zumindest schien es ihm so selbstverständlich. Zu einem der älteren Arbeiter entwickelte er aber nach und nach doch so etwas wie Sympathie. Sein besonderes Kennzeichen war die Flasche Puntigamer Bier, die er in exakten Abständen aus einem Versteck zwischen den Rollen hervorholte. Obwohl der Konsum bemerkenswert war, fiel sein Betriebsgeheimnis außerhalb des Rollenlagers niemandem auf. Sein Verhalten schien weder durch ihn selbst noch von anderen beeinflußbar zu sein. Die ihm eigene stoische Zufriedenheit wirkte auf Franz beruhigend. Nur einmal lief er zornig rot an und polterte drauflos, weil ihm der Staplerfahrer boshaft durch eine abgestellte Rolle den Zugriff zum Puntigamer genommen hatte.

Er nahm die Flasche auch mit, als die Betriebssirene mit kurzen, beinah schmerzhaft lauten Tieftönen die Belegschaft zur Betriebsversammlung zusammenrief. Franz setzte sich ganz hinten auf einen großen Plastikkanister. Direkt neben die jungen Frauen, die in Dralon blau, rosa und gemustert mit verschränkten Armen zusammengerückt beieinander standen. Es war seiner Aufmerksamkeit nicht entgangen, daß in der jetzt schon wärmeren Jahreszeit manche der Arbeiterinnen offensichtlich unter den Kunststoffmänteln nicht viel und obenherum mitunter gar nichts anhatten. Die Anschmiegsamkeit des künstlichen Stoffes an die Haut zeichnete die Brüste plastisch ab, was dem Franz gefiel. Es wäre ein Irrtum, zu glauben, Franz seien solcherlei

Gedanken eher nicht zuzurechnen. So hat er sich auch immer wieder vorzustellen versucht, wie die Frau aussieht, mit der er einmal zusammenleben würde. Aber er konnte sich auf das ihm zusagende Aussehen selbst nicht einigen. Wenn er nach der Arbeit durch die Straßen von Zebern zur Postautobus-Haltestelle eilte, war er bemüht, sich unter Zuhilfenahme der ihm begegnenden Frauen auf ein Frauenaussehen festzulegen.

Wortfetzen, verzerrt durch einen Lautsprecher, streiften die Ohren von Franz:

»In Zusammenarbeit mit der Firmenleitung wurde alles getan, um die Arbeitsplätze zu sichern . . . die neue Schlauchmaschine ist schon bestellt . . . da werden auch die Zulagen zur Sprache kommen . . . Betriebsklima und Kollegialität betrifft jeden einzelnen . . . die Gewerkschaft ist für alle da . . .«

Das war wohl der dickbäuchige Betriebsratsobmann, der immer im Anzug herumlief und der da sprach. Franz hatte, wie schon erwähnt, seine Anteilnahme greifbaren Vordringlichkeiten in seiner unmittelbaren Nähe zugewendet. Und doch wurde er kurz abgelenkt, weil ihm die Frage in den Sinn kam, ob der Vorsitzende des Gewerkschaftsbundes an sich selbst einen Mitgliedsbeitrag zahlt.

An diesem Tag ging er nicht sofort zum Autobus. Nach der Betriebsversammlung hatten die Arbeiter freibekommen, und Franz marschierte ohne Umweg mit anderen ins nächste Gasthaus.

Ziemlich knieweich verließ er bei einbrechender Dunkelheit die Lokalität und suchte zielstrebig eine passende Stelle zum Pinkeln. Er hätte sich auch ein anderes Auto als das des Betriebsleiters für dieses Vorhaben aussuchen können — aber es drängte ihn, das Puntigamer rasch loszuwerden. Wie konnte er nur ahnen, daß ausgerechnet in diesem Wagen Erni Gableitner zur selben Zeit einige Minuten lang schweigend zur Kenntnis nahm, daß sich ein Betriebsleiter des Anstands wegen nicht mehr mit ihr sehen lassen könne. Der verletzte Stolz der Erni Gableitner entlud sich in einem plötzlichen Aufreißen der Autotür. Worauf sich der ertappt fühlende Franz in seinem Schrecken beim Sprung zur Seite mit der Hose in der Stoßstange des daneben stehenden

Autos verfing. Franz wurde sich bei der späteren Rekonstruktion dieses Ereignisses klar, daß nur das Bündnis des schon schwachen Tageslichts mit seiner Anonymität im Betrieb ihn vor Schwierigkeiten mit dem Betriebsleiter bewahrte.

So lernte er Erni kennen. Franz war ehrlich genug, sich selbst einzugestehen, daß das Puntigamer in ihm seine unbefangene Redseligkeit unterstützte. Und Erni Gableitner zeigte sich durchaus nicht verschlossen. (Wahrscheinlich hoffte sie aber, daß der zurückgelassene Betriebsleiter in seiner anständigen Männlichkeit schrumpfen würde, wenn er sah, wie unkompliziert Erni mit Franz ins Gespräch kam.)

Franz wußte, daß ihm die üblichen werblichen Attribute gegenüber Erni fehlten. Er besaß kein Auto, nicht einmal ein Kleinmotorrad. Selbst seinem abgetragenen Anzug war beim besten Willen keine nostalgische Note abzugewinnen. Er spürte eine gewisse Ernsthaftigkeit in der Beziehung zwischen sich und ihr. »Mit den Männern da in Zebern weißt du ja nie, wie du dran bist. Und im Gerede bist ganz schnell«, vertraute ihm Erni an. Ihr gefiel an Franz, daß er — ohne dabei laut zu werden — offen seine Meinung vertrat, und wenn er sich noch keine gebildet hatte, dies ehrlich zugab. Die Ansichten von Franz über Gott und die Welt klangen für Erni anders als die bisher gehörten. Der Betriebsleiter hatte für alles und jedes prompt eine Antwort parat gehabt. Dabei blieb er. Franz suchte nach Erklärungen. Erni schenkte ihm zunächst zurückhaltend, später mehr und mehr Vertrauen. Das war neu für sie. Sie sprach sich mit ihm über Vorkommnisse im Personalbüro aus und erzählte bald Persönliches.

»Weißt, ich wohn' bei meiner Tante in der Mansarde. Meine Eltern leben getrennt. Ich will mit beiden gut auskommen.« Franz erfuhr auch, daß Erni beim Tischtennisklub in Zebern trainierte und dafür viel Freizeit hergab. Von ihrer beendeten Beziehung mit dem Betriebsleiter sprach sie immer seltener. Franz nahm jetzt öfter den spät fahrenden Bus, weil er mit Erni im Café Asmara anregende Gespräche führte. Die Erni war für ihn »was Höheres«, zu dem er sich hingezogen fühlte. Es befriedigte ihn ungemein, daß Erni in ihm einen ebenbürtigen Partner sah. Obwohl sie eine Angestellte war. Franz faßte den Vorsatz, wieder mehr in Büchern zu lesen.

In den wenigen Wochen seines Arbeitnehmerdaseins hatte sich Franz ein paar hundert Schilling erübrigen können. Einesteils, weil in der YELA hin und wieder kurz vor Arbeitsende ein Waggon zum Entladen hereingeschoben wurde und anderenteils, weil er durch seine Mitarbeit am Elternhof ohnehin Anspruch auf Wohnen und Verköstigung hatte. So war die Mutter froh über das, was Franz ihr freiwillig gab. Die Samstage und Sonntage waren für ihn — seit er Erni kennengelernt hatte — beunruhigend leer. Er stürzte sich ganz gerne, um sich abzulenken und die Zeit schneller vergehen zu lassen, auf die stets anstehende Hofarbeit. Bei diesen fast schon zur Routine gewordenen Handarbeiten rotierten in seinem Kopf Konsumsehnsüchte so konträrer Art, daß Franz in seiner Entschlußlosigkeit weder aus noch ein wußte. Ursprünglich hatte er sich fest vorgenommen, mit den zur Seite gelegten Geldscheinen in ein Fahrzeuggeschäft zu gehen und ein Kleinmotorrad für die Fahrten nach Zebern und nach Hause auf den Berg hinauf anzuzahlen. Gleichzeitig war aber auch der Wunsch da, seine unstädtischen Kleider, die in der Kombination untereinander wegen ihrer Farben- und Mustervielfalt Unsicherheit erzeugten, gegen modernere Sachen auszuwechseln. Nicht zuletzt Erni zuliebe, die zwar niemals ein Wort über sein Äußeres gesagt hatte. Aber Franz glaubte zu wissen, daß es auch darauf ankam. Warum denn sonst hatte die Erni bei den Caféhaustreffen mit ihm schon mehrmals die von ihr durchgeblätterten Illustrierten mit der Werberückseite nach oben abgelegt? Franz fiel jetzt auch auf, daß sie sich mit ihm nur immer dort verabredet hatte. Schon auch, weil sie sich nach der Arbeit nicht extra umkleiden mußte wie Franz und dadurch früher im Café war. Erni war jedoch zusätzlich der Anstoß für das in Franz vorhandene Bildungsinteresse. Seine Überlegung, den ohnehin bescheidenen Schillingbetrag in einem Lexikon von »A bis soweit das Geld reicht« anzulegen, befriedigte ihn dann auch einigermaßen.

Daheim am Hof war die zunehmende Verärgerung des Vaters seinem Gesicht abzulesen.

Die emotionale Beziehung zwischen Bauernvater und Arbeitnehmersohn drückte sich, seit Franz sich bewußt daran erinnern kann, in Wortkargheit aus. Die Haltung des Vaters wandelte sich in den Nachwuchsjahren von »So lange du deine Füße unter meinen Tisch streckst, wird getan, was ich sage« mehr zu »Du brauchst nicht zu glauben, daß du mich für dumm verkaufen kannst«. Und Franz, der die Schuljahre hindurch seinen Eltern ärgstenfalls Kleidersorgen bereitete, wußte um die gewisse Kopfüberlegenheit seinerseits. Jene Überlegenheit, die dem Vaterstolz vor Jahren nicht ungelegen kam bei Besuchen der Stadtverwandten. Da wurden nämlich Franzens gute Zeugnisnoten mit Anerkennung und Geld gewürdigt. Jetzt ging der Franzvater Diskussionen wohl aus diesem Grund gern aus dem Weg. Seine Stärke war die körperliche Arbeit. Von frühmorgens bis spät in die Nacht hinein. Die vom alten Kronberger vermutete drohende Vernachlässigung des Elternerbes, nachdem der Sohn nun schon seit sechs Wochen regelmäßig nach Zebern in die Fabrik fuhr — er selbst hatte nur einmal auf vier Wochen fremde Arbeit angenommen —, offenbarte sich in einer zeitweise kräftigen Alkoholfahne. Nicht immer erst zur »Österreich-Bild«-Zeit abends, sondern auch manchmal schon bei »Autofahrer unterwegs« zu Mittag. Trotzdem war ihm als Charaktereigenschaft Tatkraft nicht abzusprechen, die er aber üblicherweise seiner konservativen Grundhaltung zuliebe zur Seite schob. Nach mehrtägiger Klausur mit sich selbst faßte er das Vorhaben, vom Nachbarbauern ein ordentliches Stück Ackerland käuflich zu erwerben. Zu jenem Zeitpunkt war dieses Stück Ackerland allerdings noch Wiese. Dieser Preisvorteil war für den Kleinbauern ausreichend Anlaß, um mit dem Arbeitersohn beim Abendessen nach längerer Enthaltsamkeit ins Gespräch zu kommen.

»Du, was halt'st davon, wenn ich zum Nachbarn geh' und ihn frag', ob er uns den halben Hektar Wiesen nebendran verkauft?«

»Ja, und für was?«

»Damit mir mehr anbauen können.«

»Und wo willst das Geld dafür hernehmen?«

Diese nicht unbedeutende Frage wurde dann vorläufig zurückgestellt, weil der Vater schon richtig meinte: »Zerscht wird mit'n Nachbarn g'red't!«

So kam es auch dazu. Der Vaterschritt nach vorn brachte vorsichtigen Optimismus ins Haus, weil der Nachbarbauer sich überhaupt nicht abgeneigt zeigte, die Wiese auch wirklich herzugeben.

In jener Gegend wie auch anderswo zählte es jedoch zum gesellschaftlichen Zubehör, daß Grundstückstransaktionen wie die vom Franzschen Elternhof angestrebte den Gemeindebürgern — unter dem Hinweis auf vertrauliche Behandlung — reihum zur gefälligen Kenntnis gebracht wurden. Diesfalls kam noch dazu, daß der reichste Grundbesitzer in der Gemeinde nicht zufällig der Bürgermeister war. Es ist doch auch in anderen Gegenden ein liebgewordenes Brauchtum, daß der, der die Eigenschaften Großgrundbesitzer, Gastwirt und/oder Fleischhauer in einer Person vereinigt, günstigste Voraussetzungen für die Wahl zum Bürgermeister besitzt.

So wurde der Herr Bürgermeister Josef Murbacher beim verkaufswilligen Wiesenbesitzer vorstellig. Die Dauer der Aussprache, der Selbstgebrannte durfte klarerweise nicht fehlen, stand in unmittelbarem Verhältnis zum steigenden Verkaufspreis.

Es brauchte daher noch eine redliche Weile, bis sich schließlich der Kronberger und der Nachbar handelseinig waren. Der Verkaufspreis war allerdings in einem unnatürlich raschen Wachstumsprozeß über das ursprüngliche Habenwollen des Wieseneigners auf fast das Doppelte hinausgewachsen. Darüber vom Franzvater zur Rede gestellt, führte dieser das Ganze auf seine altersbedingte Schwerhörigkeit zurück. Dem Franz selbst blieb diese Entwicklung nicht ganz verborgen, denn war er nicht täglich im gelben Saurer-Postautobus der aufdringlichen Zuwendung mitfahrender Gemeindeangehöriger ausgeliefert? In der Gerüchteküche der Gemeinde war nämlich der Verdacht nach einem Totogewinn oder einer ähnlichen Annehmlichkeit laut geworden. Etwas hilflos, fühlte er sich in dem Busungetüm nunmehr gar nicht geborgen.

So sehr sich der Franz bemühte, dem Elternhof Bedachtheit einzureden — sein Einfluß zu Hause war stur der gleiche wie der des Elternhofes auf ihn. Dazu kam noch, daß Franz unter dem Druck des Verlangens, von Erni weiterhin als ein für würdig befundener Caféhaustischpartner anerkannt zu werden, sich in eine Buchhandlung gewagt hatte, um ein antiquarisches Lexikon (5 Bände, A bis J) mitzunehmen. Die Lektüre am Wochenende war für ihn nur unter Zeitdruck möglich, weil es der Franzvater nicht gern sah, was für Franz wichtig war. Sein Unmut über den undankbaren Sohn nahm nicht ab. Und mehr als einmal drohte er: »Wirst schon sehen!« Was immer das heißen mochte. Die Franzmutter schwieg wie meistens, ihre Augensprache gab dem Franz jedoch recht.

Natürlich machte sich die Kleinbauernhofarbeit nicht von selber; doch die Kopfarbeit hatte sich Franz nun einmal zum Vorsatz gemacht. Das mag auch als ausreichende Begründung für das Lexikon-Verstecken im Waschkeller angesehen werden. Dort fühlte sich der Franzvater fremd.

Derselbe hatte inzwischen im Nachbarort bei der dort ansässigen Volkssparkasse einen Kredit aufgenommen. Der Kronbauerhof als Sicherstellung war dem Sparkassendirektor recht.

Im Juni brach in den oberen Etagen der YELA-Packmittelindustrie Ges.m.b.H. hektische Geschäftigkeit aus. Eine der ausländischen Gesellschafterinnen hatte offenherzig zur Sprache gebracht, daß sie ihr Kapital anderweitig lukrativer anzulegen gedächte. Diese Information wäre für Franz, seine Zukunft betreffend, schon wichtig gewesen. Weil nämlich alle Kostenstellen im Werk daraufhin wieder einmal auf Einsparungsmöglichkeiten hin untersucht wurden. So aber wußte weder der Franz, ja nicht einmal der Betriebsratsobmann, was die Beweggründe für das unauffällig-auffällige Gehabe der weißbemantelten REFA-Männer in den Abteilungen der YELA waren.

Erni hatte dem Franz erzählt, daß sie beim Personalchef Eibl zu seinen Gunsten fürgesprochen hatte. Bei seiner Aufnahme in die YELA-Packmittelindustrie Ges.m.b.H. hatte Franz mit seiner Unterschrift bestätigt, daß sein Lohnabhängigkeitsverhältnis mit dem Unternehmen nur für drei Monate Bestand hat; also befristet war. Franz war das überhaupt nicht ins Bewußtsein gedrungen. Erst der Personalchef klärte ihn darüber auf. Im Vorbeigehen. Weil jedoch das riesige Rollenlager von der laufenden Produktion in den Hallen ständig leergefressen wurde, wuchs die Zahl der vom roten Gabelstapler umklammerten Tonnen aus den Waggons von Woche zu Woche. Die YELA-Packmittelindustrie Ges.m.b.H. ging mit Franz ein neues Dienstverhältnis ein. Diesmal ein unbefristetes.

Die Beobachtung seiner Arbeit in den Waggons durch einen der Weißmänner mit Tabelle und Uhr in den Händen war für Franz nicht angenehm, was ja verständlich ist. Geradezu arbeitswütig machte ihn die Hochnäsigkeit des Angestellten mit Beobachterstatus, der weder auf den Gruß noch auf eine zögernd gestellte Frage von ihm einging. Franz knallte die abgeschrägten Holzblöcke unter die Rollen und wuchtete sie für den wild kurbelnden Stapelfahrer zurecht.

Im Jänner des darauffolgenden Jahres merkte er Erni sofort bei den nach den Weinachtsfeiertagen und dem Betriebsurlaub wiederaufgenommenen Zusammenkünften an, daß irgendetwas nicht stimmte. Wollte sie von ihm nichts mehr wissen? Nein, das war es nicht. Sie gab an, der Eibl gehe ihr wegen seiner katzbuckelnden Untertänigkeit im Umgang mit denen »da oben« auf die Nerven, und außerdem reagiere er ungeniert seinen Ärger an ihr ab. — Doch da war schon noch was. Erni gestand ihm schließlich, daß sie eine Reihe von Kündigungsschreiben zu tippen hatte. Und weil Franz auch einer der zuletzt Aufgenommenen war, hatte sie genauso seinen Namen, seine Adresse von der Liste aufs Firmenbriefpapier mit den grünen Buchstaben und dem geprägten Zeichen zu schreiben. Wo dann noch die große unleserliche Unterschrift von Eibl blattunten dazukam.

Für Franz konnte es daher auch keine allzugroße Überraschung geben, als er im Sammelpostkasten die knappe Mitteilung der YELA vorfand, daß aus Rationalisierungsgründen bedauerlicherweise sein Arbeitsverhältnis nur noch vierzehn Tage lang dauern könne.

Der Franz teilte dies auch nicht dem Franzvater mit, der zunächst wortlos beobachtete, wie Franz den Zeitungspack durchwühlte.

Das Mitteilungsvermögen des Vaters dem Sohn gegenüber beschränkte sich nach wie vor nur auf das Notwendigste. Dem Sohn teilte er in wenigen Worten mit, er habe sich ab sofort an der Begleichung der Kreditkosten an die Sparkasse angemessen zu beteiligen. Es gehe halt nicht mehr anders. Die Bedrängnis durch den Sparkassendirektor nehme merklich drohendere Formen an. Und der Hof könne dem Franz schließlich nicht gleichgültig sein.

Für Franz stand jetzt einiges auf dem Spiel.

Die Erni hatte ihm Mut gemacht, gemeinsam eine Wohnung zu suchen. Da tat sich für ihn eine neue Welt auf. In seiner Hochstimmung sah er sich auch schon in der Abendschule für Berufstätige sitzen. Er hatte das insgeheim schon länger mit sich herumgetragen. Und dem Elternhof wird er schon noch auch was zukommen lassen können. Alles, was er einfach brauchte, war eine gut entlohnte Arbeit.

Obwohl Franz in den darauffolgenden Tagen nach Arbeitsschluß in Zebern und in der näheren Umgebung eine Unternehmerhand nach der anderen drückte, war er ab Freitag der ersten Februarwoche arbeitslos. Die Aussage des Arbeitsamtbeamten, daß er sich noch keinen Anspruch auf Arbeitslosenunterstützung erworben hätte, konnte Franz dann noch verkraften — er wußte es bereits von Erni.

Franz fährt nun Tag für Tag mit dem ersten Frühzug der Österreichischen Bundesbahnen eineinhalb Stunden lang nach Graz. In eine Schuhfabrik, akkordarbeiten. Mit den in der Eisenbahn sitzenden Arbeitern wechselt Franz nicht viele Worte. Er liest und denkt nach. Über dem Türstock zur Küche daheim am Kronbergerhof hängt verstaubt der Spruch »Ein jeder ist seines Glückes Schmied«. Franz weiß, daß er das Schild heute abend in die Brennholzlade werfen wird.

Gerald Graßl

Die Heimkehr

Als er in die Stadt kam, überschwemmte Novembernebel die Straßen und schuf flimmernde kleine graue Bilder, und als er am nächsten Morgen vor das Haustor trat, waren weitum keine Berge zu sehen, sondern es schien ihn eine wuchtige Bleiplatte von oben herab erdrücken zu wollen.

Er war in die Stadt gekommen mit einer Mischung von Trauer, Neugier und Mißtrauen. Niemals erwog er ernsthaft, sich hier seßhaft zu machen. Daheim gab es für ihn nicht die geeignete Arbeit, aber die Zeiten würden sich wieder ändern.

So hielt er zunächst beharrlich an seinem für die Städter nur mühsam verständlichen Dialekt fest in der Absicht, seiner Heimat treu zu bleiben, seine Heimat niemals zu verraten.

Wie ein Forscher streifte er in seiner Freizeit durch die Stadt, um zu erfahren, daß die Luft hier stank, daß das karge Gras in den handtuchgroßen Parks geruchlos war und die Hunde keine Tiere, sondern merkwürdige Kreaturen, Stadtmenschen ähnliche Vierbeiner waren.

Oft war er in der Anfangszeit heimgefahren. Es befremdete ihn jedesmal wieder, wenn er dann feststellen mußte, daß sich das Dorf wieder ein wenig verändert hatte. Einmal war eine Straße verbreitert, dann der alte Huberhof niedergerissen und wieder ein andermal die schönen alten Fresken am Zuberhof überweißt worden. Und als er das nächste Mal wiederkam, ragte dort, wo früher der Huberhof einmal gestanden war, steil und häßlich der erste achtstöckige Bau des Dorfes gegen den Himmel.

Manche Veränderungen blieben ihm egal, andere, die seine Kindheitserinnerungen schnitten, seine Sehnsüchte störten, schmerzten, und er empfand sich dann jedesmal verraten; vor allem deswegen, weil diese Veränderungen von seinen früheren Freunden und Bekannten aus dem Dorf nicht als störend empfunden wurden.

Nach einem Jahr bemerkte er, daß der zunehmende Fremdenverkehr, der sich im Dorf ausbreitete, es nicht nur notwendig machte, das alte Schwimmbad zu schließen, um ein neues, den Anforderungen des Fremdenverkehrs entsprechendes Schwimmbad zu eröffnen, sondern daß sich auch die Sprache seiner alten Freunde und die Themen der Tagesgespräche langsam veränderten. Und wenn er bei seinen immer seltener werdenden Heimfahrten dann ins Wirtshaus ging, mußte er schon Ausdrücke des Nachbarstaates verwenden, um Essen und Trinken zu bestellen.

Das war auch der Zeitpunkt, da er, zuerst nur unmerklich, aber dann immer auffälliger, seine alte Sprache aufgab und die Sprache der Städter seinen Kopf in Besitz nahm. Wenn er während der Wintermonate morgens oft zu früh unterwegs auf dem Weg in die Arbeit war, nahm er sich regelmäßig auf der Brücke über den Kanal ein paar Minuten Zeit, um Brotkrumen des Frühstücks an die weißen, gleitenden Möwen zu verfüttern, da erst neulich auf dem Fluß Fische, quecksilbervergiftet, mit den Bäuchen nach oben schwimmend, die Vögel hungern ließen.

Die Möwen durchbrachen die Kunststoffwelt, rissen den Beton nieder und das Himmelsglas auf. Sie blieben während der Wintermonate für ihn eine wehe Erinnerung an die Natur. An einem Aprilnachmittag spazierte er zwischen den Buden des Naschmarktes; es war an einem Samstag. Als er aus einer der leeren Budenstraßen wieder herauskam, erblickte er ein schönes stuckverziertes Haus. Überrascht stellte er sogleich fest, daß das Nebenhaus durch seine Jugendstilverzierungen auffiel, und auch das übernächste Haus entsprach nicht der öden, grauen Häusernorm der Stadt. Interessiert wanderte er die Häuserzeile ab, erstaunt und erfreut über diese wichtige Neuentdeckung. Allmählich gewöhnte er es sich an, aufmerksamer durch die Straßen zu spazieren. Mit entsprechendem Interesse war jedem Stadtteil ein eigener Charakter abzulesen.

Einmal fiel ihm auf, daß die meisten Häuser verschiedene schmuckvolle Gitterfenster vor den Kellerfenstern hatten. Mit der Zeit stellte er sogar fest, daß sich die Dialekte von einem Bezirk zum nächsten unterschieden.

Auch die Innenausstattungen der Gasthäuser waren je nach Stadtbezirk verschieden.

Er begann, Bücher über die Geschichte der Stadt zu kaufen, unternahm in seiner Freizeit ausgedehnte Spaziergänge in verschiedene Stadtteile, um so die Stadt immer besser kennen und begreifen zu lernen.

Diese Veränderung zu einem neuen Freizeitinteresse fiel fast gleichzeitig mit der Bekanntschaft einer neuen Arbeitskollegin zusammen, die ihm gefiel und der er gefiel. Sie hatte einen großen Freundeskreis, der schon bald auch der seine wurde.

Seine Mutter mochte Monika nicht und machte bei dem ersten Besuch, den sie ihr abstatteten, auch keinen Hehl daraus. Daher lehnten sie auch die höfliche Einladung der Mutter für ihre Flitterwochen dankend ab.

Sie blieben die Woche Urlaub, die sie sich nach der Hochzeit freigenommen hatten, in der Stadt, unternahmen täglich weite Spaziergänge in die Umgebung der Stadt.

Als sich Monika von ihm fünf Jahre später trennte, war all die Vertrautheit, das heimelige Gefühl, in dem er sich eingenistet hatte, weg, und jäh spürte er wieder Einsamkeit und Verlassenheit. Unter dem Baldachin von Weintraubenblättern bei einem Heurigen versuchte er seine Trauer zu ertränken.

Als er sich zu vorgerückter Stunde mühsam erhob, um heimwärts zu taumeln, zum kalten Ehebett, fiel ihm plötzlich verwundert ein, daß er schon länger als vier Jahre nicht mehr in seinem Dorf gewesen war.

Er konnte sich eine Woche Urlaub nehmen und fuhr Samstag früh, knapp nach fünf, los. Als im Autoradio die Mittagsglocken, von einem Regionalsender ausgestrahlt, zu hören waren, erkannte er schon den markanten Hausberg des Dorfes mit der schroffen Spitze und daneben die breite runde Kuppe, bei den Einheimischen »Kopf« genannt. Tief unterhalb der Spitze schmiegten sich bauschige Wolken an den Berg. »Hat der Berg einen Hut, wird das Wetter gut, hat der Berg einen Sabel, wird das Wetter miserabel«, hieß es im Volksmund.

Aber er wollte nicht wahrhaben, daß dieser zarte Seidenhimmel mit den spärlichen Wolkenflocken während der nächsten Tage in Schlechtwetter umschlagen könnte.

Die neue Autobahn, die durch das Tal führte, empfand er als angenehm, doch als er zur neuen Abfahrt Ost seines Dorfes kam, war er überrascht über diese Neuerung und versäumte sie daher. Eine Minute später war er schon bei der Abfahrt West, die über eine breite neue Brücke tief ins Dorf hineinstieß. Er fuhr langsam durch die Hauptstraße des Dorfes und meinte mehrmals, durch eine amerikanische Kleinstadt, wie er sie von Filmen her kannte, zu fahren. Viele Häuser mit schreienden, grellen Neonbeschriftungen. Mehrere alte Bauernhäuser hatte man während der letzten Jahre zwecks Straßenverbreiterung abgerissen. An anderer Stelle hatte man dafür »moderne« Bauten errichtet. Auch die alte Weberei im Dorf war um einen mächtigen Glas- und Betonklotz erweitert worden.

Die Mutter war über seinen überraschenden Besuch erfreut, und als sie hörte, daß er sich von Monika getrennt hatte, begann sie sogleich über Monika herzuziehen. Aber er hörte nicht auf sie, sondern ging durch die Wohnung. Auch hier war viel verändert worden. Die Mutter hatte neue Fenster einsetzen lassen, auf den Böden neue Spannteppiche, an den Wänden andere Tapeten. Dies störte ihn nicht, denn es war immer noch der gleich schlechte, ihm vertraute Geschmack der Mutter geblieben. Nach dem Wohnungsrundgang setzte er sich endlich, trank Tee, den die Mutter bereitet hatte, und fragte sie nach seinen alten Freunden und wichtigen Ereignissen im Dorfe seit seiner Abwesenheit.

Der Nachmittag hastete in Stundensprüngen in die Dämmerung, als er Hunger spürte und sich die Mutter erhob, um ihm eine seiner alten Leibspeisen zu kochen.

Er stellte sich zum Fenster, sah hinaus. Dort, wo die Holzhütte des Waldaufsehers Johann gestanden hatte, protzte ein Ziegelungetüm, das sich einer seiner Söhne in unzähligen Freizeitstunden baute, um dadurch zehn Jahre Leben zu verlieren. Vereinzelt waren schon Sterne zu sehen, die in der Stadt kaum wahrnehmbar waren. Er erinnerte sich an die Kindheit, als er im Sommer barfuß zum Bauern gelaufen war, um frische Kuhmilch zu holen.

Die Milch, die ihm seine Mutter zum Essen servierte, schmeckte nach Plastik; wie der Salat, bei dessen Zubereitung sie früher immer so große Meisterschaft bewiesen hatte.

Nach dem Essen wollte er ins Dorf hinunterspazieren. Es war Nacht geworden, und über der Bergkette im Süden glänzte ein kalter, hellgrüner Mond.

Heimat, so dachte er, das ist die Sehnsucht der Erinnerung. Auch die Einrichtung des Gasthofs Traube hatte man »modernisiert«. Zunächst war's ihm, als würde er in seinem ehemaligen Stammlokal überhaupt niemanden mehr wiedererkennen, aber dann entdeckte er an einem Ecktisch eine Runde Burschen, an die er sich erinnerte, beim Kartenspiel, doch vermied er es, sich ihnen zu nähern, weil er die Sprachlosigkeit fürchtete, die unangenehm aufgetreten wäre.

Am nächsten Vormittag, nach dem Frühstück, unternahm er noch einmal einen Spaziergang ins Dorf. Er kam an einem Brunnen vorbei, wo man in letzter Zeit die alte holzgeschnitzte Statue des heiligen Florian gegen eine Steinskulptur ausgetauscht hatte, die man im Dorfe wohl für »moderne Kunst« halten mochte. Die Leute, wie früher, auf dem Weg zur Kirche. Nahe der Kirche erschrak er, als er eine frühere große Liebe sah. Sie war dick geworden und schob einen Kinderwagen. Zwei liebe Mädchen liefen hinter ihr her. Sie sah ihn nicht, und ihre ehemals klugen und flinken Augen wirkten müde und leer. Er ging durch die Gänge zwischen den Gräbern des Kirchenfriedhofes, neugierig, wer von ehemaligen Bekannten möglicherweise bereits hier lag. Dabei entdeckte er auch das Denkmal für die gefallenen Soldaten der beiden Weltkriege wieder. Das war gleich geblieben.

Danach spazierte er zu den Flußauen, wo er früher im Sommer oft auf einer Sandbucht lag, um sich bräunen zu lassen und dann zwischendurch wieder im Fluß zu schwimmen. Arbeiter rodeten auch sonntags die Bäume und Sträucher des Auwaldes. Er sprach mit einem Arbeiter. Dieser redete von Fortschritt und Wirtschaft und Entwicklung, erklärte, daß die Autobahn nur bis hierher zum Dorf führe, aber nun weitergebaut werde durch das Tal.

Zu Mittag war er wieder daheim. Anstatt »Heimat« zu spüren, empfand er Kläglichkeit und »Fremde«. Lustlos verschlang er den Braten, für den sich die Mutter den Vormittag lang abgemüht hatte. Sie schaute ihn vorwurfsvoll an, weil er ihre Kochkunst nicht entsprechend würdigte und begann loszuschimpfen wie in früheren Zeiten.

Er war noch nicht einmal 24 Stunden »daheim«, als sich der Wunsch, wieder zurück in die Stadt zu fahren, in seinem Gemüt breitmachte. Zurück zu seiner nun einsamen, aber doch behaglichen Wohnung, zurück ins Gassengewirr, das ihm im Laufe der Jahre vertraut geworden war.

Die Mutter brachte Kompott, nicht wie früher selber eingemacht — rentiert sich für einen allein gar nicht, entschuldigte sie sich.

»Ich fahr' wieder«, sagte er.

»Hab' ich was falsch gemacht?« erschrak die Mutter.

Er erhob sich und schüttelte den Kopf, sagte nichts, weil er wußte, daß sie ihn nicht verstehen würde. In ihrem Gesicht, in dem er niemals Tränen gesehen hatte, entdeckte er die Züge von Enttäuschung, von der er nicht wußte, ob sie ihm oder ihrem Leben galt.

Er umarmte sie, bevor er ging. Sie war über diese Geste verwundert, weil sie im Dorf nicht üblich war. Dabei bemerkte er, daß das Gesicht seiner Mutter blasser als früher geworden war: unübersehbar waren ihre vielen Falten.

Für die Rückfahrt wählte er nicht die Autobahn. Er wollte bis zur nahen Landeshauptstadt die alte Landstraße mit der Pappelallee fahren. Die Straße gab es noch, aber die hohen spitzen Bäume waren geschlägert worden. Und bei der Kurve, die in den Talknick führte, hatte man während der letzten Jahre eine Chemiefabrik erbaut.

Der Himmel war grau und leichter Landregen setzte ein.

Wolfgang Gruber

Ortsbild

DER KOMMUNALPOLITIKER. Seine Hände sind schwammig. Nach einer Rede in das Publikum gereicht, werden sie feucht, klebrig von Schweiß. Wie Chamäleonzungen schießen sie hervor und kleben am Opfer: Grüß Gott! Seine Hände sind immer vor ihm da, zugleich mit dem Grüß Gott, als wären sie Glieder ohne Körper; aber die Leute sagen ja auch: er ist so zuvorkommend.

Er ist Stimmenimitator. Der Stimmen wegen. Er spricht viele Sprachen, am liebsten die den Volkes. Seit seiner Teilnahme an Rhetorikkursen, veranstaltet von der Ortsleitung seiner Partei, spricht er eine Sprache mehr. Obgleich er sie noch nicht ganz beherrscht, übt er sich in ihr — sie beherrscht IHN ganz. Sprachlos ist er nie. Außer er sagt: Ich bin sprachlos.

Er weiß, wo er zu sein hat. Freitag, fünfzehn Uhr. Überreichung eines Geschenkkorbes. Seine Hand umklammert die der Neunzigjährigen, das Grüß Gott und Alles Gute synchron zu dieser Bewegung. Ein Photograph hält fest, was die Hand festhält. Dann ein Gruppenphoto. Der Vizebürgermeister und die Neunzigjährige, dahinter ER, eine Gesichtshälfte unglücklich verdeckt durch das Bouquet des Geschenkkorbes. Seine rechte Hand ruht in der Sakkotasche, nur der Daumen sieht hervor. Die Photos erscheinen im Mitteilungsblatt der Ortsleitung seiner Partei, ergehend an einen Haushalt.

Er hat wenige Freunde. Dafür Parteifreunde. Unter den wenigen jedoch gibt es nur Gute und einen Besten, der jeweils unter den Guten bestimmt wird, wenn diese am Stammtisch mit ihm sitzen, und es solange bleibt, bis der Politiker an einen anderen Stammtisch eingeladen wird. Seit geraumer Zeit ist der Gendarmerieinspektor sein BESTER Freund. Der Politiker spricht gern von der Vergangenheit. Am Stammtisch. Von seinem Schulfreund, seinem besten Freund, Gendarmerieinspektor.

Der Politiker duzt seine Vergangenheit. Weil sie schwer und doch schön war. Seit er im Amt ist, verkehrt er mit der Gegenwart per Sie, und die Zukunft beschreibt er in seinen Reden als schwer und gar nicht schön.

Weil dem so ist, na Sie wissen schon, wählen Sie . . . Die Hand wird gezückt.

WEGE. Ich habe noch einen Weg, sagen die Leute, wenn sie einer Besorgung nachgehen. Tatsächlich ist jeder Weg — auch die Durchzugsstraße oder die Gassen — dieser Stadt nur eine unsichtbare Verbindung von Verpflichtungen. Niemand weicht ab — im Wissen, die Bäckerei ist auf dem Weg zum COOP, von dort gelangt man schnell zum Finanzamt, und falls die alte Uhr noch repariert werden soll — der Uhrmacher ist gleich nebenan. Jeder Einkaufszettel ist ein Stadtplan, der den Weg vorzeichnet: denn wenn man noch einen Weg hat, bedeutet dies: nur EINEN Weg zu haben.

Aus den benachbarten Dörfern fahren ältere Menschen mit dem Postautobus in die Stadt. Einkaufen. Mit dem Rucksack. Sie kaufen auf Vorrat, es ist billiger. Drei Großkaufhäuser haben sich die Wege der Stadt schon zunutze gemacht. Die Jüngeren kommen mit dem eigenen Auto. Die Durchzugsstraße entlang, beim Hauptplatz rechts, oder die Abzweigung nach der Kirche: Alle Wege führen zum Konsum. Und doch ist es immer nur einer. Letztes Jahr sperrten in Altdorf und Neudorf, zwei benachbarten Dörfern, drei Kleinversorger. Auch ein Kino. Und eine Volksschule. Alles nimmt eben seinen Weg.

ZWEI BILDER. Das Gemeindeamt wurde neu gestrichen. Außen in einem leuchtenden Ockergelb, innen weiß, eine Farbe, die erfahrungsgemäß den bestehenden Schmutz anzieht und sich nach einiger Zeit in einem Ton zeigt, den man grauen Alltag nennt. Die Türen der Ämter des Gemeindeamtes sind groß und freundlich. Kleine Klinken aus Messingknöpfen, breite Flügel aus schwerem Holz. Sind sie geschlossen, hört man leise Geräusche von Schreibmaschinen, öffnet man sie, nachdem man höflich auf Holz klopfte und ein Ja-Bitte vernommen hat, verwandelt sich die Freundlichkeit der

Türe in ein geraunztes »Wos wuin's denn?« der Sekretärin. Sie tippt weiter, den Kopf leicht zur Seite geneigt, ohne herzusehen. Man grüßt, steht gebückt da, verlegen die Hände gefaltet oder in den Taschen vergraben. Ihre Fingernägel sind rot gestrichen. Ihre Abwesenheit beherrscht den Raum. Noch ohne einen Blick gewechselt zu haben, erfährt man, daß der Herr So-und-So, dessen Name auf dem linken Türflügel stand und der der Grund für das Eintreten war, soundso nicht da ist. Aber nebenan. Da sind Sie richtig. Nebenan. Über der Tür ein Schild, Nr. 26, wieder auf dem linken Türflügel ein Name, und in Großbuchstaben darunter: KULTUR- UND SPORTREFERAT. Zwei Bilder. In halber Höhe des Fensters, neben dem Gummibaum, hängt auf weißgrauer Wand das Bild des Bundespräsidenten. Daneben ein größeres Bild. Unsere Gefallenen 1939—1945. Portraits von Männern, viele nicht älter als fünfundzwanzig Jahre, in Uniformen der deutschen Wehrmacht. Darunter ihr Name, geboren am . . . — ein Bindestrich — gefallen am . . ., verschollen. Und der Dienstgrad. Bei einigen Photographien wurde die Uniform nachgemalt. Der Kragen mit Dienstabzeichen olivgrün mit Wasserfarben aufgesetzt. Jeder Heldentod wird zweifach gestorben: am Schlachtfeld, wo man für jene eingeht, die in die Geschichte eingehen, und hier, mit Wasserfarben bekleidet, in einem stickigen Büroraum als Bild aufgehängt, erhängt. Wos wuin's denn?, fragt der Kultur- und Sportreferent.

DAS KINO. Siebente Reihe links, wiederholt der Billeteur. Er ist kurzsichtig. Er steht in der Tür zum Saal wie ein Butler, der einem aus dem Mantel helfen will: vornehm und zurückhaltend. Entwertet er die Eintrittskarte, besieht er sie genau, er hält sie in Augenhöhe und liest: Seitenreihe, Platz zehn. Bitte schön! Ein Butler sagt bitte schön, nickt leicht, macht eine einladende Geste, als würde er auffordern, im Sofa des Empfangssalons Platz zu nehmen. Die Holzklappstühle sind hart.

Die Montagvorstellung. »Hurra, die Schwedinnen sind da.« Zweiter Teil. In der Vorhalle ist ein kleines Buffet. Es gibt Chips, Süßigkeiten und eine Biersorte. Am liebsten werden Chips gegessen. Man hört es am

Rascheln der Cellophanverpackungen. Jeder erfahrene Kinobesucher kann das Rascheln von Chipsverpackungen von dem von Süßigkeiten unterscheiden. Die Filmankündigungen und Plakate sind in der Vorhalle angeschlagen. Zweiter Teil. Noch spritziger als die »ersten Schwedinnen«. Mittelreihe fußfrei, liest der Billeteur.

Im Kinopark sind Mopeds und Motorräder abgestellt. Es wird die letzte Zigarette vor dem Eintritt geraucht.

Die Dienstagvorstellung. Unglaublich-ungeheuerlich-unvorstellbar. Ein Jugendlicher sitzt in einem Klappstuhl in der Vorhalle. Auf seinem Schoß liegt ein Motorradhelm, das Visier verdeckt die Genitalien. Kameraschwenk. Das Bild zeigt eine junge Frau. Sie hält die Hand des Jugendlichen. Sie sitzt in einem Klappstuhl neben ihm. »Die weiße Göttin der Kannibalen.« Beide warten auf das Ende der Sieben-Uhr-Vorstellung. Lachen aus dem OFF. Aus dem Saal hört man Lachen.

Die Mittwochvorstellung. »Der größte Schlag der Todeskralle.« Vor dem Ende der Spätvorstellung kommt ein Gendarm. Er lehnt am Buffet und trinkt Bier. Der Billeteur fährt mit dem Handrücken über seine Augenlider.

Die war nicht schlecht, die Vorstellung gestern, sagt der Billeteur. Er erzählt vom Film. Von den Kannibalen.

Der Gendarm fragt um eine Packung Chips. Plötzlicher Schnitt. Der Billeteur und der Gendarm sprechen über eine Rauferei, die sich letzte Woche im Kinopark zutrug. Der Billeteur sieht auf die Uhr.

Einer hat geblutet, sagt er. Es war vorigen Donnerstag. Die haben um ein Motorrad gestritten. So eine neue Maschine, amerikanisch.

Die Donnerstagvorstellung. »Easy Rider.« Der Gendarm trinkt Bier. Er liest Plakate. Es gibt nur einen Fighter, der Bruce Lee ebenbürtig ist.

Kung Fu müßte man beherrschen, sagt er zum Billeteur.

Aus dem Saal kommen zwei Jugendliche. Die Tür ist kurz offen, man hört Knallen von synthetischen Filmschlägen. Die Jugendlichen verlassen das Kino. Sie gehen in den Kinopark.

»Gott vergibt, wir beide nie!«, liest der Gendarm. Das ist Freitag, oder?

Der Billeteur nickt.

NAMEN. In den tiefen Abdrücken der Caterpillarraupen im Lehm stehen Regenpfützen. Auch in der Baugrube hat sich Wasser gesammelt. Ratten können schwimmen. Sie leben unter den Holzstapeln neben dem Schotterhaufen. Auf dem Schulweg werfen Kinder Steine nach ihnen. Anna Weiner, die junge Lehrerin, geht den selben Schulweg: am Bauplatz vorbei, wo die neue Schule stehen soll.

Weiner ist ein bekannter Name in der Stadt. Die meisten in der Stadt kennen einander beim Namen. Einen Namen erwähnen heißt zugleich, eine Geschichte erzählen; spricht man von mehreren Namen, geht es meist um eine Hochzeit. Oder um eine Streiterei. Von den Fenstern der neuen Schule wird man auf den Friedhof sehen können.

Die Geschichte um den Namen der Lehrerin ist die ihres Vater. Er heißt DER Weiner. Man spricht über ihn als DER Weiner. Er sitzt im Café Pech. Das Café Pech, in den fünfziger Jahren ein beliebtes Tanzlokal, ist jetzt Treffpunkt von Kartenrunden und Schachspielern. Der Weiner sitzt jeden Tag im Café Pech. Er liest Zeitungen und trinkt Cognac. Sein Schweigen ist respektiert und unantastbar. Seine Trinkgewohnheit erfordert keine Bestellung. DER Weiner. Einmal von einem Kartenspieler am Nebentisch nach seinem Vornamen befragt, krempelte er stumm seinen linken Hemdsärmel auf. An seinem Handgelenk ist eine Nummer.

Anna Weiner unterrichtet Geschichte. Sie wurde in dieser Stadt geboren, ging in dieser Stadt zur Schule, dann zur Universität, um wieder in diese Stadt zurückzukehren, weiter in die Schule zu gehen: diesmal als Professorin am Gymnasium.

An einem Gehsteigverbau, unweit der Schule und dem Bauplatz für die neue Schule, steht mit einer Lacksprühdose geschrieben: ES IRRT DER MENSCH, SOLANG ER STREBERT.

Die Lacksprühdose gehört einem Schüler der 7b-

Klasse, der Klasse von Anna Weiner. Er wurde diszipliniert.

Anna Weiner wurde diszipliniert, weil sie Geschichte unterrichtet. Sie hatte Namen genannt. Dachau, Ljublin, Auschwitz, Theresienstadt, Mauthausen. Und zu den Namen hatte sie Namen genannt.

Der Weiner ist eine Nummer von Mauthausen. Er trägt seinen Vornamen am Handgelenk.

Der Weiner war Schulmeister. Und Sozialist. Ein Rechtsanwalt, ein Arzt und ein Apotheker machten eine Anzeige. Einflußreiche Bürger.

Und einflußreiche Bürger der Stadt, deren Namen jeder kennt, dieselben wiederum Namen im Landesschulrat kennen, ließen den Namen Anna Weiner fallen.

Weil sie Namen nannte.

EIN WIRTSHAUS. Das Gastzimmer. Fünf Holztische, mit Plastiktischtüchern gedeckt. Zwischen der Schank und dem Kachelofen ist eine Schwingtüre aus Milchglas. Auf ihr steht in großen schwarzen Buchstaben: KÜCHE. »Kein Eintritt« steht in verblaßter Schrift darunter, fast unleserlich. Hinter der Schank hängt eine Uhr. Das Ziffernblatt ist orangefarbig. Es ist eine Limonadereklame. Die Uhr tickt laut. Sie ist deutlich im Gastzimmer zu hören. Eine Seite des Kachelofens ist durch die Musikbox verdeckt. Eine zweite Türe führt in ein Nebenzimmer, auf der Türe steht in den selben großen schwarzen Buchstaben: STÜBERL.

An der Schank stehen drei Männer. Sie lehnen am Schankbord, mit den Ellbogen aufgestützt. Sie blicken über die Schulter in das Gastzimmer. Ein Mann dreht sich kurz um, nimmt sein Glas von der Schank auf, trinkt, stellt das Glas ab und beobachtet weiter.

Schau, der Karli, sagt er.

In der Tür zwischen Gastzimmer und Stüberl steht ein Kind. Es ist dick. Unter dem Arm trägt es zwei orangefarbene Schulhefte.

Karli, komm her! Möcht'st ein Brezel?

Karli geht zögernd in Richtung Schank. Vor einem Tisch bleibt er stehen und nimmt ein Brezel von einem Holzständer. Eine Fliege schreckt auf. Am Nebentisch sitzen zwei alte Bauern. Sie lachen leise, blicken in ihre

Biergläser. Einer sieht auf und grinst Karli an. Der Alte hat keine Zähne. Mit seinen Lippen nuckelt er an einer Zigarre. Karli dreht sich um.

Der Nachmittag ist langweilig. Karli schreibt seine Schulaufgaben im Stüberl. Dort stehen zwei Flipper. Karli benützt einen Flipper als Schreibtisch. Er ißt sein Brezel. Der Nachmittag ist langweilig. Karli schreibt einen Aufsatz. Gestern abend war es lustig, schreibt er. Wir hatten viele Gäste.

Gestern abend. Die Tür zum Stüberl ist geschlossen. Man hört im Gastzimmer Stimmen, Lachen, Gesang und Klirren von Trinkgläsern. Eine Stimme hebt sich ab. Ein Mann ruft: Wirtshaus!

Die Tür zum Stüberl geht auf, die Wirtin betritt das Gastzimmer. Ohne zu zögern, geht sie auf einen Tisch zu. Es ist der Stammtisch.

Karli schreibt. Es war nämlich die Auszahlung vom Sparverein. Die saßen am Stammtisch. Die Mutter hatte viel zu tun, weil der Sparverein soviel getrunken hat. Aber zuerst haben sie gegessen. Jeder eine rechte Portion Bratwurst mit Sauerkraut. Da habe ich auch fast einen Hunger bekommen. Und auch gesungen haben sie.

Gestern abend. Ein Mann geht zur Musikbox. Er bleibt stehen und kramt in seiner Hosentasche nach Kleingeld. Dann beugt er sich über die Musikbox, er stützt sich mit beiden Händen am Apparat ab. Die Musikbox ist sehr deutlich zu hören: Wenn bei Capri die rote Sonne im Meer versinkt. Die Stimmen im Raum schwingen in den Tonhöhen des Liedes mit. Man hat das Gefühl, als würden alle mitsingen.

Karli schreibt. Die Mutter war sehr müde. Sie ist noch lange bei der Kassa gesessen, weil sie hat abrechnen müssen.

Gestern abend. Die Reklameuhr zeigt kurz vor zwölf. Die Wirtin kassiert ab. Sie steht am Stammtisch des Sparvereins.

Sperrstunde, meine Herren!

Ihre Stimme klingt müde. Sie blickt in die Runde; ein Mann legt seine Brieftasche auf den Tisch. Er ist betrunken. Neben der Brieftasche stehen sechs leere Schnapsgläser. Er blickt zur Wirtin.

Das waren acht Schnäpse heute, sagt sie.

Der Mann reicht ihr einen gefalteten Geldschein.

Schon gut, der Rest ist Trinkgeld.

Karli schließt das Schulheft. Er geht in das Gastzimmer und holt ein weiteres Brezel. Der Nachmittag ist langweilig.

ORTSAUFSÄSSIG. Jede Heimat hat eine Heimat. Es ist der Heimatsaal. In ihm wird sie jährlich gepflogen. Heimatpflege ist Aufgabe des Vereins für Heimatpflege. Die letzte Vorstandssitzung des Vereins für Heimatpflege hat beschlossen, den Tätigkeitsbereich des Vereins zu erweitern. Dazu wurde die erweiterte Vorstandssitzung einberufen. Nach Beschluß der erweiterten Vorstandssitzung habe der Name des Vereins für Heimatpflege fortan gemäß Statut des Vereins für Heimatpflege folgendermaßen zu lauten: Verein für Heimatpflege und Ortsbildgestaltung. In der Heimat der Heimat. Applaus. Das Steinkogler Trio singt ein Heimatlied. Applaus. Die diesjährige Preisträgerin des Wettbewerbes ORTSBILDVERSCHÖNERUNG, veranstaltet vom Verein für Heimatpflege und Ortsbildgestaltung, ist . . . Ein Name wird genannt. Applaus. Eine Frau im Trachtenkostüm tritt auf die Bühne des Heimatsaals. Der Vorsitzende des Vereins spricht. Über die vorbildliche Art, ein Haus mit Blumenkästen zu verzieren.

Erblühen aber soll das gesamte Ortsbild wieder, sagt der Vorsitzende. Ein Blumenkästchen auf jedes Fensterbrett. Dafür sei uns allen die diesjährige Preisträgerin, ein Name wird genannt, ein Vorbild. Der Vorsitzende überreicht den Preis. Es ist ein Bild: eine alte Ortsansicht aus dem Biedermeier. In Öl, sagt er. Applaus. Im Publikum sitzt ein Mann, der besonders kräftig applaudiert. Er ist Besitzer eines Blumengeschäfts.

Felix Kreyss

Rückspiegelung

Ich begegnete ihm tagtäglich.

Er war hager, größer als ich, hielt sich gerade, und eben deswegen fiel die hängende linke Schulter an ihm so auf. Unter die Achsel hatte er sich eine sorgfältig zusammengerollte Tasche aus Jute geklemmt, verwaschen und fransig.

Er wohnte nicht in unserer Satellitenstadt. Er kam stets aus Richtung Stübler-Mühle auf einem wenig begangenen Feldweg, der knapp vor meiner Straßenbahnhaltestelle einmündet. Die ersten Male hatten wir uns bloß angesehen, er mich musternd, ich ihn einfach so. Eines Tages hatte er mich gegrüßt, stumm und mit Respekt. Ich empfand es so. Bald darauf warf er mir bei jeder Begegnung einen Satz zu, der sich auf das Wetter oder andere äußere Umstände bezog. Im Vorbeigehen sagte er: »Der Regen hat abgekühlt!« oder »Heute sticht die Sonne besonders!«, oder »Die Straßenbahn ist aber spät dran!«, ohne daß er mir je Zeit für eine Antwort gelassen hätte. Seit der frühen Schneeschmelze waren unsere Begegnungen so verlaufen. Nie anders. Tag für Tag.

Heute ist er ausgeblieben. Mir ging die Begegnung so ab, daß noch in meine Arbeit Unruhe getragen wurde. Er wird weggezogen sein, redete ich mir ein. Ganz sicher. Seine Erscheinung war fremdartig, und er war keiner, der hierher gehört. Und im Nachdenken entdeckte ich, daß ich ihn nicht genau beschreiben, lediglich auf seine Schulter hinweisen könnte, die weniger ausgebildet zu sein schien. Ich schloß meine Augen, um mir sein Bild ins Gedächtnis zu holen. Vergeblich. Nichts anderes hatte ich von ihm in mich aufgenommen als seine überbuschten tiefliegenden Augen, seine gegerbte Haut, wie über die bloßen Knochen gezogen, sein schlohweißes Haar im jetzt selten gewordenen Borstenschnitt.

Ich zählte nach. Seit den ersten Begegnungen sind gut zwanzig Wochen vergangen. Eine Woche war ich krank und drei Wochen auf Urlaub. Also — er ist mir mindestens hundertvierzig- oder hundertfünzigmal entgegengekommen, ebenso oft habe ich ihn angesehen, ebenso oft seine Stimme gehört. Wie ist es möglich, daß ich mir jetzt kein genaueres Bild von ihm machen kann . . .

Aus meinem Sinnieren reißt mich der Summerton des Tischtelefons. Ich melde mich und wiederhole, wie angeordnet, Satz für Satz, eine Anweisung des Abteilungsvorstandes, natürlich auf mein Ich umgelegt: »Ja, ich fahre sofort in die Mühlgasse 57 bis 63 — schnappe mir den Hausverwalter, überprüfe den Deckeneinsturz, lege eine Skizze an und erhebe den Schaden — ja, ich will versuchen, den Verursacher dieses Skandals herauszubekommen — gut, ich warte auf den Baumeister und auf die Feuerwehr, die schon alarmiert ist — natürlich, ich habe die Abpölzung abzuwarten, auch über Dienstschluß hinaus — jaja, ich habe alles verstanden — wie denn nicht?« — Das »Wie denn nicht?« hatte ich von mir aus angehängt, hoffend, daß der Chef meine Kritik an seiner läppischen Nachfrage endlich einmal mitbekommt. Aber — ich hatte wie immer ins Leere gesprochen, wie seit zehn Jahren. Der Chef hat abgelegt, als ich den letzten Satz seiner Anweisung wiederholt gehabt hatte. Ihn interessiert keine persönliche Meinung. Selbst jede Grußformel ist ihm zuwider.

Ich packe meine Arbeitstasche, melde mich im Sekretariat ab und haste zur Straßenbahn. An der nächsten Straßenecke stoppe ich, kaufe an einem Stand einen in einem Nylonsack steckenden Bund bunter Astern, in der Kneipe daneben eine Flasche Rotwein. Als ich mit meiner Arbeitstasche, den Blumen und der Weinflasche, die Hände also vollbeladen, in der anfahrenden Straßenbahn kaum das Gleichgewicht halten konnte und auf eine leere Sitzbank hinknallte, wurde ich mir meines Einkaufes erst bewußt.

Mühlgasse? — Ja, sie geht vom Stübler-Platz aus, dort, wo der unbekannte Mann wohnen könnte, dessen Ausbleiben mich die ganze Zeit über so beschäftigt hat. Ich lache hellauf. So ist es: da geht dir ein Mensch ab, den du gar nicht kennst, und, weil du vermutlich in der Nähe seiner Wohnung zu tun hast, kaufst du Blumen und Wein wie für einen Besuch bei guten Freunden!

Völlig automatisch. Ohne nachzudenken. Ich ärgere mich über mein sinnloses Gehabe. Ich raffe mich auf. Ein Blick auf die Uhr: es wird sich noch ausgehen! An meiner Haltestelle — es ist die viertletzte vor meinem Ziel, der Endstation — steige ich aus, um das Gekaufte in meiner Wohnung abzulegen. Wenn ich mich beeile und für den Rest der Strecke meinen Wagen nehme, bringe ich die verlorenen zehn Minuten wieder ein.

»Mein Spezielles, Herr Helm. Haben Sie's aber eilig. Bestimmt wieder Außendienst. — Jaja, Sie sind viel unterwegs!« — Der Briefträger ist es, der mich anspricht und für mich die Haustüre offen hält.

»Sie sind doch verheiratet, Herr Janoud! — Hier, nehmen Sie: für Ihre Frau die Blumen und für Sie den Wein.«

Ich bin froh, das Gekaufte so gut angebracht zu haben.

»Vielen Dank. Wie gut, daß ich meinen Rayon schon abgetippelt habe. Da werden die Blumen nicht welk!«

»Wo wohnen Sie?«

»Ziemlich weit von hier. Mühlgasse 178, wo der Konsum ist.«

»Kommen Sie. Ich fahre auch dorthin.«

Noch während des Einsteigens frage ich nach dem Unglück im Neubau. Der Briefträger hat nichts davon gehört. Klar, er ist ja seit sechs Uhr früh im Dienst. In Wahrheit wollte ich bloß meine Geschichte loswerden, ihm erklären, wie ich zu Blumen und Wein gekommen bin, die er, ziemlich ungeschickt, an seinen Bauch drückt. Als ich anfange, den Unbekannten mit der hängenden Schulter zu beschreiben, redet er dazwischen.

»Den kennen Sie ja, Herr Helm. Er hat fast ein Jahr in Ihrem Haus gewohnt. Bei den Gramonts. Als Hauslehrer, wie man so sagt.«

»So, bei den Gramonts? — Da sieht man wieder: man läuft aneinander vorbei und weiß gar nicht, wer wo wohnt.«

»Ich bitt' Sie, Herr Helm!« fällt mir der Briefträger ins Wort. »Die Gramonts wohnen doch im gleichen Stock. Den Gang links hinüber. Die letzte Tür!«

Ich pruste lauthals los.

»Sie haben mich mißverstanden, Herr Janoud.

Natürlich weiß ich, wo die Gramonts wohnen. Aber ihn, den Hauslehrer, den hab' ich bei Gott nie dort gesehen. Oder — ich habe ihn übersehen«, schwäche ich sofort ab. Mein früher hingeworfener Satz ist mir peinlich. Ich kann ihm gegenüber doch nicht eingestehen, daß kein Mensch im Haus mich interessiert, daß ich keinen grüße und auf einen Gruß höchst flüchtig reagiere.

»Vielleicht haben Sie ihn wirklich nie gesehen!« räumt der Briefträger ein. »Er ist ja kaum aus der Wohnung herausgekommen.«

»Wieso denn das?«

»Es ist nicht meine Art, über Leute viel zu reden. Aber da Sie mich so direkt fragen. — Also, hören Sie!« Gleichzeitig neigt er sich zu mir herüber, und seine Zunge fährt einige Male blitzschnell über die Oberlippe. »Angefangen hat's damit, daß Herr Gramont ihn stundenweise als Brasilien-Korrespondent beschäftigt hat. Dann hat es mit den drei Buben in der Schule nicht geklappt. Da hat er einfach den Karl Kronaus — so heißt er nämlich — zum Hauslehrer gemacht und in die Wohnung genommen. Und weil er so anstellig war und den Vormittag frei hatte, beschäftigte ihn der Herr Gramont in seinem Büro. So war er von der Früh bis in die Nacht angehängt. Ohne Kronaus ging überhaupt nichts mehr — bis zum Krach am Maria Lichtmeß-Tag. Was es da gegeben hat, habe ich nicht erfahren. Aber — er ist ein Sozi, der Karl Kronaus.« Der Briefträger lacht böse auf. »Sie wissen eh: die Gramonts sind superheiße Nationale. Genauer möcht' ich nicht werden, ansonsten habe ich mit diesen auch noch einen Wickel — wie der Karl Kronaus.«

»Wissen Sie, wo er jetzt wohnt?«

»Natürlich. Ich habe ihm ja das Zimmer vermittelt. Er wohnt im Teich-Stöckl der Stübler-Mühle bei der Frau Fogarozzi. Ihr hat früher die Mühle gehört.«

Wir stehen schon vier oder fünf Minuten vor dem Eingang zum Konsumgeschäft. Ich wußte nun viel mehr, als ich erfahren wollte. Wohl zum ersten Male und ohne ersichtlichen Grund verabschiede ich mich vom Briefträger unter herzlichem Händeschütteln. Er steigt umständlich aus, versucht zu salutieren, doch da rutscht die Flasche, die er, sich blitzschnell zusammenkauernd, gerade noch mit den Oberschenkeln abfängt. Wir lachen beide.

»Altscherl!« ruft er einer Frau zu, die sich weit aus dem Fenster im ersten Stock lehnt. »Schau, Altscherl, da bring ich dir Blumen!« Und er deutet mit dem Blumenstrauß in meine Richtung. »Von Herrn Helm sind's, und er gehört auch zu uns!«

Ich wende den Wagen. Was heißt das »Er gehört auch zu uns!« — Ach, ich verstehe: die Briefträger erfahren viel. Und meiner stellt mir schließlich die Zeitung zu. Mein anfänglicher Unwille wandelt sich in Freude um. Es ist gut, wenn man wohin gehört und andere wissen, daß man dazugehört. Aber — und ich rümpfe mißbilligend die Nase über mich — ich hätte mich nicht so gehenlassen dürfen. Das ist nicht meine Art.

Drei Tage hatte ich mit dem Deckeneinsturz zu tun. Eine böse Sache. Das angrenzende und schon bewohnte Haus war gefährdet gewesen. Als ich am vierten Tag wie üblich zur Straßenbahn gehe, halte ich nach Karl Kronaus Ausschau. Ich warte fünf Minuten an der Einmündung des Teichweges. Keine Spur von ihm.

Im Büro schlage ich im Telefonbuch nach. Frau Fogarozzi hat keinen Anschluß. Ich kann nicht sagen, daß ich in Sorge wäre. Ich bin einfach neugierig.

Eine Viertelstunde vor Dienstschluß — früher kann ich ohne Genehmigung nicht weg — verlasse ich eiligen Schrittes mein Büro. Es wiederholt sich alles so, wie es vier Tage zuvor abgelaufen ist. Beim Anfahren der Straßenbahn knallt es mich wieder auf eine Sitzbank. Den Astern und der Flasche Rotwein ist nichts passiert. Unterwegs hätte ich mein Vorhaben am liebsten wieder aufgegeben. Das geht doch zu weit, dieses Eindringen in das Leben anderer. Wenn zu mir so ein Fremder käme, auch wenn es jemand wäre, den ich tagtäglich sehe und mit dem ich in einem Grußverhältnis stehe, das wäre mir peinlich . . . Ich steige bei meiner Haltestelle aus, gehe die dreißig Schritte zurück zur Einmündung des Teichweges und bewege mich wie ein Automat. Nichts treibt mich an, den Besuch tatsächlich zu machen. Aber ich gehe.

Plötzlich öffnet sich mir ein Zauberreich. Alte und vor langer Zeit beschnittene Haselbaumwände öffnen sich. Der Blick auf einen Teich wird frei. Steinerne, moosbezogene Bänke begleiten den Weg. Breit ausladende Buchen — die Blätter gilben schon — begrenzen links und rechts das Teich-Stöckl, davor Bankette mit Georgien in allen Farben. Stille.

Ich verharre. Der Weg hat sich gelohnt. Wenn ich jetzt umkehrte, behielte ich mir einen wunderschönen Traum. Ich gehe langsam weiter. Ein Hund kläfft. Und eine Stimme fragt: »Wollen Sie zu Herrn Karl Kronaus? Er wartet schon auf Sie.«

An der Haustüre ein Messingschild: Aurelia Gräfin Fogarozzi-Klotzmann. Das Wort »Gräfin« schwarz übermalt, aber die Zeit hat so viele Farbplättchen herausgebrochen, daß das Adelsprädikat eben dieserhalb ins Auge springt. Die Tür öffnet sich automatisch. Kühler Moder schlägt mir entgegen, schon nach der ersten Stufe überdeckt von einem zarten, angenehmen und mir völlig unbekannten Duft, vermutlich eines Parfüms. Vor einem Spiegel steht eine kleine, zartgliedrige Frau, schwarzgekleidet, über dem gelblichen und strengen Gesicht eine weiße Haarkrone. Ich trete näher, die Astern bereithaltend.

»Wie aufmerksam, Sie bringen Blumen!« Und gleichzeitig greift die ringgeschmückte Hand der Gräfin nach den Astern, tastend, wie es mir scheint. »Herr Kronaus ist zur Zeit fieberfrei. Er ist oben in seinem Zimmer. Bleiben Sie nicht zu lange. Herr Kronaus ist sehr geschwächt. Die Fieberwellen kommen jetzt in größeren Abständen.« Frau Fogarozzi nickt mir zu und geht. Der Dackel ist dageblieben. In Warnstellung. Ich steige die Stiege hinan, irgendwie beeindruckt. Der Dackel hoppelt an mir vorbei, bleibt vor einer Türe schweifwedelnd stehen. Als ich zögere, jault er kurz auf.

»Herein!« Eine harte, feste Stimme, die kaum an die Sätze bei unseren Begegnungen erinnert.

Ich umfasse das Zimmer mit einem Blick: links eine bis an die Decke reichende Bücherwand, den Arbeitstisch eingebaut; rechts eine halb geöffnete Tapetentür und dann wie aufgefädelt ein Glaskasten, ein niederer Schrank, ein Ablegetischchen, das notdürftig geordnete Bett; aber vorne, um eine Stufe erhöht, ein breiter und einladend eingerichteter Erker, vor dem weit geöffneten

Fenster in einem Lehnstuhl Kronaus, die Beine hochgelagert.

»Ich habe Sie erwartet!« Mit geschlossener Hand fordert er mich zum Näherkommen auf. »Seit Montag schon. Janoud hat mir alles erzählt. Brühwarm. Jeden Tag bin ich um diese Stunde aus dem Bett gekrochen. Trotz Fieber und Schwäche. Ich habe gewußt, daß Sie kommen werden, weil — ein Genosse kommt, wenn das Ausbleiben des anderen ihn beunruhigt.«

Mich verwirrt diese Direktheit. Und so schüttele ich stumm Kronaus' entgegengestreckte Rechte, stelle vorsichtig den Wein ab und setze mich umständlich, um nicht sofort antworten zu müssen.

Die Falten in Kronaus' Gesicht sind härter und tiefer, als ich sie in Erinnerung habe. Das mag am schräg einfallenden Licht der Septembersonne liegen. Er blickt wie verloren in die Baumwipfel, die ich von meinem Sitzplatz als Spiegelung im Glas des breiten Fensterflügels sehe. Plötzlich rafft er sich auf:

»Sie müssen wissen: die Gräfin ist blind und geht nicht aus; Janoud ist eine treue Seele, klatscht aber wie ein altes Waschweib. Es gibt niemanden sonst, der mich besucht. Und eben jetzt brauche ich Hilfe. Ich hätte Janoud geschickt, wenn Sie bis fünf Uhr nicht gekommen wären. Aber jetzt sind Sie ja da . . .«

Das Ticken einer alten Pendeluhr klopft überlaut. Ich bringe kein Wort heraus, wie immer, wenn ich im Ungewissen bin.

»Da ist nämlich eine wichtige Sache. Und sie eilt!« Kronaus greift nach der mir schon bekannten Jutetasche und entnimmt ihr ein dickleibiges, verschnürtes und mehrfach versiegeltes Paket. Sein Zeigefinger sticht förmlich auf eine Beschriftung: »Da habe ich endlich das Material beisammen, das Thassilo Gramont überführt.« Er schaut mich jetzt zum erstenmal voll an. »Das ist wichtig für den Prozeß, den er mir wegen Verleumdung angehängt hat. Gramont ist nicht der, für den er sich ausgibt. Ich weiß es schon lange. Jetzt kann ich es belegen. Er ist ein Kriegsverbrecher. Kein kleiner Fisch, den man laufen lassen kann. Er hat drei Menschen auf dem Gewissen!« Und fast tonlos: »Mein Sohn war darunter . . .«

Ich ziehe mich in mich zurück. Ich will mit einer solchen Sache nichts zu tun haben, nicht einmal darüber etwas hören. Schließlich — Gramont, nein, das ist ungeheuerlich. Er ist angesehen, überallhin hat er die besten Beziehungen, wie man hört. Mir ist er unsympathisch. Ich weiche ihm aus, wann immer es geht, weil ich bei ihm das Gefühl habe, er überfährt einen. Die Mieter müssen aber viel von ihm halten. Sie hatten ihn — lange vor meinem Einzug in das Haus — zum Sprecher gegenüber der Genossenschaft gemacht. Das ist er heute noch.

Als hätte Kronaus meine Gedanken erraten: »Sie müssen mir nicht glauben. Allerdings sollten Sie wissen, daß unter Genossen ein solcher Vorwurf nicht leichtfertig ausgesprochen wird. — Es handelt sich augenblicklich um dies: Morgen um 19 Uhr sollte ich im Vestibül des Bahnhofhotels meinen Rechtsanwalt treffen. Er ist auf der Durchreise und hat nur 25 Minuten Zeit. Ich bin derzeit außerstande, das Haus zu verlassen. Und so bitte ich Sie: übergeben Sie an meiner Statt dem Rechtsanwalt diese Unterlagen. Er benötigt sie. Und sie sind unersetzlich.«

Ich spüre, daß Kronaus mich fixiert, und nicke zustimmend. Vielleicht zu hastig, wie von einer Last befreit, die nach dieser Eröffnung allerdings geringer geworden ist. Hoffentlich hat er nicht wahrgenommen, daß solche »alte Sachen« mich in Widerwillen versetzen. Wieder nimmt er meine Gedanken auf.

»Ihr Menschen heute wollt mit einer Sache nichts zu tun haben, die in der Hitlerzeit sich zugetragen hat, vor allem nicht, wenn es sich um ein Kriegsverbrechen handelt. Ich verstehe es. Natürlich hätte ich das verschweigen können, aber dann hätten Sie nicht begriffen, wie wichtig diese Unterlagen sind und daß ich sie nicht irgendwem anvertrauen kann.«

Meine nun betont ausgesprochene Zusicherung »Ich mache es verläßlich!« überhört Kronaus anscheinend. Langsam tropfen die Worte von seinen Lippen:

»Die Hitlerbarbarei hat die Maximen menschlichen Verhaltens gründlich verschoben: mag eine Handlung verbrecherisch sein, einen einzelnen oder eine ganze Gesellschaftsschicht ins Unglück stürzen — man schaut weg, man unternimmt nichts, man überläßt alles irgendwelchen Leuten oben. Sich überall raushalten, ja, das versteht jeder, das macht jeder. Gesellschaftliche Verantwortung? — Nein, die übt niemand mehr aus. Und weil damals auch die Zivilcourage niedergeknüppelt worden ist, entzieht man sich auch heute noch jeder Parteinahme. Und die Folgen? — Noch nie war der einzelne so allein und so richtungslos wie heute. Ich hasse diese Zeit. Ich bin fremd diesem Land und seinen Menschen . . .«

In mir empört sich alles gegen diese Fehleinschätzung meiner Generation. Ich fahre auf und setze zu einer Erwiderung an.

»Lassen wir das heute!« fängt er meinen Einspruch ab. »Es war nicht persönlich gemeint. Sie helfen mir ja und haben es mir erspart, an Ihr Gewissen appellieren zu müssen.« Kronaus lächelt mir in einer Art zu, daß mein Unbehagen, jawohl, auch mein Zorn, der mir schon in der Kehle saß, wie weggeblasen sind.

»Hier, nehmen Sie das Paket. Fragen Sie morgen pünktlich um 19 Uhr im Vestibül nach Dr. Wittmann aus Salzburg. Man wird Sie zu ihm bringen. Ich danke Ihnen. Und jetzt gehen Sie. Ich bin sehr müde. Wahrscheinlich kommt wieder eine Fieberwelle.«

Er grüßt — und jetzt sehe ich es deutlich — mit der geballten Faust. »Kommen Sie bald wieder. Ich weiß nicht, wie lange ich es hier noch aushalte.«

Mit dem Rechtsanwalt hat es geklappt. Ich erfuhr steckbriefartig eine Menge über seinen Mandanten: Arbeiterbub aus Wien, Schriftsetzer, nach Februar 1934 im Anhaltelager Wöllersdorf, am 10. März '38 nach einer Demonstration gegen Hitler von einem SA-Trupp überfallen, die linke Schulter zertrümmert, schoß einen der Angreifer nieder, drei Tage später von der SA im Krankenhaus aufgespürt, von einer Krankenschwester rechtzeitig gewarnt, Flucht in den Untergrund, dann in die Emigration, zuerst Farmer, dann angesehener Redakteur in Sao Paulo. Nach seiner Rückkehr 1946 nach Österreich Suche nach seinem Sohn, bekam den Wink, daß dieser mit zwei ebenfalls desertierten Soldaten aus seiner Kompanie in der Sperrzone westlich Budapest von der SS gestellt und an Ort und Stelle gehenkt wurde — die Opfer waren Ernst Nebel, Franz

Olschowski und Max Kronaus. Seine weiteren Recherchen hatten ergeben, daß es in der Kompanie seines Sohnes nie einen Olschowski gegeben habe. Der Suchdienst des Roten Kreuzes hätte die Schicksale aller Vermißten dieser Kompanie eruieren können — bis auf den Feldwebel Thassilo Gramont, einen Brasiliendeutschen, der 1933 nach Deutschland gekommen sei. Sein Mandant hätte weitergeforscht in Brasilien, in der Bundesrepublik und in Österreich. Endlich habe er, so glaubt er, die richtige Spur gefunden und sich an den bekannten Export-Import-Kaufmann Thassilo Gramont herangemacht. Von ihm vermutete er, daß dieser die Papiere des Brasiliendeutschen an sich genommen habe, in Wahrheit aber der SS-Obersturmführer Franz Olschowski, der Mörder seines Sohnes, sei. Alles andere könne ich mir selber zusammenreimen, meinte beim Abschied Dr. Wittmann.

Von diesem Feitaggespräch an verließ ich meine Wohnung früher als sonst und kehrte erst tief in der Nacht heim. Es wäre mir unangenehm gewesen, Gramont zu begegnen oder seinetwegen von Nachbarn angesprochen zu werden.

Es war an einem Mittwoch. Nach Büroschluß ging ich, wie nun schon üblich, in ein Kaffeehaus und las Zeitungen. Ich wartete auf die bewußte »Sensation«. Erst wenn nichts »drinnen« stand, hatte ich Ruhe. Nicht jene, die man hat, wenn ein Arbeitstag gut vorbeigegangen ist, wenn man unbeschwert planen kann oder sich seinem Hobby widmet, sondern ich hatte Ruhe, das Gespräch mit Karl Kronaus zu rekapitulieren und den Inhalt in Zusammenhang zu bringen mit den Eröffnungen Dr. Wittmanns.

Plötzlich horche ich auf. Aus dem nebenan liegenden Spielzimmer dröhnt eine kräftige Stimme. Sie klingt ähnlich der meines Briefträgers. Ich zahle rasch, stehe auf, nehme Mantel und Hut und gehe ins Spielzimmer.

Gerade vor mir eine Kartenrunde, und Herr Janoud plaudert, mischt die Karten und beginnt lachend mit dem Austeilen. Er erblickt mich, überläßt seinen Platz einem Kiebitz und zieht mich zu einem leeren Nischentisch.

»Hören Sie! Kronaus geht es nicht gut. Er wollte mir

schon für Sie einen Brief mitgeben. Er hat ihn aber zerrissen und gemeint, mit Ihrer Karte über das Zusammentreffen mit seinem Rechtsanwalt hätten Sie gezeigt, daß Sie ihn nicht mehr besuchen wollen.« Und drängender: »Der Hausarzt der Gräfin hat zu ihr gesagt, die Malaria bringe Kronaus noch um. Sein Herz halte die Fieberattacken nicht aus. Gehen Sie zu ihm. Am besten am frühen Vormittag. Da ist er frischer.«

»'s ist gut, daß Sie mir das sagen. Ich konnte nur nicht. Wissen Sie, Herr Janoud, ich habe die ganze Geschichte noch nicht verdaut. So lange ich dem da — Sie wissen ja, wen ich meine — aus dem Weg gehe . . . Ich weiß nicht, ob Sie mich verstehen?«

»Ah, Sie wissen es noch nicht? Gramont hat gestern überraschend eine Auslandsreise angetreten. Hals über Kopf, und man munkelt allerlei. Ein paar Stunden später war die Polizei im Haus!« — Also doch, denke ich mir. Ich verabschiede mich und gehe heimzu.

Ich lasse die Lifttür offen, schleiche den linken Gang entlang, fixiere die letzte Tür — das Namensschild Gramont ist abgeschraubt, der Fußabstreifer fehlt. Es macht mir nichts aus, daß zuerst die Lifttür und dann meine Wohnungstür knallend ins Schloß fällt. Es dröhnt im nächtlichen Haus; der Doppelknall hüpft alle Stockwerke hinauf und hinunter. Irgendwie mußte sich meine Spannung entladen. Wider Erwarten schlafe ich rasch ein. Am nächsten Morgen, erfrischt wie schon lange nicht mehr, ist mein Entschluß gefaßt.

Kurz nach Dienstbeginn rufe ich im Sekretariat an und bitte, dem Abteilungsvorstand auszurichten, ich käme erst gegen Mittag. Es handle sich um ein — naja, um eine familiäre Angelegenheit. »Nehmen Sie doch Zeitausgleich, Herr Helm!« flötet Frau Bolanski zurück. »Dann gibt es keine Fragerei. Sie wissen ja, der Chef steigt auf eine familiäre Angelegenheit nicht ein. Sie können den ganzen Tag wegbleiben. Heute ist nichts los, und um neun Uhr fährt der Chef zu einer Tagung.«

Ich gehe den ganzen Weg zum Teich-Stöckl zu Fuß. Es ist noch früh, und ich brauche Zeit, meine Fragen an Kronaus zu ordnen. Den Fall Gramont möchte ich abbiegen. Jetzt, da er vorbei ist, weiß ich auch, warum er mir so zu schaffen gemacht hat — ich habe mich geschämt, daß es einen solchen Menschen gibt, daß er so hoch steigen konnte, daß er in der Gesellschaft als »Saubermann« angesehen wurde und gefürchtet war. Und es lag mir schwer im Magen, daß niemand — und auch ich nicht — den ständig hinter der Hand getuschelten Hinweisen auf seine Nazi-Vergangenheit nachgegangen war, es einfach bewenden hatte lassen. Und Kronaus erschien mir als einer, wie alle sein sollten. Auch wir, die wir in Friedenszeiten groß geworden sind. Und nun möchte ich bei ihm nachfragen, wie es früher gewesen ist, warum ihm jetzt das Land und die Menschen so fremd sind. Hoffentlich ist er nicht zu erschöpft. Ich beschleunige die Schritte.

Als ich mich der Haustür nähere, öffnet sie sich. Die Gräfin verläßt sich anscheinend auf den Dackel, der einmal aufgejault hat und nun auf dem Treppenabsatz wartend steht. Wiederum schlüpft er auf der Stiege zum ersten Stock an mir vorbei, wiederum schlägt er kurz an, wiederum höre ich das kräftige »Herein!« Das Bild des Zimmers ist unverändert. Vom Erker her ruft Kronaus mir zu: »Ich hatte Sie schon abgeschrieben und der Arzt mich! — Beides stimmt nicht. Sehen Sie doch!« Und Kronaus stützt sich ab und kommt mir entgegen. »Ich kenne mich besser. Von einem Tag zum andern ist der Anfall weg. Ich fühle mich dann wie neugeboren . . .«

Irgendwie bin ich froh und sage es ihm auch. Er winkt ab, besinnt sich eine Zeit und klappt die Platte des niederen Schrankes auf: »Da habe ich fünfzig Jahre eingesperrt. Schauen Sie sich das einmal an. Inzwischen wird der Tee reif werden, wenn Sie ihn mögen, einen aus sieben Kräutern, nach einem brasilianischen Rezept.« Er geht mit kleinen Schritten zum Lehnstuhl zurück.

Meine Augen wandern über Abzeichen, Wimpel, Noten und Bücher und saugen sich an Flugblättern, Zeitungsausschnitten und Fotografien fest, die die Rückseite der Schrankplatte in einen Schaukasten verwandeln. »Ziehen Sie die zweite und dann die dritte Lade heraus!« ruft er mir zu. Ich mache es und ahne mehr, als daß ich es erkennen könnte, was hier gesammelt vor mir liegt.

»Es ist alles geordnet: oben meine Jugend in der

Sozialdemokratischen Partei, in der zweiten Lade Erinnerungsstücke an die Untergrundarbeit der Revolutionären Sozialisten und in der dritten solche aus der Zeit der Emigration.« Und nach einer Pause: »Für Sie ist das natürlich fremd und ohne Bedeutung. Aber — kommen Sie doch zum Tee.«

Nach drei, vier Schlucken — der Tee liegt bitter auf der Zunge — spüre ich eine belebende Wirkung, die sich langsam steigert. Ich unterdrücke meine Frage nach der Art der Teemischung, um zu dem Gespräch nach meiner Vorstellung zu kommen. Die Inhalte in den Schrankläden helfen mir dabei. Ich deute kurz hinüber.

»Das drüben ist wie ein Museum! — Leben Sie immer noch so stark in der Vergangenheit, daß Ihnen die Heimat und die Menschen hier nun fremd geworden sind? Ist das der Grund? Oder weil Sie so lange im Ausland gewesen sind? — Man weiß doch, daß sich dann das Bild von der Heimat verschönt, aber auch anders wird, als es tatsächlich gewesen ist, als sie uns heute erscheint.«

Kronaus füllt Tee nach. Er trinkt einige Schlückchen und schüttelt bedächtig den Kopf.

»Nein, Helm, so ist es nicht. Die Dokumente drüben helfen, die Vergangenheit im richtigen Augenmaß zu sehen. — Die Vergangenheit zu glorifizieren, ist dumm und ebenso gefährlich, wie neue Entwicklungen ungeschaut als Fortschritt zu lobpreisen. Die Vergangenheit ist eine Realität, die Gegenwart eine andere. Und weil Sie von der Heimat sprechen, vom Bild der Heimat, vom Land und seiner Landschaft: das ändert sich doch in Wahrheit nicht. Die Berge sind gleich, Wiesen, Felder und Wälder wellen nach wie vor gegen Westen und Süden, wandern nach wie vor gegen Osten und verlieren sich dort im Dunst der Pußta. Das sind Kulissen, bei denen dann und wann und da und dort Versatzstücke, die natürlich auffallen, weggenommen oder hinzugefügt werden. Und selbst wenn Sie das spezifisch Heimatliche herbeiholen, das Einfühlsame und das Herz Bewegende, wie die heimatlichen Lieder und Sagen und Märchen, sollten Sie bedenken, daß ihre Stoffe um die ganze Welt gewandert sind und sich überall — lediglich in einem anderen Kleid — niedergelassen haben. Wir reden uns nur ein, daß dies zusammen die Heimat ausmache . . .«

Kronaus steht auf. Ich fürchte, daß dieser Monolog so weitergeht und eine Mauer auftürmt, die meine Fragen unhörbar macht. Und ich werfe ein:

»Aber die Städte, die großen Industrieanlagen, die Autobahnen und auch solche Siedlungen wie die in den neuen Satellitenstädten! — Sie werden zugeben, daß durch sie die Landschaft ein anderes Profil erhalten hat und das Leben der Menschen entscheidend und stetig verändert.«

»Warten Sie, Helm!« knurrt er über die Achsel zurück. »Ich hole mir einmal eine Realität heran.« Er geht zum geöffneten Schrank, prüft und wählt etwas aus, was ich nicht sehen kann. Als er sich wieder in seinem Lehnstuhl zurechtgesetzt hat, legt er behutsam eine nahezu schon verblichene Fotografie auf den Tisch.

»Hier ist der sogenannte Höger-Hof in Simmering. Für damals eine große Wohnanlage. Ich habe dort bis 1934 gewohnt. — Sie, Helm, wohnen in einem Wohnturm, der eine Riesensiedlung überragt. Als Bauten sind beide totes Mauerwerk. Was die Menschen daraus machen: das ist allein die Realität.«

Er unterbricht sich. »Bitte, holen Sie aus dem Glaskasten die Prozellandose vom dritten Fach. Frau Fogarozzi legt dort Knabberzeug für meine Besucher ein. Heute gibt's Kümmelstangerln. Sie passen zum Rotwein ausgezeichnet. Es ist noch die Flasche, die Sie letzthin mitgebracht haben. Ich trinke keinen Alkohol. Ich bleibe beim Tee.«

Während ich alles vorbereite, die Flasche öffne, mein Glas fülle und die vorbereiteten Servietten handgerecht hinlege, arbeitet mein Gehirn: Was will er denn? — Schließlich, Haus ist Haus, und kein Mensch kann mehr, als in ihm wohnen . . .

»Greifen Sie zu, Helm! — Es wird eine Zeit dauern.« Die Teekanne bringt ihm nur mehr eine halbe Tasse. Er schiebt sie weit von sich, stützt sich auf dem nun größer gewordenen Platz des Tisches auf und zwingt mich mit seinen Augen:

»Fangen wir mit Ihnen an, Helm! Ich kenne Sie gut. Zehn Monate lang habe ich Sie beobachtet. Also: was machen Sie in Ihrem Wohnturm? — Ich werde es aufzählen. Sollte ich danebengreifen, unterbrechen Sie mich. — Gut: Sie wohnen dort, schlafen dort, gehen pünktlich morgens weg und kommen ebenso pünktlich Abend für Abend zurück, wissen nicht, wer neben, ober oder unter Ihnen wohnt, lassen die Miete von Ihrem Konto abbuchen und haben beim Hausmeister die Zweit- oder Drittschlüssel deponiert, damit bei Bedarf der Handwerker ohne Ihr Dabeisein repariert, lesen die Hausanschläge, weil Sie keine Mieterversammlung besuchen — kurz gesagt: Sie haben sich völlig isoliert, wissen nichts vom Leben und den Schicksalen der 87 mitwohnenden Hausparteien, müssen nie helfen und werden auch nicht belästigt. Das stimmt doch? — Na, also! Sie überweisen den Mitgliedsbeitrag für die Partei über das Girokonto, waren noch nie im Sektionslokal und bei keiner Parteiversammlung, den 1. Mai feiern Sie grundsätzlich auf einem Bauernhof im Waldviertel. — Das, was in Ihrer außerberuflichen Zeit Sie überhaupt noch mit Menschen und öffentlichen Vorgängen verbindet, ist die Zeitung. Nein, nicht einmal diese, sondern das Abonnement. An Abholtagen von Altpapier habe ich oft genug vor Ihrer Wohnungstür die sorgfältig gebündelten Zeitungen gesehen, die meisten noch eingeschleift, also ungelesen. Das stimmt doch auch?«

Ich bin ungehalten und zucke mit den Achseln. Fast gottergeben, könnte man sagen. Das Gespräch läuft in eine mir ungewollte Richtung.

Kronaus richtet sich auf. Kein Blick von ihm verläßt mein Gesicht. »Erinnern Sie sich noch an unser erstes Gespräch? — Sie wollten damals empört auffahren, als ich sagte: noch nie war der einzelne so allein und so richtungslos wie heute. — He, sind Sie das nicht? Nicht nur Sie sind so, sondern fast alle anderen im Wohnturm auch. Sehen Sie, das ist die Realität: dieser Wohnturm ist nichts als ein Gehäuse für Menschen, die gegenüber den Mitbewohnern sprachlos und in Fragen des öffentlichen Lebens richtungslos sind. Alles überlassen sie denen da oben, mehr noch: sie schlucken alles, was die da oben erlassen und verordnen. — Von diesem Wohnturm gehen keine Initiativen aus; seine Bewohner, immerhin rund 250 Menschen — eine Kraft könnten sie sein —, sind gesellschaftspolitisch steril.«

Hitze nistet in meinem Kopf. Die Einzelheiten, ja, sie stimmen, aber die Folgerungen, die Kronaus zieht — nein, da komme ich nicht mit. Ich zwinge mich zu Gelassenheit.

»Alle Ihre Erfahrungen in Ehren, Kronaus! Aber — Sie sind ein Phantast. Es ist zu komisch, sich vorzustellen: ein gewöhnliches Siedlungshaus, und mehr ist ja unser Wohnturm nicht, als ein Kraftzentrum, von dem aus etwas verändert wird! Nein, so etwas. Natürlich, man kann sich so ein Wunschbild zusammenbasteln. Oder — ich will jetzt boshaft-bösartig sein — haben Sie eine solche Realität bei der Hand, die glaubwürdig ist, weil es sie gegeben hat, die auch heute noch möglich wäre?«

Kronaus lacht herzhaft auf. Es ist nicht Spott dabei, eher die Freude, den Gesprächspartner in Weißglut versetzt zu haben. Wie jung sein Gesicht jetzt aussieht.

Mit viel Wärme in seiner Stimme: »Hier ist ein Gegenbild, der Höger-Hof in Simmering.« Mit den Fingerspitzen hebt er vorsichtig die vergilbte Fotografie auf und legt sie vor mich hin. »Als ich 1928 meine Berta heiratete, zog ich zu ihr und zu meinen Schwiegereltern in den Höger-Hof. Ich bin damals nicht von Tür zu Tür gegangen und habe zu den Nachbarn nicht sagen müssen, ich sei der und der. Viele Högerianer habe ich von der Arbeiter-Jugend, vom Arbeiter-Turnverein, vom Tanzkurs im ›Kinderfreunde-Heim‹, von Schutzbundübungen, von der Parteiarbeit und von Demonstrationen schon gekannt und sie mich auch. Niemand hatte sich damals in seiner Wohnung abgekapselt, man redete miteinander auf den Stiegen, im Hof, im Konsumvereinsladen, im Gasthaus ›Zur Republik‹, und man traf sich bei den verschiedenen Veranstaltungen der Organisation. Man lebte — ich überspitze bewußt — gleichsam in den Wohnungen aller Nachbarn und kannte ihre Freuden und Leiden. Teilnahme und Hilfe waren selbstverständlich. Es war damals auch eine furchtbare Zeit: politische Auseinandersetzungen mit oft blutigen Folgen schlugen Wunden, aber noch mehr setzte die anhaltende Weltwirtschaftskrise den Arbeiterfamilien zu. Sie werden verstehen, was es heißt, in einer solchen Zeit in eine wirkungsvolle Solidarität eingebunden zu sein! — Wir waren ja alle Sozialdemokraten im Höger-Hof! Wir hatten die gleichen Ziele, und wir bestärkten einander im Kampf um ein besseres und gerechteres Leben. Wir waren trotz Not und anderer Schwierigkeiten Optimisten und wußten, wir werden es schaffen . . .«

Einen Hustenanfall nütze ich für einen Einwurf: »Das mag schon gelten, aber nicht jedes Haus in Wien war damals ein Höger-Hof!«

»Das stimmt schon. Aber eben von solchen Arbeiter-Großsiedlungen, von denen der Höger-Hof eine gewesen ist, ging eine politische Kraft aus! Sie ›verseuchten‹, wie unsere Gegner damals sagten, die in der Nähe liegenden Mietshäuser mit der sozialistischen Idee durch ihre nicht einschränkbare Beispielswirkung. Es war schön, dort zu leben, weil die gleiche Gesinnung die Familien zusammenbrachte, sie solidarisierte, und weil die Kinder über die Jugendorganisationen hineinwuchsen in die Arbeiterbewegung. Das hat sie stark gemacht!«

Kronaus, der mich die ganze Zeit über aufmerksam beobachtet hat: »Glauben Sie nicht, daß das schön gewesen ist?«

»Doch, doch!« beeile ich mich mit meiner Bestätigung. »Aber — sie haben sich dabei ganz schön in ein Ghetto hineingelebt! Und sie haben Vorstellungen von der Kraft und Macht der Arbeiterbewegung entwickelt, die den wahren Machtverhältnissen der Ersten Republik nicht entsprochen haben, die sie gar nicht mehr erkennen konnten, weil die Ghettomauern die Sicht versperrt hatten.«

»Ihr Einwand ist richtig, Helm. Wir haben dafür auch bitter bezahlt. Nicht erst 1934. Früher schon . . .«

Kronaus' Kopf fällt in die auf dem Tisch aufgestützten Arme. Er seufzt tief auf. Ich weiß nicht, ob aus Erschütterung, vielleicht war das alles für ihn zu viel. Ich springe auf.

»Bleiben Sie, junger Freund. Es geht wieder vorüber. Ich werde eine Pille nehmen.«

Einem silbernen Döschen entnimmt er eine Pille, greift nach einigem Zögern nach einer zweiten, nimmt sie beide ein und trinkt die Teeschale leer. Sein Atem beruhigt sich. Die jetzt noch wachsfarbene Gesichtshaut bekommt langsam den gewohnten Bronzeton.

»Jetzt geht es wieder!«

Er richtet sich besser auf, seine Augen wandern zum Fenster und suchen, so scheint es mir, den bläßlichen Septemberhimmel. Mit gepreßter Stimme setzt er zum Reden an:

»Damals war die Geborgenheit in der Partei unsere wahre und einzige Heimat. Die Arbeit galt uns viel. Aber sie war nie unsere Heimat, wie viele Dichter geschrieben haben. Wir wußten, daß wir mit unserer Arbeit unser Land reicher und unser Leben schöner machen werden. Sie war eines der Mittel, unsere Zukunftsträume zu verwirklichen. Als der Faschismus uns das alles nehmen wollte und unser Aufstand 1934 vergeblich war, hatten wir alle noch unseren starken Glauben, im geheimen auch noch unsere Heimat. Erst Hitler hat alles zerschlagen. Aber wir kämpften und hofften . . .«

»Und dann?« bedränge ich ihn, meinend, jetzt müßte er aufdecken, was mich bei unserem ersten Gespräch in eine Betroffenheit sondergleichen gestürzt hatte.

»Ja, und dann bin ich also wieder nach Österreich zurückgekehrt: das Land schön wie immer, die Menschen bei der Arbeit, die Partei in voller Aktion. Nur — alles ist anders als früher. Die Menschen vor allem. Ich habe Ihnen ja am Beispiel Ihres Wohnturmes gezeigt, wie ich sie sehe, wie sie sind. Vielleicht begreifen Sie jetzt, warum mir alles fremd ist, und daß ich meine Heimat, die wahre Heimat, verloren habe. — Bitte, gehen Sie jetzt, Helm. Wir werden ein andermal weitersprechen. Sie sind ein guter Zuhörer. Ich danke Ihnen, daß Sie mich haben reden lassen. Mir ist es jetzt leichter ums Herz.«

Der Abschied ist wortlos. Lange schütteln wir einander die Hände. Als ich gehe, ruft er mir nach: »Kommen Sie wieder, Helm. In einer Woche, sagen wir.«

Die nächsten Tage verliefen hektisch. Der Abteilungsvorstand hatte von der Tagung neue Normen mitgebracht, die eine Umstellung der Planungs- und Berechnungsunterlagen erforderten. Ich kniete mich hinein, machte Überstunden. Den Freitag ausgenommen.

Für diesen Tag hatte die Genossenschaft eine Mieterversammlung angesetzt. Über Gramont wurde kein Wort verloren; jeder tat so, als hätte er nie existiert. Dafür aber gab es hitzige Debatten über verschlampte notwendige Hausreparaturen, in die ich mit meinen Erfahrungen als Beamter des Landesbauamtes sachlich und zum Vorteil der Mieter eingriff. Auch setzten wir die Kündigung der lahmen, aber sündteuren Gärtnerei durch, übernahmen die Pflege der Grünanlagen in Eigenregie und erwirkten, daß die eingesparten Summen für die Errichtung eines Kinderspielplatzes und den Einbau einer Haussauna bereitgestellt werden mußten. Als ich zum Sprecher der Mieter vorgeschlagen wurde und das Wahlkomitee mich fragte, ob ich diese Aufgabe übernähme, zögerte ich. Ich muß das eingestehen. Aber dann sagte ich doch zu. Ich dachte, Kronaus werde sich freuen.

Am nächsten Morgen, knapp vor 7 Uhr, läutet es an meiner Wohnungstür Sturm. Ich werfe den Schlafrock über.

»Sie trifft der Schlag, Herr Helm!« Mit diesen Worten überfällt mich Janoud und sprudelt die große Neuigkeit heraus: »Kronaus ist gestern nach Brasilien abgeflogen! Was sagen Sie jetzt?« Er wartet meine Antwort nicht ab. Ganz zappelig ist er. »Hier ist ein Brief für Sie! Gestern, spät am Abend, hat ein Taxifahrer ihn bei mir abgegeben. Ich habe auch einen bekommen. — Jetzt muß ich aber laufen. Um 8 Uhr muß ich bei der Gräfin sein — räumen, packen und weiß Gott noch was . . .«

Ich mache den Brief zögernd auf, lese ihn langsam, dann noch einmal. Es ist tatsächlich ein Abschiedsbrief. Die Handschrift ist kräftig und wie gestochen:

Lieber Genosse Helm!
Ich kehre nach Brasilien zurück. Ein Gewährsmann hat mich informiert, daß Olschowski dort gesehen wurde und sofort untergetaucht ist. Ich muß also hinüber. In meinem Haus in Sao Paulo bin ich für Sie jederzeit erreichbar.
Behalten Sie mich in Erinnerung und übernehmen Sie meine Einrichtung. Frau Fogarozzi weiß davon. Wenn Sie zu ihr gehen, sagen Sie zu ihr Gräfin. Sie lebt ganz in der

Vergangenheit. Für sie ist die Zeit stehengeblieben. Den Schrank mit meinen Erinnerungsstücken lege ich Ihnen ans Herz. Sie wissen: Vergangenheit und Gegenwart sind nur an ihren Realitäten verläßlich meßbar!
Ich werde wohl nicht mehr nach Österreich zurückkommen. Alles Gute für Sie, und helfen Sie mit allen Kräften mit, daß *mein* Bild von der Heimat neue Konturen bekommt und in neuem Glanz leuchtet. Beschädigt wurde es gerade genug. Mit herzlichen Freundschaftsgrüßen!

Karl Kronaus.

Elisabeth Beck

Neubau

10. März

Heute sind wir hier eingezogen. Eine Zweizimmerwohnung mit Bad und Küche. Klo im Bad. Zwanzig Parteien wohnen in diesem Haus. Und man sieht sie kaum. Ich habe ein bißchen Angst. Und so eine große Stadt!

15. März

Wir fahren ins Dorf. Arbeit gibt's. Mein Vater hat dort vor dem Krieg ein Kellerstöckel gekauft. Das ist ein für diese Gegend typisches Haus mit Steinkeller und Holzaufbau. Und ein halbes Hektar Grund ist auch dabei. Obstgarten. Und ein wenig Gemüse haben wir immer gezogen. Ich bin da aufgewachsen.

16. März

Die Frau, die unter uns wohnt, war da. Sie hat sich von mir zwei Eier ausgeborgt. Sehr nett, die Frau. Sie hat auch zwei Kinder wie wir. Wir haben uns angeregt unterhalten.

20. März

Schnelle Autofahrt ins Dorf. Nichts ist noch umgestochen. Das macht mein Mann. Ich bringe das Haus innen in Ordnung und koche. Die Holzhütte sollte auch schon imprägniert werden. Und gefällte Bäume sollten zersägt werden.

21. März

Wir wohnen im vierten und letzten Stock. Hier am Stadtrand ergibt das eine herrliche Aussicht. Man sieht direkt in die jetzt schon grünen Gärten und hat einen Fernblick bis zu den beschneiten Bergen. Heute war ich mit den Kindern unten an der Sandkiste. Ein nettes Ehepaar aus dem ersten Stock war auch da. Auch sie haben zwei Kinder.

15. März

Im Dorf sind Erbsenstöcke zu stecken und Bohnenstangen zu setzen. Der Rasen ums Haus sollte schon gemäht werden. Die Blumenbeete sollte ich schon auflockern. Die Kinder wissen nicht, was sie anfangen sollen, und maulen. Nachbarn sieht man hier selten. Und wenn, dann nur von fern, wenn sie auf ihren Grundstücken zu tun haben.

20. April

Unsere Kinder haben sich mit den anderen Kindern im Haus angefreundet. Sie tollen auf der Wiese umher oder besuchen sich gegenseitig in den Wohnungen zu jeder Tageszeit. Im Haus sind wir sechs Ehepaare, die alle zwei Kinder haben. Und alle ungefähr im gleichen Alter.

21. April

Im Dorf wird getuschelt. Die älteste Tochter des Wirts, die in Wien studiert, darf nicht mehr heimkommen. Sie lebt dort mit einem Mann zusammen. Noch dazu mit einem Ausländer. Das ist unmoralisch! Das ist gegen die Norm. Also muß sie aus der Gemeinschaft ausgestoßen werden. Auch ihre eigene Familie distanziert sich — muß sich distanzieren, will sie nicht aus der Gemeinschaft ausgestoßen sein. Und die Familie ist froh, daß das in Wien ist . . .

24. April

Streit im Haus! Die Frau Doktor aus dem dritten Stock, die kein Kind, aber einen Hund hat, kommt auf den Balkon. Die Frau über ihr gießt gerade ihre Blumen. Einige Tropfen kommen herunter. Die Frau Doktor beklagt sich darüber, und überhaupt würden die Vögel dauernd das Futter aus dem Häuschen und herunter werfen. Und die Kinder müßten auch nicht immer so laut sein und in der Wohnung herumspringen. Da mischt sich die Frau am Balkon unter der Frau Doktor ein. Wer denn wohl täglich die Hundehaare auf ihren Balkon beutle. Sie hätte schon ein Ekzem davon. So gibt ein Wort das andere, und die Diskussion wird immer länger und — geht schließlich in Tratsch über. Die Kritik ist angebracht und angenommen worden. Jede nimmt sich heimlich vor, die andere nicht mehr zu reizen.

26. April

Wieder Arbeit im Dorf. Eine Straße führt über unseren Grund. Der Nachbar zur Linken benützt sie fast allein. Früher war es nur ein kleiner Weg. Aber als der Nachbar meinen Vater bat, manchmal dort fahren zu dürfen, wurde ihm das erlaubt. Mein Vater war ein gütiger Mensch, ein Christ der Tat. Als er später dem Nachbarn das allzu viele Fahren verbieten wollte, kümmerte der sich nicht darum. Dadurch erwarb er sich im Laufe der Jahre das Recht, dort zu fahren.

Ein Unfall! Mein kleiner Sohn ist mit dem Kopf zwischen zwei Holzwänden im Einbaukasten eingezwängt gewesen und konnte sich nicht befreien. Ich schaffte es auch nicht. Mein Mann war nicht da. Und ich kannte doch kaum jemand hier. Der Bub schrie. Da fiel mir das nette Ehepaar aus dem ersten Stock ein. Herr Papst stürmte auch sofort herauf, und es gelang ihm wirklich, das Köpfchen frei zu bekommen. Gott sei Dank.

29. April

Heute wollen wir endlich das Holz der gefällten und zersägten Bäume hacken. Zu reden haben wir hier im Dorf nichts. Wir sind als letzte gekommen, haben nur wenig Grund und sind keine »Landwirtschaftsexperten«. Die öffentliche Meinung bestimmt hier der, der am meisten hat. Und wehe dem, der sich dieser Meinung nicht anschließt! Er wird mit Worten »erledigt«.

30. April

Lästig ist das manchmal schon. Dieses Geknatter! Muß der junge Mann aus dem Parterre sein lautes Moped unbedingt vor dem Haus starten? Aber es scheint sogar Absicht zu sein. Wahrscheinlich genießt er es, daß wir uns aufregen. Zwei Frauen und ich stehen vor der Tür und sehen ihn böse an. Er grinst nur. Da kommt die alte Frau Maier vom dritten Stock mit einer vollen, schweren Einkaufstasche heim. Sie geht geradewegs auf den Mopedjüngling zu. Er wäre so jung und gewiß stark, und ob er ihr nicht helfen könne. Der Aufzug sei kaputt und die Tasche so schwer . . . Der Bursche ist nicht wiederzuerkennen. Ernst und wichtig sieht er plötzlich drein, er schnappt sich die Tasche und geht mit großen Schritten auf die Stiege zu. Die alte Frau Maier hat Mühe, ihm zu folgen. Aber im Vorbeigehen lächelt sie uns an.

1. Mai

Die Straße über unserem Grund ist beschädigt. Der Nachbar zur Linken ist mit zu schweren Lastwagen — verbotenerweise — gefahren. Ich suche ihn auf und schlage vor, die Kosten der Wiederherstellung zu teilen. Er lehnt jede Kostenbeteiligung ab. Ich fahre verärgert heim.

3. Mai

Das ist nun schon das dritte Frauentreffen beim Kaffee hier im Haus. Diesmal sogar bei mir. Die Kupferlampe über dem Tisch spiegelt acht Frauen wider, sogar berufstätige darunter. Was wir uns alle zu erzählen haben! Die vielen Kinder stören gar nicht. Sie spielen ganz vertieft auf dem Fußboden.

10. Mai

Der Nachbar zur Rechten hat erfahren, daß ich mit dem Nachbarn zur Linken Streit hatte. Er kommt zu mir und erzählt mir allerlei Schlechtes über den anderen. Ich in meiner Verärgerung glaube alles. Später erfahre ich, daß er dem anderen auch allerhand Schlechtes über mich erzählt hat. Und es ist ebensowenig wahr gewesen.

14. Mai

Herr Wagner aus dem zweiten Stock ist arbeitslos. So sagt man, weil er seine Berufsarbeit verloren hat. Aber hier im Haus hat er Arbeit genug. Ob eine Wasserleitung tropft, ein Türschloß streikt, ob ein Tischfuß sich selbständig gemacht oder der Puppenwagen ein Rad verloren hat — Herr Wagner ist zur Stelle. Auch weiß er immer das Neueste zu erzählen und er läßt seiner Kritik freien Lauf. Und er steckt immer voller Ideen. Er hat zum Beispiel eine gegenseitige Kinderbeaufsichtigung organisiert, das geht schon ganz gut. Und jetzt ist er dabei, uns für eine Hausgemeinschaft zu gewinnen. Die Chancen dafür stehen günstig.

15. Mai

Wir fahren ins Dorf. Wir arbeiten. Man sieht uns scheel an. Denn es ist Sonntag. Und am Sonntag arbeitet man nicht. Am Sonntag geht man in die Kirche. Daß wir schon am Vorabend in der Kirche waren, gestern, bei einer Meditationsmesse, bei einer Vertiefung, wo es schön war und still — das verstehen sie ja nicht. Denn sie zeigen sich ja alle auf dem Kirchplatz, der Hetzer von rechts und der Streithahn von links, der Wirt mit seiner Familie, die die »unmoralische« Tochter im Stich gelassen hat, stolz zeigen sie sich alle auf dem Kirchplatz, denn so gehört sich's doch!

17. Mai

Beratung im Haus über das Wäschewaschen. Im Keller gibt es eine Gemeinschaftswaschküche. Dort sollen zwanzig Familien waschen. Wir Frauen handeln uns aus, wer wann wäscht. Das gibt Gelegenheit, auch über die Kinder, die Männer, die Wohnungen, kurz, über alles zu reden und alles zu regeln. Und die Männer kommen von der Arbeit, die Kinder aus der Schule oder aus dem Kindergarten gern heim.

30. Mai

Im Dorf kommt wieder der Nachbar zur Rechten und will mich gegen den Nachbarn zur Linken aufhetzen. Aber ich weiß jetzt schon, was ich von ihm zu halten habe. Er hat den Unfrieden in seiner Familie, und jetzt trägt er ihn mit Erfolg ins Dorf.

31. Mai

Immer schreit sie! Einmal mit ihrem 17jährigen, der das Moped hat, einmal mit den kleineren Kindern, dann mit ihrem Mann und sogar mit dem Wellensittich! Das ist wirklich eine hysterische Person, diese Frau aus dem Parterre. Schwer auszuhalten. Die Kinder und der Mann haben sich natürlich längst eine dicke Haut zugelegt. Aber der Wellensittich? Und die Nachbarn? Warum ist sie so? Das wollten wir wissen. Und gestern ist die Frau, die unter uns wohnt, mit ihr ins Gespräch gekommen. Und der hat die Hysterische ihre unglaublichen Schwierigkeiten geschildert. Nun verstehen wir sie ein wenig besser. Und wir versuchen sie, durch Gespräche etwas zu beruhigen.

2. Juni
Gras mähen im Dorf. Einheimische beobachten uns und kritisieren uns heimlich. Hier gilt nur die Arbeit als Maßstab. Die landwirtschaftliche Arbeit. Wehe, wenn sich etwa jemand im Liegestuhl in die Sonne legte! Keiner darf anders denken oder anders sein als die Masse. Stellt sich einer außerhalb der Norm, müssen ihn alle beißen — mit Worten —, das muß so sein.

3. Juni
Wir finden unsere neue Wohnung schon richtig gemütlich. Um sie noch gemütlicher zu machen, mauern wir einen Kamin aus Ziegeln. Herr Tonitz aus dem Parterre hilft uns dabei. Am gemütlichsten ist eine Wohnung, wenn das Feuer im Ofen knistert und wohlige Wärme verbreitet. Das wird ein schöner Winter.

8. Juni
Der Nachbar zur Rechten hat offenbar mit seinen Hetzreden beim Nachbarn zur Linken auch keinen Erfolg mehr. Nun geht er zum nächsten und hetzt diesen auf. Dort fällt das anscheinend noch auf fruchtbaren Boden. Jetzt schreien die kleinen Kinder des Dritten Schimpfwörter über den Zaun zu unserem Nachbarn zur Linken, Schimpfwörter, die sie eigentlich noch gar nicht wissen können . . .

5. Dezember
Nikolaustag. Herr Wagner, der »Arbeitslose«, hat eine kleine Feier organisiert. Im Gemeinschaftsraum haben die Frauen einen Tisch gedeckt und warten genauso aufgeregt auf den Nikolaus wie ihre zappelnden Kinder. Und alle sind sie da: die Frau Doktor (heute ohne Hund), die Hysterische aus dem Parterre, auch der Halbwüchsige mit dem Moped und eben die Frauen mit ihren großen und kleinen, schlimmen und

braven, lauten und leisen Kindern. Eine Frau erscheint mit einigen Spinatspritzern auf ihrer Bluse. Sie hatte keine Zeit mehr, sich umzuziehen. Und alle sind willkommen! Schließlich erscheint Herr Wagner selbst als Nikolaus. Prächtig sieht er aus mit dem weißen Bart, wie er die Säckchen voller Äpfel und Orangen, Lebkuchen und Nüsse verteilt. Ich fühle mich richtig wohl in dieser Gemeinschaft, in der jeder »angenommen« ist, auch die Außenseiter.

6. Dezember

Heute sollten wir ins Dorf fahren, um Äpfel zu holen. Aber — ich weiß nicht, warum — ich mag nicht recht. Heute bleiben wir lieber daheim.

Barbara Lunelli

Sagen wir halt, das wäre so

Laura sitzt am Klo, die Tür ist weit offen. Ich gehe vorbei. Schimpfe, weil die Tür auf ist. Sie ruft heiiii, und dann im Sington »ich kann dividieren, ich kann dividieren!« Ich wende mich der Klotüre zu und halte meine Nase. »Ch fins nfach toll.«

Sie schreit »Waaaas?« Ich nehme die Hand von der Nase und sage, ich bin froh, daß du es jetzt kannst. Da lacht sie. Und ich spüre, Schule kann manchmal auch schön sein.

Eine Vier plus in der Rechenschularbeit dämpft meinen Glauben, daß Laura der sogenannte Knopf aufgegangen ist. Ich rechne: Drei Schularbeiten, 2+, 3 und 4+; eine 2 wäre jetzt wichtig. Tagelanges Üben steht nun wieder bevor.

Ich telefoniere mit der Lehrerin.

Laura hat in Deutsch jetzt wieder aufgeholt. Und im Rechnen? Üben, üben, üben. Den ersten Klassenzug wird sie auf jeden Fall schaffen. Ich bedanke und entschuldige mich bei der Lehrerin und finde sie blöd. Mich auch. Mein demütiges Verhalten ihr gegenüber bestärkt sie in dem Gefühl, sie tue ihr Bestes.

Ich vergleiche Laura mit bekannten, gleichaltrigen Kindern, die als intelligent gelten. Finde, daß sie gut abschneidet.

Wieder einmal bin ich wild entschlossen, die Familie besser zu »organisieren«. Genug ist schon versäumt worden, um was aus sich zu machen und vielleich glücklich zu sein.

Zielbewußtes Vorangehen, das ist es.

Müde sitze ich vor unserer Eingangstür am Boden. Siebenter Stock, sieben Quadratmeter Außenbalkon, grauer Beton, und die Ziegelwände der Wohnung sind weiß getüncht.

Ich stelle mir vor, wie Laura noch klein war. So klein, daß der Himmel für sie aus dieser Perspektive nur ein Rechteck war. Daß die Geräusche, die über den Balkon zu ihr drangen, nur Subjekten und Objekten zuzuordnen waren.

Ich lege mich flach auf den Beton, verschränke die Arme hinter dem Kopf und schaue in das Himmelsviereck. Mit dem Fuß stoße ich die Wohnungstür auf und rufe nach Laura, und daß alles in Ordnung sei. Laura möchte einen Eimer voll Wasser aus dem Bad ins Zimmer mitnehmen. Ich sage ja. Sie will auch noch Blumenerde zum Mantschen haben. Da rufe ich nein. Lauras Freundin sagt, dann können wir halt nicht »Italien« spielen.

Laura klaubt Schaumgummischnipsel aus einem Polster und schreit, „Sagen wir halt, das wäre Sand!«

Ich schließe die Augen. Denke an die Erde, mit der ich als Kind gespielt habe. Den starken, guten Geruch kenne ich heute noch. Mir fallen die Oasen in der Stadt ein. Ruinengrundstücke, in denen wir Kinder die Herrscher waren. Durch Regenpfützen zu watscheln war ein Riesenspaß. Ist es heute auch noch. Der Sand, den Laura in der Spielkiste in die Hände bekommt, ist gesiebt und rieselt am Körper und an der Kleidung entlang. Macht wenig Schmutz.

Der Sandkasten, drei Meter im Quadrat. Links und rechts davon Holzbänke und nebendran ein Stück abgetrennter Rasen. In der warmen Jahreszeit ist er Treffpunkt für die im Haus wohnenden Mütter und Kinder. Meist sind dann zu viele Kinder in der Sandkiste. Trotzdem stecken sie ihre Reviere ab. Nette, strickende Frauen mit sanftem Tonfall in der Stimme sitzen da. Nur beim Rügen heben sie die Stimme an.

Im Laufe so eines Nachmittags erfahre ich einiges über sie. Von der Selbstverständlichkeit, sich zu Hause um die Kleinen zu kümmern, bis sie aus dem Gröbsten heraus sind. In den Beruf wollen sie wieder einmal zurückgehen, aber es drängt nicht. Ob sie sich in ihrer Rolle wohl fühlen oder sich nur damit abfinden, weiß ich nicht. Die gewollt lose Hausgemeinschaft läßt einen näheren Einblick nicht zu.

Ich weiß nicht, ob unsere Entscheidung, von Westberlin wegzugehen, richtig war. Es wäre für Laura vielleicht besser gewesen, dort zu bleiben. Für mein Gefühl leben die Menschen da mehr. Zeigen öfter das Menscheninnere. Wenn die Unruhe der Stadt nachts in den Himmel entschwebte, hockten wir mit Nachbarn, Arbeitskollegen jeden Alters beisammen, diskutierten oder tranken gemütlich Tee und Wein. Habe ich mich verändert? Oder sind die Menschen hier andere, die sich am Abend in ihre Wohnungen verkriechen und da wer weiß was tun. Menschen, die mit mir auf der gleichen Wellenlänge liegen? Da kenne ich einige. Ich mag sie alle. Und doch, ich könnte wieder woanders hingehen. Heimat ist für mich nicht geographisch ortbar. (Der bodenständige Einheimische, der Trachtentyp, das Gemüt ins Gewand eingepaßt, ist von mir weiter entfernt als ein Schwarzer in Tanganjika. Glaube ich.) Wenn Menschen sich Gefühle erst mühsam abringen müssen — wie ein braver Bauer dem Boden die Fruchtbarkeit —, dann vermisse ich was vom Menschenleben.

Der Kindergarten, in den Laura ging, wurde von den Eltern selbst verwaltet. Es gab stundenlange Diskussionen um Erziehungsvorstellungen und um die Umstände, in denen Kinder heute zu leben haben. Einige unter uns Eltern brachen in diesen Gesprächen ehrlich aus sich heraus. Erzeugten damit Betroffenheit, unangenehmes Berührtsein. Die Ratlosigkeit gegenüber solchen Situationen verfing sich in meiner Gedankenwelt. Die Geborgenheit in der Menschengruppe ist mir eine gute Erinnerung. Hier im Wohnhaus sind die Beziehungen stumpf, kalt, oberflächlich. Vielleicht liegt es an mir, daß ich das so sehe. Ich will versuchen, einige Ziegel aus der Mauer zu schlagen. Damit Laura und ich mehr sehen.

Hilde Langthaler

Heimweg

Seit vielen Jahren wohnt sie in einem der Betonbauten der Kreuzfeldsiedlung weit draußen am Stadtrand; neunstöckige Gebäude, graue Bunker, die Wohneinheiten wie Sardinenbüchsen aufeinander geschachtelt, dazu eine winzige Grünanlage mit Kinderspielplatz und Sandkiste voll Hundekot und Kinderurin, Ballspielen ist verboten, der Rasen darf nicht betreten werden.

Kindergärten, Schulen und Kaufhäuser sind weit. Der überfüllte Autobus fährt nur selten durch die Vorstadtstraßen, vorbei an Fabriksmauern, ständig wechselnden Baustellen, hohen Bretterwänden und einem langen Autofriedhof.

Zweimal täglich nimmt sie diesen Bus, bepackt mit Einkaufstaschen, die Kinder an der Hand; sie schaut nicht mehr zum Fenster hinaus — an all das ist sie längst gewöhnt, es ist ihr Zuhause, ihr Leben.

EIN TAG WIE DER ANDERE. Die arbeit will ihr heute gar nicht von der hand, wohl hat sie schon staub gesaugt, die betten gemacht, boden gewischt, wäsche sortiert, trotzdem — heute ist ein schlechter tag! beim geschirreinräumen ist ein teller zerbrochen, die handwäsche — die verdammten socken wollen überhaupt nicht sauber werden, dabei ist es schon so spät. ihre hände zittern kaum merklich — es erwartet sie noch ein riesiger stoß bügelwäsche. die kinder sind im kindergarten, der mann im büro, wie immer ist sie allein mit dem bißchen hausarbeit, wie die familie es nennt. sie steckt das bügeleisen ein und bügelt handtücher, leintücher, taschentücher — das telephon klingelt: ob sie doch so nett wäre, auch die kinder von frau fromm von der dreizehnerstiege, die wieder ins nervenkrankenhaus mußte, abzuholen . . . ja, selbstverständlich — grüße und gute besserung. sie bügelt weitere herrenhemden, kinderkleider und hosen, kindernachthemden, verbrennt sich die finger, zwei dicke rote blasen haben sich gebildet, schnell ein pflaster drauf und wieder kinderkleider . . . was heute doch wieder für ein tag ist! das essen muß rechtzeitig auf den tisch, vorher müssen die kinder abgeholt werden — und noch immer der stoß bügelwäsche! die hände zittern, sie nimmt eine grüne tablette, damit die arbeit schneller von der hand geht, bügelt kinderkleider und -hosen, dann wieder herrenhemden, schaut auf die Uhr — mensch!, schon bald zwölf. sie nimmt die tasche, wirft den mantel über. der lift steckt schon wieder — sie rennt die stiege hinunter zur bushaltestelle.

HUNDERT METER VOR DEM KINDERGARTEN hört sie schon die zornesschreie ihres jüngsten. sie rast die stiege hinauf — mami, der peter hat mir den bären weggenommen! weil er mich in den finger gebissen hat — der trottel! sie steigt über einen knäuel von bäuchen und köpfen. die frommkinder müssen geholt werden — sie sind sehr blaß und stellen keine fragen. der größere findet seinen schuh nicht, der kleinere sucht seine fahne.

gib mir die hand, mami! nein, mir! das ist meine hand! sie stolpern die stiege hinunter und weiter in richtung bushaltestelle. warum muß die frau fromm immer ins nervenhaus, mama? die kleinen hängen an ihrer hand, die großen am mantelzipf. mama, wann die frau fromm stirbt, ist dann ein begräbnis? wie geht ein begräbnis, mama? psssst . . . ich sag's dir später!

wie geht ein begräbnis, mami? sie schiebt die frommkinder beiseite. ich hab' gesagt, ich sag's dir später! . . . mami, was macht die frau fromm dann im grab? warum sagst du nix, mama? sie kommen nur mühsam vom fleck. der kleine frommbub hat seine fahne verloren, sie schwimmt in der lacke und muß abgeputzt werden. wie weit ist es noch, mami? der fuß tut mir weh . . . hunger . . . trag mich mami! bitte, mami . . . nein, du bist gar nicht müde, mama . . . das sagst du immer! von weitem ist die bushaltestelle in sicht — die frommkinder lassen plötzlich los und laufen vor. bremsen quietschen, ein grüner sportwagen schleudert — und bleibt noch im letzten moment stehen. sind sie wahnsinnig? passen's doch auf die kinder auf! sie bückt sich, hebt die fahne vom boden auf und putzt sie ab. verantwortungsgefühl . . . null!! wer soll aufpassen auf ihre kinder? und so was geht auf die straße . . .! der sportwagen schießt davon. ihre hände zittern, sie sucht nach den tabletten und schluckt zwei rosa und eine grüne. der kleine frommbub heult, sie nimmt ihn auf den arm. das hat noch gefehlt! der sohn kriegt einen knallroten kopf. siehst du, mami, du bist überhaupt nicht müde . . . er plärrt los, bis auch er auf den arm genommen wird.

NACH ZEHN SCHRITTEN muß sie verschnaufen. wieder zehn schritte. ein mann kommt näher. schau kleiner, du hast deine fahne verloren! . . . vielen dank . . . sie zwingt sich zu einem lächeln. na, halt dich nur fest an deiner mami. ich tät's auch! der herr verteilt schokolade. wissen sie, ich hab' kinder sehr gern. schöne kinder haben sie, zwei blond, zwei schwarz. der herr bietet zigaretten an. gibt's da auch einen vati für die kinder? normalerweise nicht, liegt ihr auf der zunge, sie schluckt es hinunter — ein bitterer knödel bleibt im hals stecken.

der herr holt neue schokolade aus seiner tasche. wissen sie, ich hab' kinder sehr gern! gehen wir zwei heute abend aus? warum schauen sie mich denn nicht an? warum gibt mir denn eure mama keine antwort?

sie dreht sich um und zieht die kinder weiter in richtung bushaltestelle. warum hast du dem onkel keine antwort gegeben, mami . . . warum weinst du, mami? sie warten an der haltestelle, die fahne liegt wieder im dreck — uninteressant — alle sind beschäftigt, sich die schokolade in den mund zu stopfen. sie steigen in den überfüllten bus — schokolade klebt überall. mami, warum hat der onkel seine schokolade nicht selber gegessen? ja, das frag' ich mich auch, seufzt sie und putzt mit dem taschentuch vier gesichter und acht hände. was tut die frau fromm im nervenhaus, mama? leise! ich sag's dir später. du darfst nicht ins nervenhaus, mami — sonst schrei ich ganz laut!

blicke von allen seiten — sie schaut angestrengt zum fenster hinaus. eine kurve — der kleine liegt am bauch. wo soll ich mich anhalten, mami . . . wo? pssst! . . . leise! leute drehen sich um, jemand brummt.

DER GRÖSSERE FROMMBUB IST ABGÄNGIG. er hat keinen platz gefunden und sich zur vorderen plattform durchgearbeitet, dabei muß er jemandem auf den fuß getreten sein — das ist entschieden zu viel! wem gehört der bub da? . . . aaa . . . das ist ihrer?? . . . was macht der bub allein vorn beim fahrer?? . . . na was?? . . . wer soll aufpassen auf ihre kinder? . . . schokolad' kaufen, das kann's . . . aber aufpassen auf die kinder??? verantwortung . . . null!

der größere frommbub kommt heulend zurück, die kleinen klammern sich an ihrem mantel fest . . . so was fahrt mit dem bus! . . . schokolad' kaufen, ja, das kann's . . . aber sonst?

mit rotem kopf arbeitet sie sich zur tür, die kinder stolpern nach — am besten, sie gehen zu fuß weiter. sie nimmt eine weiße tablette, zwei rosafarbene und eine grüne. mir auch eine grüne tablette . . . bitte, mami . . . eine grüne . . . warum nicht? sie zieht die kinder hinter sich her. trag mich, mami . . . mich auch . . . mich. nein . . . du bist gar nicht müde, mama. das sagst du immer . . .!

Evelyn Grill

Endstation

Pius geht neben abgestellten Waggons, vorbei an der Kohlenhalde, zum Heizhaus. Die regennassen Schienen sehen aus wie lackiert. Wolken pressen sich wie eine kompakte niedrige Decke in die Landschaft.

Eingehüllt in Dampf steht seine Lokomotive fahrbereit. Aus den weißen Schwaden löst sich die Gestalt des Heizers. Karl grüßt den Lokführer mit einem einvernehmlichen Lächeln. Plus geht gebückt um die Maschine und überprüft gewohnheitsmäßig die Abschmierung der Achslager, kontrolliert auch den Wasserstand. Wie erwartet, ist alles in Ordnung. Jahrelanges Mitsammenfahren macht Worte unnötig, knappe Gesten, oft schon Blicke, genügen zur Verständigung. Pius kann sich auf seinen Heizer verlassen. Da gibt es keine Schlamperei bei der Schmierung. Auch das Führerhaus, die Griffe, die Handräder für die Ventile, den Sitz und den Fußboden putzt der Heizer vor jeder Fahrt mit einer scharfen Lauge. Pius will weder Öl noch Ruß auf dem Führerstand. Pius geht ins Heizhaus, um das Leistungsblatt und den Schein für die Kohlen auszufüllen. Zeit, abzufahren. Er steigt auf die Lok. Spannt den Fahrplan in die Halterung, stellt seine Tasche mit der Menage auf den Werkzeugkasten, überprüft die Funktion der Lichtmaschine. Neuerdings muß die Lok auch tagsüber beleuchtet sein. Und heute ist es wegen der tiefhängenden Regenwolken schon fast finster. Dampfdruck zehn atü. Pius tritt zweimal kurz den Hebel des Abschlammers durch, damit die auf den Kesselboden abgesetzten Schwebstoffe und Rückstände entweichen. Scharfes Schnauben stößt aus dem Pralltopf des Abschlammers. Der Heizer hockt auf seinem Klappsitz und hat die Füße auf die aus dem Tender quellenden Kohlen gestellt. Pius rückt den Steuerungshebel nach vor, öffnet vorsichtig den Regler, die Maschine setzt sich stampfend in Bewegung. Nach der nächsten Weiche werden die Güterwaggons angehängt. Der Zugführer winkt mit dem roten Fähnchen und signalisiert »Herkommen«. Die Zugbegleiter kuppeln die zehn Waggons an die Lokomotive.

Pius macht wieder die fünfundzwanzig Jahre lang geübten Handgriffe zur Abfahrt. Bewegungen, Gesten, die er nie mehr aus sich herausbringen wird, auch wenn man ihn umschult. Das stellen sich die Oberen so einfach vor. Wissen die überhaupt, was es heißt, einen Dampflokomotivführer auf eine Diesel- oder Elektrolok umzuschulen, ihn zu reduzieren auf einen 30-Sekunden-Intervall-Knopfdrücker in partnerloser Umgebung? Nein, wie sollten sie auch. Sie sind der Meinung, er solle froh sein, wenn er weg von dem Ruß, den Kohlen, der Hitze, dem Gerüttel, dem Lärm, dem ständigen, krankmachenden Luftzug in eine gesündere Umgebung kommt. Ganz abgesehen vom Image.

Eine E-Lok, das ist schon was, meinen sie. Seine Dampflokomotive ist ja überhaupt ein Anachronismus. Eine unzeitgemäße Einrichtung im Zeitalter der Mikroprozessoren. Jedes Kind lacht über diese Bahn mit ihrer Durchsschnittsgeschwindigkeit von 25 Stundenkilometer, hat kürzlich ein Boß von den ÖBB verlautet. Eine lächerliche Bahn, er, ein lächerlicher Lokomotivführer, eine lächerliche berufliche Existenz. Pius hätte den Herrn gern zu einer Fahrt eingeladen. An den Wochenenden. Um ihm die Kinder zu zeigen, wenn sie mit ihren Eltern kommen, um mitzufahren. Soviel strahlendes Staunen hat Pius bisher nur in den Augen seiner inzwischen erwachsenen Tochter gesehen, wenn die Kerzen am Christbaum brannten. Und die Väter, wie sie weich werden, selbst die autoritätsbewußten, grundsatzbezogenen, die berufsgestreßten und die umsatzgeschädigten, die gehemmten, die verklemmten, sie alle krempelten förmlich ihre Hemdsärmeln hoch, wurden umgänglich. Auch die Mütter vergessen, an ihrem Nachwuchs herumzunörgeln, herumzuzupfen. In den Kurven sieht er die Köpfe der Kinder, der Mütter, der Väter, wie Trauben aus den Fenstern hängen, mit windzerzausten Haaren, aufgerissenen Augen und Mündern, eine einzige hingerissene Fröhlichkeit. Doch was würde es nützen? Gefühle sind weder meßbar noch einträglich. Und für die Rentabilität der Bahn sind an die

100 Millionen Schilling an Investitionen erforderlich.

Der Heizer öffnet die Tür zur Feuerung. Schweißtreibende Hitze glüht aus der Öffnung. Karl schaufelt Kohlen in die Feuerbüchse, verteilt sie schon im angesetzten Schwung gezielt. Der Rost muß mit mehr als tausendgrädiger Glut ausgelegt sein.

Die Lokomotive zieht unter hackendem Keuchen die Güterwaggons über die langgezogene Anhöhe. Regensträhnen werfen einen undurchdringlichen Vorhang um die Lokomotive und konzentrieren den Blick des Lokführers auf das vom Regen reflektrierte Licht der Scheinwerfer. Pius streckt seinen Kopf zum Seitenfenster hinaus, um die Gleise zu überblicken. Der Fahrtwind reißt an seiner Schirmkappe. Er kneift die Augen zusammen. Pius kennt die Strecke in- und auswendig. Aus unscheinbaren Sträuchern, Bäumen, Telegrafenmasten, Kurven, bezieht er seine instinktsicheren Standortbestimmungen.

In 200 Metern der erste unbeschrankte Bahnübergang, die Kreuzung mit einer starkbefahrenen Straße. Er gibt seine Pfeifsignale. Der Heizer schaufelt wieder Kohlen in die Feuerung. Der Kesseldruck war etwas abgesunken. Die Steigung hat viel Dampf gebraucht. Pius wirft einen Blick auf das Kesselmanometer. Er versenkt sich für Sekunden in den schönen Rhythmus der Kolbenbewegungen, des vollkommen gleichmäßigen »Auspuffs« seiner Lokomotive.

Wenn es so weiterschüttet, muß er während der ganzen Fahrt seinen Oberkörper aus dem Seitenfenster halten, weil er sonst nichts von der Strecke sieht. Schon jetzt läuft ihm das Wasser von der Kappe über den Nacken den Rücken hinunter. Im Innern des Führerstandes steigt die Temperatur auf 50°C. Über seine nassen Schultern streicht der Fahrtwind. Das wird wieder einen Rheumaanfall geben. Wieder ein Pfeifsignal, einmal kurz, es gilt seiner Frau, die am Fenster steht. Die Dienstwohnung liegt direkt an der Bahnstrecke. Hilde versäumt es nie, ihn beim Vorbeifahren zu grüßen. Heute erblickt er hinter den regenüberschwemmten Scheiben eine konturlose weiße Fläche. Hildes Gesicht. Früher hat er Mut daraus geholt. Was ist schuld daran, daß er nun ihre Gestalt am Fenster als eine Bedrohung empfindet? Was ist die Ursache der Verdüsterung in ihrer Beziehung? Irgendwann im letzten Jahr hat er begonnen, sich vor ihr zurückzuziehen, ja, sie manchmal, später immer öfter, geradezu unerträglich zu finden. Ihre häusliche Geschäftigkeit, der sie mit unerschütterlicher, unentthronbarer Wichtigkeit nachgeht, erfüllt ihn mit nervöser Gereiztheit. Pius betätigt wieder den Seilzug. Ein langgezogener Pfeifton als Warnung für die Autos, die noch rasch vor dem Zug den unbeschrankten Bahnübergang passieren wollen. Die haben keine Ahnung, daß ein Zug nicht einfach stehen bleiben kann wie eine Scheibtruhe. Manche Autofahrer machen sich einen Spaß daraus, ihn zu erschrecken. Sie fahren mit voller Geschwindigkeit an die Lok heran, um ganz kurz vor ihr eine Vollbremsung zu machen und ihn, der schon unter tollem Herzklopfen nach dem Bremshebel gegriffen hat, dann dumm-naiv oder boshafthöhnisch von unten herauf anzugrinsen. Wenn ihm solches passiert — und das kommt öfters vor —, wird ihm vor Ärger ganz übel und er droht den Autofahrern mit der Faust. Offenbar wissen sie nicht, daß in allen Fällen sie die Verlierer wären. Seiner Lok macht es nicht viel aus, so einen Wagen zu zerdrücken.

Trotzdem, er erschrickt jedesmal vor der Möglichkeit einer Kollision. Vor zwei Jahren war ihm ein Traktor in die Lok gefahren. Aus einem Feldweg war, ohne zu schauen oder auf seine Pfeifsignale zu achten, der Bauer herausgebogen. Das stählerne Knirschen, das Aufkreischen der Bremsen, das Gefühl beim Aufprall, den Boden unter den Füßen zu verlieren, als die Lok aus den Schienen sprang und es ihn und den Heizer nach vor warf, hat sich unauslöschlich in ihn eingeprägt. Der Traktor hatte Totalschaden, der Bauer, den es vom Sitz geschleudert hatte, war, fassungslos den Kopf schüttelnd, fast unverletzt hochgekommen. Diesen Augenblick seiner Ohnmacht kann Pius nicht vergessen.

Das Signal in S. steht auf frei. Pius grüßt den Fahrdienstleiter, der wegen des Regens unter dem Vordach des Bahnhofs stehen bleibt und den Zug vorbeiläßt. Pius holt die Flasche mit dem Tee aus seiner Diensttasche und trinkt daraus. An den Geschmack des Kamillentees mußte er sich erst gewöhnen. Wegen chronischer

Gastritis, entstanden durch jahrelanges unregelmäßiges und aufgewärmtes Essen, verträgt er den kohlesäurehaltigen Sprudel nicht. Alkohol ist sowieso im Dienst strikt verboten.

Heute sind keine Fotografen entlang der Strecke. Bei diesem Sauwetter ist es sogar diesen Narren zu unwirtlich. Seine Bahn ist zu einer Attraktion geworden. Besonders, seitdem die Berichte, die von einer baldigen Einstellung zu wissen vorgeben, immer zahlreicher werden.

In Scharen kommen sie heran, die Eisenbahnfreunde aus dem In- und Ausland, fotografieren, filmen, machen Tonaufnahmen, kommen zu seiner Bahn ernst und respektvoll wie zu einem Sterbenden, von dem man vor dessen längst vorausgesagtem und jederzeit eintretbarem Ende letzte Äußerungen auf Tonband, ein letztes Lächeln auf Zelluloid bannen möchte. Sie säumen die Gleise, tauchen mit ihren Geräten aus den Feldern auf, stehen auf Hängen, klammern in den Gestängen der Brücken, liegen in Wäldern, lauern hinter Büschen, sind häufig mit Mikrophonen bewaffnet, knipsen, filmen, konservieren das Atmen der Lokomotive mit Stereotechnik. Sie verfolgen mit ihren Autos die Bahn. Während sie auf der Suche nach der optimalen, originellsten Perspektive sind, sitzen ihre Frauen im auf Seitenwegen abgestellten Auto, strickend und häkelnd. Neulich tauchte in einer unübersichtlichen Kurve ein Fotograf auf, der auf einer Stehleiter, zu nahe am Bahnkörper, das Kommen der Bahn erwartete. Pius konnte den Zug nicht mehr rechtzeitig zum Stehen bringen. Der Mann wurde mit seiner Leiter zur Seite geschleudert und blieb wie durch ein Wunder unverletzt. Nur seine Fotoausrüstung war bei dem Sturz zu Schaden gekommen.

Obgleich Pius diese Männer als Spinner, als Narren abtut, schmeicheln sie doch uneingestandenerweise seiner Wertigkeit, sind in ihrer demütigen Anhänglichkeit schweigende Verbündete. Auch sie lieben seine Bahn, und doch kommt es zwischen ihnen und Pius zu keiner Verständigung. Denn ihre Zuneigung ist Sentimentalität, doch für Pius sind sein Beruf und diese Bahn seine Möglichkeit der Identifikation. Deshalb würde für ihn eine Umschulung auch den Verlust seines Selbstverständnisses bedeuten, einer Vertreibung gleichkommen, einem Heimatverlust, einer Verbannung. Nie ist er dieser Bedrohung so nahe, sich ihrer so bewußt gewesen. Überhaupt fühlt er sich in letzter Zeit umstellt von Bedrohungen.

Wenn er vom Dienst heimkommt und Hilde, breit und immer breiter, wie ihm scheint, und behäbig, unberührt von seinen Problemen, ja, unberührbar, wie er meint, durch seine Sorgen, eingesponnen in ihr Hausfrauendasein, das sie offenbar ausfüllt, am Herd steht und kocht und rührt, scheint sie ihm wie eine Fremde, wie aus einer anderen Welt kommend, an der er nicht teilhat, nicht teilhaben darf. Kann er seiner Frau erzählen, daß er sich auf eine rätselhafte Weise schuldig fühlt, wenn die Bahn eingestellt wird? Er, Pius, hat als das letzte Glied einer Generationenkette sein Erbe verspielt. Sein Großvater und sein Vater waren Lokomotivführer auf dieser Schmalspurbahn gewesen. Sein Großvater war vor neunzig Jahren bei der Eröffnung dabeigewesen.

Pius hat für sich nie einen anderen Beruf gesehen als den eines Lokomotivführers auf dieser Schmalspurbahn. Das Vermächtnis seiner Vorfahren, so scheint ihm, ist diese Bahn, die zu verspielen er im Begriff steht. Das ist natürlich objektiv gesehen ein Unsinn, er weiß es. Er kann nichts dafür, daß die Bahn unwirtschaftlich ist, zu teuer, um für einige Nostalgiker erhalten zu werden. Und doch sind alle diese vernünftigen und einleuchtenden Erklärungen nicht in der Lage, ihn von dem quälenden, irrationalen Gefühl einer Versäumnis, einer schuldhaften Unterlassung, zu befreien. Schon vor zehn Jahren hat man damit begonnen, die Bahn quasi zu amputieren, ihren Wirkungskreis einzuengen. Die Abzweigung nach S. wurde eingestellt. In ungewohnter Eilfertigkeit wurden die Schienen, die Brücke abmontiert, so Unwiderrufliches geschaffen. Die grasüberwachsene Böschung endet wie abgehackt am brückenlosen Fluß. Und weil der Oberbau der Hauptstrecke desolat wurde und der Ausbesserung bedurfte, wurde bald darauf auch ein Teil der Hauptstrecke, der landschaftlich reizvollste, wie viele behaupten, gesperrt. Güterzüge fahren im Vergleich zu früher auch nur mehr wenige. Es gibt statt dessen Sonderfahrten; Zahlungskräftige können den Zug mieten, für Hochzeitsgesellschaften, Betriebsausflüge und so weiter. Auf solchen Fahrten fühlt er sich manchmal zum Grottenbahnfahrer herabgesunken, fühlt sich in die Knie gezwungen, sich und die stolze Freiheit seines Berufes auf demütigende Weise domestiziert. Pius freut sich über jeden Güterzug. Freut sich beinahe über das schlechte Wetter, den sich verstärkenden Regen, die einbrechende Finsternis, in der er alle seine Streckenkenntnisse aufbieten muß, zeigen kann, um den Zug sicher nach G. zu bringen. Denn sehen kann er kaum zehn Meter weit. Sie fahren knapp am Fluß vorbei. Durch das Stampfen der Maschine hört er das laute Rauschen des Wassers. Lauter als sonst, und anders, schneller, dichter, näher. Offenbar Hochwasser. Er kennt den Fluß, die Landschaft, die Häuser, die Menschen entlang der Bahnlinie. Er kennt das Blühen und Vergehen der Natur und hat sich daran noch nicht sattgesehen in den 25 Jahren.

Sie fahren in den »Dom«. Pius nennt diesen Streckenteil so, weil die Schienen beidseitig ganz eng von hohen, schlanken Buchen bestanden sind, deren Zweige sich hoch über den Gleisen berühren und so an das Innere eines gotischen Bauwerkes erinnern.

Heute ist nichts von der unverbildeten Pracht zu sehen, aber er erkennt seinen Standort am dunkleren, abgeschirmten Rauschen des Flusses. Immer noch fällt prasselnd der Regen. Im Führerhaus dampft die Hitze, auf Pius' aus dem Seitenfenster gestreckten Kopf schlagen Regentropfen. Pius drosselt die Geschwindigkeit vor der Kurve. Quietschend gelangt die Lokomotive aus dem Wald ins Freie, der Endstation entgegen.

Margit Leimer

Allerheiligenplatz

Kaum hatten wir damit begonnen, uns in einer Wohnung einzurichten, uns in einem Dorf zurechtzufinden, mußten wir schon wieder übersiedeln. Von einem Ort zur nächsten Stadt an der tschechisch-österreichischen Grenze mußten wir ziehen. Einmal war es eine Dienstwohnung einer Gemeinde, dann wieder ein Zollwachhaus. Der Beruf meines Vaters als Zollbeamter brachte es mit sich, daß ich in meiner Kindheit nie das Gefühl von »zu Hause«, den Zustand von »Heimat« kennenlernte, bis wir in die Stadt übersiedelten.

Als wir aus nördlicher Richtung in die Vorstädte kamen, war ich überwältigt von den ungeheuren Dimensionen dieser anderen Welt. So hoch waren die Häuser, so breit die Straßen, eine Unzahl von Menschen hastete vorüber, sodaß man niemals dazu gekommen wäre, jeden zu grüßen, so wie es sich eigentlich gehört. Und die Autos des gesamten Erdballs waren wohl eigens zu einem Treffen in die Stadt gebracht worden.

Später überfuhren wir den Donaufluß, der so viel Wasser mit sich trug, daß nur mehr wenig fehlte, daß er ein Meer gewesen wäre. Die Brücke war ein mächtiger Stahlkoloß.

Das Haus am Allerheiligenplatz, in welchem wir eine geräumige Wohnung bezogen, hatte etwas weniger Bewohner als ein sehr kleines Dorf, dafür waren die meisten von ihnen fast immer so gekleidet, wie man sich im Dorf nur sonntags anzieht. Ihre Sprache klang fein und nobel. Überhaupt schien es so zu sein, daß in der Stadt nur kluge Menschen lebten.

In unserem Wohnhaus gab es noch sechs Kinder, die ungefähr in meinem Alter und dem meines Bruders waren. Mit ihnen freundeten wir uns schnell an und spielten zusammen im Hof.

Der Hof hatte einen Betonboden, drei Hausmauern und eine übermannshohe Wand als Grenze zum Nachbarhof. Der Hof war grau.

Der Weg zur Schule befand sich auf fremdem Terrain. Wenn ich nach »draußen« mußte, überfiel mich Unsicherheit und Angst. Verwundert beobachtete ich die Gelassenheit, die Unbekümmertheit meines jüngeren Bruders, wenn wir morgens das Haus verließen. Noch ungewöhnlicher empfand ich seine Freude, wenn ihm die Eltern nachmittags gestatteten, den Allerheiligenplatz zu besuchen, wo er mit Gleichaltrigen viele Stunden bei Abenteuerspielen verbrachte. Als meine Mutter auch mich einmal aufforderte, in den Park spielen zu gehen, fühlte ich mich bedroht und fürchtete, aus meiner Geborgenheit ausgestoßen zu werden.

Lieber war ich allein im Betonhof, wo ich mir in einer Ecke aus Brettern und Tüchern eine winzige Hütte zusammenfügte.

Außerdem waren fast immer einige andere Kinder im Hofe, mit denen ich diese knappe Welt gerne teilte. Die Freundschaften, die mich mit ihnen immer tiefer verbanden, so daß wir schon bald eine verschworene Gemeinschaft kleiner Menschen gegenüber dem Unverständnis der Erwachsenenwelt wurden, machte mir den Hof zum vertrauten Boden, den ich selbst bei Regenschauer, Winterkälte und Nachteinbruch nur ungerne verließ.

Allmählich wurde mir aber auch die Erwachsenenwelt des Hauses immer verständlicher. Insbesondere ein jüngeres Ehepaar aus dem dritten Stock tauschte mit mir die Sympathie. Es war kinderlos und hatte mich gerne zu Gast. Es währte nicht lange, da war mir ihre Wohnung bald heimeliger als die meiner Eltern. Bei diesem erwachsenen Freundespaar durfte ich auch erstmals in meinem Leben von einer Zigarette einen Zug beißenden, bitteren Tabakrauches und einen Schluck scharfsüßen Likörs zu mir nehmen. Allmählich entwickelten sich in meinem Empfinden Gefühle, die ich ausschließlich diesen Freunden anzuvertrauen wagte, da mir dafür die gleichaltrigen und jüngeren Kinder vom Hof zu jung und meine Eltern zu fremd zu sein schienen. Nach einiger Zeit pendelte ich in meiner Freizeit nur mehr zwischen dem Hof und der Wohnung meiner erwachsenen Freunde.

Merkwürdig war auch, daß ich an der Seite meiner

Freunde unbeschwerter und freier den Hof und das Haus für Einkäufe verlassen konnte. Und als sie mich im Sommer in ein städtisches Bad mitnahmen, war es mir eine Freude, wie ein Ausflug in die Fremde, wenngleich ich abends wieder sehr gerne heimkehrte in ihre Wohnung und knapp vor der Dunkelheit noch auf einen Sprung in meinen Hof kam.

Im zweiten Jahr unserer Heimat empfand ich die Zufriedenheit und Ruhe seßhaft gewordener Leute. Ich meinte, daß mein Vater nicht mehr in eine andere Stadt oder in ein anderes Dorf zu übersiedeln brauchte. Diese Annahme war zwar richtig, doch wurde ich trotzdem meiner Heimat beraubt.

Meine Eltern fanden im Annoncenteil einer Tageszeitung das Angebot einer günstigeren Wohnung. Obzwar größer, war sie trotzdem wesentlich billiger in der Miete. Wir wechselten nicht einmal den Bezirk und trotzdem erfaßte mich ein noch nie gekannter Schmerz. Ich weinte tagelang. Meine Eltern reagierten darauf zunächst mit Verblüffung, als ich mich aber dann weigerte, meine Sachen für den Umzug in Schachteln zu verpacken, brachen sie meinen vermeintlichen Trotz mit Schlägen.

Es war eine hellere Wohnung in einem Haus, in welchem so viele Menschen wohnten wie in einem kleinen Städtchen. Im neuen Haus gelang es mir nicht, Kinder und Erwachsene persönlich kennenzulernen. Nur mit den Türnachbarn begannen meine Eltern eine lose Freundschaft zu unterhalten. Das Spielen war für Kinder im Hof verboten, weil nämlich Gefahr bestand, daß dadurch die im Hofe geparkten Autos ein paar Kratzer abkriegen könnten.

Heimatlos geworden, unternahm ich anfangs in meiner Freizeit noch oft den Versuch, heimzukehren in den alten Hof und zu meinen Freunden. Doch allzubald bemerkte ich ihre Abneigung, ihr Mißtrauen gegen mich, wie es Einheimische eben oft gegenüber Eindringlingen, nicht zu Unrecht, zum Ausdruck bringen. Nach mehreren Besuchen im ehemaligen Heimathaus stellte ich meine Spaziergänge dorthin wieder ein. Mich überkam nur mehr Schmerz und Wehmut nach solchen Ausflügen.

Noch heute umfängt mich eine eigenartige Schwermut, wenn ich zufällig am Allerheiligenplatz vorbeikomme. Einmal sah ich auch meine früheren erwachsenen Freunde in einem Autobus wieder. Zuerst begrüßten wir uns herzlich und erfreut, doch während unseres kurzen Gespräches bemerkte ich, daß wir uns sonderbar fremd geworden waren. Ihre Einladung an mich, sie doch wieder einmal zu besuchen, empfand ich als eine nett gemeinte Höflichkeitsfloskel. Ich wußte, daß wir uns nie wieder sehen würden.

Charlotte Knezevicz

Besuch von drüben

Drüben, das ist über dem großen Teich. Australien, das Land der Freiheit, der unbegrenzten Möglichkeiten. Von drüben war Richard gekommen. Das erste Mal nach dreißig Jahren.

Er war älter geworden, verändert hatte er sich aber nicht. Noch immer war er der große Schweiger, wirkte unbeholfen, war ein Bauer. Ohne jeden weltmännischen Schliff, vierschrötig, mit kurzen abstehenden Armen, die nicht wußten wohin, stand er gegen die untergehende Sonne. Seine zusammengekniffenen Augen suchten in den schon verschleierten, dunklen Tälern nach Bekanntem. Unglaublich, was er da sah. Ungeheuer war alles gewachsen. Die Stadt, die Dörfer, der Tagbau. Selbst die Berge rundum schienen ihm höher als vor dreißig Jahren. Nur die weiten Wiesen seiner Erinnerung waren zusammengeschrumpft, winzig klein geworden.

Die Schuhfabrik war aus der Stadtmitte an die Peripherie gewandert. Als große blaue Schachtel lag sie nun vor den gelb leuchtenden, geordneten Flächen des neuen Tagbaues. Wo war die Zeit hin, da er dort als Stepper gearbeitet hatte! Später war er auch im Tagbau. Überall war damals viel zu wenig Verdienst. Nirgends war Aussicht auf ein Weiterkommen. Dreck war alles, damals.

»Da, der Sallagraben«, stellte er fest. »Wenn ich an das Loch von einer Wohnung denk' und an den Hatscher alle Tag heraus!«

Wie schwer war es damals, die Frau daheim mit zwei kleinen Kindern! Die Schwiegereltern, Staatenlose, waren nach dem Krieg aus Jugoslawien über Frankreich, Belgien und Deutschland schließlich in Österreich gelandet. Auch hier hatten sie nicht Fuß gefaßt und waren letztlich nach Australien ausgewandert. Dann wollten sie auch ihre Tochter drüben haben. Und die Tochter wollte zu den Eltern. Sie bedrängte ihren Mann,

Richard. Drüben ginge es allen so gut! Warum sollte es ihnen nicht auch einmal gut gehen? Er überlegte lange. Dann gab er nach. Die Verwandtschaft fand, es war ein guter Entschluß. Hier hätte er sein Geld ohnehin nur ins Gasthaus getragen, beim Kartenspiel verloren. Die meisten Männer der Gegend machten das.

Bis zur Abreise damals war unsere Verbindung eng. Gerne traf sich die ganze Verwandtschaft einmal da, einmal dort. Ohne Richard war es nicht mehr dasselbe. Dann starben die Alten weg und die Jungen hatten eigene Sorgen, keine Zeit. Man schrieb sich. Ein, zweimal im Jahr. Von drüben kam auch nichts mehr. Das Notwendigste. Wenn ein Kind kam, eins krank wurde. Meistens ging es ihnen gut. So bauten wir hier in den dreißig Jahren unseren eigenen Richard auf. Einen Marco Polo, reich an Freiheit, Erlebnissen, Aussichten, an Geld und Gut. Nun aber ärgerte es uns, weil er so wenig von sich gab, von drüben erzählte. Rein nichts. Warum kam er überhaupt allein? »Phil kann von den Kindern nicht weg« war seine kurze Erklärung, abwehrend, zugenäht bis oben hinauf.

Die Sonne war über den Horizont gesunken. Wind kam auf. Ungestüm stellte er Richards graue Mähne auf, zerrte würdelos am kurzen australischen Mäntelchen. Hitzegewohnt, würde er wohl frieren, dachte ich. Er aber streckte die Arme von sich, ließ die Knochen knacken.

»Gott, ist das gut, wieder daheim zu sein«, rief er dabei aus. Und dann umfaßten seine Arme noch einmal das Land, indem er weit ausholte und mit Tränen in den Augen erklärte:

»Das allein. Nur das zu sehen. Das zu spüren . . . Du weißt gar nicht, wie das ist.«

Ich wußte es. Ich war froh, da zu sein. Nun wollte ich nicht mehr weg. Jahre voll Unruhe und Fernweh lagen hinter mir. Damals, ja noch vor zwanzig Jahren, da wollte ich auch fort. In die Welt. Um alles in der Welt.

In meinem Leben ging — so schien es mir — alles unendlich langsam voran. Ich kam nie zum eigenen Haus, zu einem Garten mit Blumen und Bäumen darin. Aber ich war doch zu einer Wohnung gekommen. In der ich bleiben konnte. Und ich hatte meinen Beruf.

Mit den Jahren verblaßte die Unruhe, das Fernweh. Ich wollte nicht mehr aufgeben, was ich mir erarbeitet hatte. Nicht mehr von vorne anfangen. Und ein paar Reisen — nicht weit fort, nichts Großartiges — halfen mir, das Fernweh zu überwinden, zufriedener zu sein. Die unverhofft dem schneidenden Wind dargebrachte Begeisterung des Weitgereisten, der aus der Sonne kam, überraschte mich.

»Du bist doch nun drüben daheim. Was gibt dir da die alte Heimat noch?« fragte ich neugierig, aber sicher, daß ihm diese Frage nicht mehr wehtun würde. Nicht mehr nach dreißig Jahren.

»Ja, drüben hab' ich meine Familie, mein Haus, meine Arbeit«, antwortete er. Und nach einer Pause: »Ein Teil von mir ist aber noch immer da . . .« Es klang entsagend und traurig. Und als er noch hinzufügte »ich habe gewählt« schien es, daß er das »leider« bewußt unterdrückt hatte.

»Wolltest du denn nie zurückkommen?«

»Wollen«, stieß er fast unhörbar zwischen den Zähnen hervor. »Wollen hätt' ich schon. Aber bei vier Kindern?«

Was schafft man sich auch vier Kinder an, mußte ich denken und es juckte mich weiterzufragen.

»Und ohne Kinder?«

Sein Blick verdunkelte sich und sein Gesicht verschloß sich. Das ging mich wohl nichts an. Auf einmal sah er alt aus, und ich ließ es gut sein. Er tat mir leid.

Das war sein erster Tag daheim. Die folgenden Wochen waren wir überall hingekommen, wo er schon einmal war, wo er noch nie war, was er noch einmal sehen wollte. Überall in der Weststeiermark, dessen Kind er war. Wir durchstreiften die Bergmannsstadt, wo er vor 56 Jahren geboren worden war und die er mit 26 verließ. Er wollte sich an alles erinnern können, suchte danach, fand wieder oder fand nicht. In der Kolonie seiner Bubenjahre, auf deren Holzhütten er in Turnhose und bloßfüßig herumgeturnt war, suchte er seine Kindheit im schwarzen Kohlenstaub, in dunklen ärmlichen Wohnküchen, und stand enttäuscht inmitten schmukker Gärten und neuverputzter Häuser. Überall dasselbe:

neue Häuser, neue Siedlungen, neue breite Straßen — und Supermärkte.

Er, als lediges Bergarbeiterkind, Ärmster unter den Armen, faßte das alles nicht. Bei seiner Mutter, die Sortiererin im Karlschacht war, mit noch zwei ledig geborenen Geschwistern, ohne Vater, hatte er nur in Schatten gelebt, in die die Großmutter, deren Mann sich zu Tode gesoffen hatte, fromme Kreuze auf ihre Stirnen zeichnete und mit ihnen betete: »Herr, gib uns unser täglich' Brot«.

Kopfschüttelnd suchte er jene Schatten. Umsonst. Immer wieder fand er:

»Heut' läßt sich's da leben. Da muß keiner mehr fortgehen.«

Er sah es an Sepp, seinem Cousin. Der war dageblieben. Als Hauer im Karlschacht hatte er nun eine Zweizimmer-Dienstwohnung, ein Moped — wenn auch kein Auto — und seine zwei Töchter beruflich unter Dach und Fach. Aber nicht im Bergbau oder im Dienst, wie das einmal so üblich war.

»Brauchst aber net glaub'n, das war leicht«, verteidigte Sepp die Würgerei dieser Jahre.

»Was willst, hast es ja g'schafft«, fand Richard. »Mehr brauchst ja nicht.«

Mehr brauchst ja nicht. Das sagte sich leicht. Wer nicht da war, konnte nicht mitreden.

»Spar'n, nix wie spar'n und mia hob'n trotzdem nur dos. Dos nockate Leb'n«, wehrte sich Sepp. Was verstand schon Richard davon. Was wußte er von den Kämpfen hier . . .

Jedes Gespräch bei den beiden lief in dieselbe Richtung. Für Sepp war Richard, der aus dem Ausland kam, eine solche Reise sich leisten konnte, schwerreich. Er roch an Richard nur Geld. Selbst hinter Richards Schweigen.

»Der red' net z'vül, sunst packert an der Neid.«

Davon war er überzeugt.

Der reiche Mann aber saß am liebsten in unseren bescheidenen Heimstätten, aß lieber mit uns Erdäpfel, Klachelsuppe, einen abgeschmalzenen Sterz als ein feudales Essen in einem Restaurant oder Hotel. »Der Geiz der Reichen« wisperte es hinter ihm. Man frohlockte, wenn er stundenlang auf kalten, windigen Höhen das bunte Gewürfel unter sich, das letzte Grün in sich aufsaugte, »weil drüben alles braun war«, wie er es entschuldigte, weil er drüben auch etwas vermißte, an etwas litt. Als machte uns das reicher.

Über seine Kinder wollte er überhaupt nicht sprechen, obwohl wir ihn alle immer wieder danach fragten. Hatten wir nicht ein Anrecht darauf, von seiner Familie etwas zu erfahren?

Als er sah, daß er doch nicht auskommen würde, brachte er das kurz und bündig hinter sich.

Einer hatte seinen Job im Kohlenbergbau und einer war Gelegenheitsarbeiter. Die Tochter hatte einen Australier geheiratet. Einen Kellner. »Die sind faul«, sagte er dazu, und »das geht g'wiß nicht mehr lange gut«. Und der Jüngste bräuchte bald eine Lehrstelle. Aber »mit Lehrstellen ist es drüben jetzt schwer«.

Das war alles. Er selbst, das schrieb er einmal, bepflasterte Gehsteige, Wege, kleine Straßen und Höfe. Er war ein Selbständiger. Daß keines der Kinder sein Geschäft übernehmen wollte, bedrückte ihn nicht. »Versteh' sie, 's ist ein Tschoch«, äußerte er sich. Also war da auch nicht alles Gold, was glänzte. Ob er unser Aufatmen vernahm? Jedenfalls, mit Sorgen, und es schien, er hatte welche, war er für uns sofort menschlicher geworden.

Was war nur mit Phil? Eine gute Mutter und eine gute Frau »war sie immer«. Mehr brachte man nicht aus ihm heraus.

Die letzte Woche vor seiner Abreise kam er nach Graz und wohnte bei mir.

»Sei wie zu Hause«, forderte ich ihn auf, denn er stand fremd und scheu herum, nur seine Augen liefen wie Wiesel durch die Wohnung. Dann stelzte er steif von Raum zu Raum, sah sich alles genau an. Meinen ganzen Krimskrams, denn ich lebte sentimental. Von nichts trennte ich mich gern.

»Eine warme Wohnung hast du«, bemerkte er abschließend. »Ich mag das. Sie paßt zu dir.« Dabei stand die Tür offen und mir war kalt.

Graz erinnerte ihn zunächst an nichts. Aber dann kamen von einem Tag auf den anderen die Maronibrater ins Straßenbild.

»Maroni!« begeisterte er sich. »Mein Gott, wie lang hab' ich keine mehr gegessen!«

Ab da wurden seine Finger bis zur Abreise nicht mehr sauber. Nach den Maronibratern entzündeten sich überall die Weihnachtslichter und die Auslagen überboten sich in weihnachtlichem Glanz und Angebot. Sowas gab es vor dreißig Jahren nicht. Das gab es auch drüben nicht. Da war alles anders. Drüben war jetzt Sommer. Sein Gesicht inmitten all der Pracht verjüngte sich, und große Schuljungenaugen strahlten mit den unzähligen Lichtern um die Wette.

Der erste Schnee des Jahres fiel. Langsam, in großen Flocken. Sein Mund schnappte nach ihnen.

»Wie hab' ich mir das gewünscht! Davon hab' ich immer geträumt!« rief er ein ums andere Mal.

Verzaubert stand er unter verzuckerten Baumkronen und lachte, wenn der Wind in ihre Hauben fuhr und den weißen Staub über ihn schüttelte. Rundum blitzte es im Sonnenlicht und selbstvergessen stöhnte er:

»Gold fallt vom Himmel. Das ist Gold! Ich bin die Goldmarie!«

Besuche. Besuche. Hallo und Feiertagsstimmung. Einmal in dreißig Jahren sah man sich wieder. Von der besten Seite! Dreißig Jahre ergaben viel Gesprächsstoff. Nicht für ihn. Er hörte nur zu — und er taute tröpfelnd an unseren heißen Öfen auf.

»Hier ist alles so warm«, stellte er immer wieder fest. Auch dort, wo wir es gar nicht warm fanden. Bald hatten wir aber herausgefunden, warm war für ihn immer etwas, was sein Herz erwärmte. Also nicht nur die Ofenhitze. Selbst unsere Streitgespräche fand er warm. Doch, er wußte ja nicht, daß unsereiner bei so seltenem Besuch nie richtig streiten würde.

»Geht's denn bei euch, bei einem Besuch nicht gleich zu?« fragte ich ihn einmal und wollte damit hinweisen, daß wir es auch anders könnten.

»Nein«, antwortete er, und ich war nicht sicher, ob er mich verstanden hatte.

»Nein«, sagte er nochmals. »Bei uns ist's anders. Die Kinder haben Freunde, ihre Familien. Sie kommen schon. Oft sogar. Dann steht Phil den ganzen Tag in der Küche, kocht auf. Und sie essen, bis sie nicht mehr können. Sprechen? Nein, wir sprechen da nicht viel . . .«

»Das kannst mir doch nicht erzählen, daß es bei so vielen Kindern nicht hoch hergeht.«

Eine Familie, die nicht quasselte, debattierte, schimpfte und tratschte, auch ihren Spaß hatte, gab es doch nicht! Er suchte mühsam einen Vergleich.

»Weißt, meist ist da eine Atmosphäre, daß man meint, man erfriert. Als die Kinder klein waren, war das nicht so. Phil will halt immer, daß alle mit ihr sind. Ist's nicht so, ist sie bös. Sie ist oft bös.« Dann fügte er noch hinzu, als wäre es sein Fehler: »Ich will nur meinen Frieden. Verstehst? Keinen Streit. Das macht mich krank.«

Bei uns kämen da wohl bald keine Kinder mehr, konnte ich nicht an mich halten.

»Phil macht das schon. Sie hat immer was für sie. Zum Geben, weißt. Ich auch. Das geht nicht anders. Und sie brauchen uns auch noch.«

Draußen wurde es klirrend kalt. Eine Luft, die man erst mit dem Messer schneiden muß, damit man sie essen kann, behauptete er und flüchtete sich wieder ins Warme. Kein Wunder. Ein österreichischer Winter nach dreißig Jahren Sonne.

Aber als er am Thalersee die vielen bunten Figürchen über das Eis flitzen sah, vergaß er seine zugefrorenen Nasenlöcher.

»Das ist Leben!« strahlte er. »So stell' ich mir LEBEN vor. Nicht bei Parties, Fressen und Whisky!«

»Bringt ihr mich zum Bahnhof?«

Seine Wochen waren um. Der Jumbo-Jet erwartete ihn in Wien.

Seit einer Woche schneite es. Unentwegt. Gerne hätten wir ihn sonst nach Wien gefahren. Aber soviel Schnee machte selbst uns Angst.

Auf der Fahrt zum Bahnhof sah ich aber, daß die Straßen gut geräumt waren. Wer weiß, wann er wieder einmal kam.

»Wohin fährst du?« entsetzte er sich.

Es war halb drei. Um drei ging sein Zug. Und ich kehrte um. »Ich fahr' dich nach Wien. Wär' doch gelacht.« Lange schwieg er. »Danke«, kam es dann leise. »Das vergeß' ich dir nie.«

Es war keine vergnügliche Fahrt. Tausende Kilometer Luftlinie lagen schon zwischen uns. Stumm saß er neben mir. So gut es ging, dachte ich, hatten wir ihm den Urlaub schön gemacht. Nun war er wohl froh, wieder heimzukommen.

Aber kurz vor Wien drehte er sich zu mir, faßte nach meinem Arm, als wollte er den Wagen zurückhalten.

»Weißt du was? Fahren wir wieder heim!«

Tatsächlich, er sagte HEIM!

»Du fährst ja heim«, sagte ich leichthin, um seinen Worten das Gewicht zu nehmen, das zentnerschwer in ihnen lag.

»Heim«, entgegnete er bitter. »Ich bin nirgends mehr daheim. Jetzt noch weniger.«

Und wie eine längst zurückgedämmte Flut brach es aus ihm heraus:

»Das da drüben ist kein Daheim für mich. Diese Stadt ist ein Teufel, so schön sie ist. Ein Karussell. Du wirst verrückt. Man kann sich nur ans Meer flüchten. Stundenlang schau' ich dann ins Wasser . . . bis Bäume herausgewachsen sind, meine Häuseln daheim, die Berg' . . . Und Phil versteht das nicht. Keiner versteht das. Keiner.«

Es schnürte mir den Hals zu.

»Ich hab' gedacht«, fuhr er wie im Selbstgespräch fort, »wenn ich das alles einmal wiedergesehen hab', wird es besser sein. Ist es aber nicht. Heut' frag' ich mich wirklich, warum bin ich fort? Es wär' da auch gegangen. Ich hab's jetzt gesehen. Bergarbeiter hätt' Norbert auch da werden können . . . Eure Kinder sind auch alles was geworden . . . Das, was ich drüben mehr hab'? Tzzz — ich schenk's euch!«

Das galt den Neidern, dachte ich. Waren sie ihm doch nicht entgangen! Ich wollte etwas sagen, doch schon fuhr er fort:

»Nein, doch nicht. Ich brauch's fürs Alter. Hast nichts g'spart, bis im Alter drüben arm. Und ich fürcht' mich drauf . . .«

»Geh'«, versuchte ich zu trösten. »Das alles vergißt drüben bald wieder. Da schaut alles anders aus.«

Er überhörte es. Er wollte beichten. Wollte reden. »Phil spricht kaum mehr mit mir. Nur das Notwendigste. Sie ist kalt. Ich erfrier' neben ihr. Seit neuestem spielt sie auch . . .«

»Wo?« wollte ich wissen. Ich konnte mir darunter nichts vorstellen.

»An Automaten . . . wie bei euch, in Automatenhallen . . . Tombola . . . das gibt's jetzt drüben.«

Er griff sich an den Kopf.

»Ich darf gar nicht dran denken! Abend für Abend. Ich seh' sie kaum. Und wenn, löst sie Kreuzworträtsel . . . Wir sind uns fremd geworden. Ich weiß nicht, warum.«

Also doch. Ich hatte es gefühlt, mit seiner Frau stimmte etwas nicht. Seit Jahren kein Brief, kein Gruß von ihr.

»Das hört wieder auf. Sie wird doch nicht dumm sein . . .«, hörte ich mich automatisch sagen.

»Ich hab' alles versucht«, sinnierte er weiter. »Weißt', sie revanchiert sich. Für früher. Als ich Karten gespielt hab' . . . ich hab' viele Fehler gemacht. Ich weiß es heut' . . . Und sie trifft mich immer dort, wo es mir am meisten weh tut. Auch bei den Kindern. Sie verträgt es nicht, wenn eins bei mir ist, sich mit mir versteht. Sie nimmt sie mir weg.«

Was war dazu zu sagen?

»Immer einmal, in jeder Ehe, gibt's solche Zeiten.« Aber er schwieg und ich wußte, er glaubte nicht, daß das wieder werden würde. Er fühlte sich betrogen. Um sein Glück, sein zufriedenes Alter. Um seinen Lohn für seine Opfer. Und nun um seine Heimat. Er war am Aufgeben.

Er ließ Bäume aus dem Meer wachsen, hörte im Gurgeln der Flut die heimatlichen Laute. Nicht einmal die Kinder sprachen deutsch. Gewiß ein Versäumnis. Phil erzog die Kinder . . . Eine alte Welt in einer neuen. Ohne Wurzeln. In dreißig Jahren. Vor lauter Arbeit hatte er aufs Wurzelschlagen vergessen. Nie zuvor hatte ich darüber nachgedacht, daß das alles einmal so wichtig werden konnte.

Das Flugzeug hatte zwei Stunden Verspätung. Bahnhöfe und Flughallen sind mir ein Greuel. Trotzdem, ich blieb, bis das Blitzen der Positionslichter seiner Maschine über mir in den Wolken verschwand. Ich mußte wissen, wie er abkam — und ich vermißte Richard.

Schon jetzt. Anläßlich seines Besuches waren wir wieder einmal eine große Familie gewesen. Das war selten genug. Das wollte ich nun ändern, nahm ich mir vor.

»Schön für mich zu wissen«, schrieb er im nächsten Brief, »daß du bis zum Schluß am Flugplatz warst. Als ich nach drüben bin, sagten sie mir nur Bye-bye, als ginge ich zur Arbeit. Zwei Stunden stand ich allein herum. Das hatte mir wehgetan.«

Richard, der weststeirische Bergarbeiterbub, mit den bloßen Füßen, hatte diese noch immer, war noch immer oder schon wieder verwundbar. In dem heißen Land, das ihn frieren machte, das harte Sohlen verlangte.

Zwei Kontinente. Einer wärmt außen. Der andere innen. Immer wird etwas fehlen. Für Richard. Was wußte er damals, zu jener Zeit? Er hatte gewählt: Einmal wählt jeder.

Erwin Holzer

Auf der Suche nach den eigenen Wurzeln

Ort der Handlung und Meditation: ein altes Chorherrenstift im oststeirischen Hügelland. Nur 27 Kilometer Luftlinie trennen Stift Vorau von meiner Heimatstadt Mürzzuschlag. In einer knappen Autostunde hatte ich gestern die Anreise geschafft. Begleitet von meiner Frau und meiner zwölfjährigen Tochter. Trotz der geringen Distanz empfanden wir unseren Ortswechsel in vielerlei Hinsicht als Reise in eine fremde Welt. Nicht nur der Landschaft wegen: daheim eine Industriestadt mit 11.000 Bewohnern, hineingepreßt in ein verkehrsreiches Gebirgstal; hier das festungsartig auf einem Hügel thronende Augustiner-Chorherrenstift, umgeben von Feldern, Äckern, Gehöften und kleinen Dörfern. Das Stift, heißt es in Reiseführern und Prospekten, bilde in dieser Gegend seit Jahrhunderten ein Kulturzentrum. Als Neuankömmling aus einer Industrieregion registriert man sofort: hier dominiert eine andere Kulturform, die Kultur des ländlichen Katholizismus.

Das katholische Bildungshaus Vorau zeichnet als Mitveranstalter der »1. Vorauer literarischen Sommerwoche«, dem Anlaß unseres Beisammenseins. Ganz wenige Seminarteilnehmer kenne ich von früheren Büchereileiter-Treffen. Mit einigen anderen bin ich bereits am gestrigen Ankunftstag ins Gespräch gekommen. Wir sind eine Runde von etwa zwei Dutzend Erwachsenen. Nach dem, was ich so gehört und beobachtet habe, dürfte ich der einzige hauptamtliche Büchereileiter sein. Der einzige aus einer städtischen Bücherei. Der einzige aus einer Bücherei ohne katholische Trägerschaft. Soweit es sich bei den anderen Teilnehmern um Bibliothekare handelt, kommen sie aus kleinen ländlichen Pfarrbüchereien oder Büchereien mit gemischter Trägerschaft.

Solche Kleinbüchereien werden in der Regel nebenberuflich oder ehrenamtlich mit viel Idealismus betrieben.

Fast alle Teilnehmer wirken freundlich und aufgeschlossen. Trotzdem fühle ich mich als Fremdling, wenn ich an meine politische Herkunft denke. Abgesehen von meiner Gattin Elfi bin ich wahrscheinlich der einzige Sozialist in der Runde. Ich spüre, da gibt es Erfahrungen in meinem Leben, die mein gesellschaftliches Bewußtsein anders geprägt haben als das der hier versammelten Katholiken: meine Herkunft aus der Arbeiterklasse, mein Engagement für die Arbeiterbewegung und schließlich meine erbitterten Auseinandersetzungen mit einem gewissen Typ von sogenannten Arbeiterfunktionären.

Im Hinblick auf das Seminar-Thema könnte dieser andere Erfahrungshintergrund interessante Perspektiven eröffnen. »Heimat — Auf der Suche nach den eigenen Wurzeln« lautet das Thema. In der Ausschreibung hatte es geheißen, unter diesem Titel solle das Sachwissen über die zeitgenössische österreichische Literatur erweitert und der Umgang mit Texten erleichtert werden. Auch das Verhältnis zur Heimat und zur eigenen Herkunft der Teilnehmer solle mitbedacht werden.

Die Referentin strahlt viel natürlichen Charme aus. Sie stellt sich vor als Deutsch-Lehrerin an einem Gymnasium in der Wachau und eröffnet die erste Arbeitsphase mit einer Annäherung an das Wort Heimat. Zunächst skizziert sie den traditionellen Heimatbegriff. Dann kommt sie auf den in den letzten Jahren erfolgten Bedeutungswandel zu sprechen. Ein Turrini-Zitat, mit welchem sie sich zu identifizieren scheint, läßt mich sofort positiv aufhorchen. Nach dieser Einleitung fordert sie uns auf, unseren eigenen Heimatbegriff zu erarbeiten. Wir sollen uns einige Minuten paarweise zusammensetzen, aber nach Möglichkeit nicht mit einem vertrauten Partner.

Elfi wird sofort von ihrer Sitznachbarin zur Rechten beschlagnahmt. Meine Gesprächspartnerin ist eine Lehrerin und ehrenamtliche Bibliothekarin aus einem obersteirischen Gebirgsdorf. Wir hatten einander bereits gestern abend im Clubraum kennengelernt. »Und Sie sind hauptberuflich Bibliothekar?« hatte sie sich erkundigt. — »Eigentlich«, hatte ich geantwortet, »ist es schon mein dritter Beruf. Zuerst war ich Metallarbeiter, dann habe ich in Wien Publizistik studiert und an der Uni als Assistent gearbeitet, und wie ich es in der Großstadt nicht mehr ausgehalten habe, bin ich nach Mürzzuschlag zurückgegangen und dort Bibliothekar geworden.« — »Da haben Sie ja dann einen ähnlichen Lebenslauf wie der Gernot Wolfgruber!« — »Ja, den hab' ich auf der Uni sogar persönlich kennengelernt, aber damals hat er noch nicht geschrieben. Als Assistent war ich eine Art Vorgesetzter von ihm, und er hat für mich Artikel aus Fachzeitschriften katalogisieren müssen.« — »Naja, dafür dürfen Sie jetzt seine Bücher in der Bücherei katalogisieren!« — Anschließend hatten Elfi und ich noch ein wenig mit ihr über unsere damalige Situation geplaudert, meine Heimkehr nach Mürzzuschlag und deren Ursachen.

An dieses gestrige Gespräch kann ich jetzt anknüpfen. Nein, ein Bedürfnis nach »Heimat« war es nicht, das mich aus der Großstadt zurückgetrieben hat. Man könnte es eher als ein Verlangen nach »Zuhause« oder »Geborgenheit« bezeichnen. »Heimat« war für mich viel zu lange mit konservativen Inhalten besetzt. Erst in letzter Zeit versuche ich, den Begriff in anderer Bedeutung zu sehen.

Die Lehrerin erzählt mir, sie sei mit sehr viel Reserviertheit in ihr Dorf gekommen. Dort heimisch geworden sei sie erst nach ihrer Ehescheidung, als sie sich aktiv in das dörfliche Kulturleben eingeschaltet habe.

Viel zu rasch ist unsere Gesprächszeit um. Die Referentin bittet die Teilnehmer, jeder möge seinen Heimatbegriff in Form eines zeichnerischen Symbols zu Papier bringen. Notfalls könne man den Begriff auch verbal ausdrücken. Ich gerate in Verlegenheit. Mein Heimatbegriff ist eigentlich sehr allgemein. Eine graphische Ausdrucksmöglichkeit fällt mir nicht ein. Ich beginne an einer Definition zu basteln. Die Referentin blickt in die Runde. Wer möchte anfangen? Elfis Sitznachbarin meldet sich als erste. Heimat sei für sie die Umgebung von Menschen, unter denen sie sich wohl fühle. Überrascht schaue ich die Sprecherin an, registriere erstmals ihr attraktives Aussehen, und melde mich sofort zu

Wort: »Ich muß mich dieser Definition gleich anschließen. Auf meinem Blatt steht: Heimat ist das Beisammensein mit Menschen, unter denen ich mich wohl fühle, ist der Aufenthalt in einer Umwelt, in der ich mich wohl fühle.« — Auch die meisten anderen Teilnehmer bringen interessante Definitionen, mit viel Bezug zum Menschen, viel Offenheit, viel Dynamik. Einer hat Heimat durch zwei einander berührende Hände symbolisiert, ein anderer durch eine Lokomotive. Dazu die Erklärung: »Ich bin in einer Bahnhofstation zwischen zwei Ortschaften aufgewachsen. Heimat bedeutet für mich: unterwegs sein.«

Am Freitag nachmittag kommt die Referentin zu meinem persönlichen Anliegen, zur Literatur der Arbeitswelt. An den Vortagen hatten wir an Hand von interessanten Textbeispielen die Bedeutung der eigenen Lebensgeschichte für das Heimatgefühl der Autoren behandelt, außerdem den Komplex Idylle und Anti-Idylle sowie das Problem Stadt. Schon an diesen Tagen hatte ich Probleme mit meiner Gruppenrolle auf Grund eines Wissensvorsprunges. Zu Hause halte ich selbst Volkshochschulkurse ab über »Österreichische Gegenwartsliteratur«. Hergekommen war ich eigentlich, um mir didaktische Anregungen zu holen. Im Plenum versuche ich mich zurückzuhalten, sobald ich merke, daß ich zu eifrig diskutiere; aber bei der Textarbeit in sechs- bis achtköpfigen Gruppen sind meine Kenntnisse doch begehrt. Da werde ich häufig in eine zentrale Rolle gedrängt, auch wenn die Meinungen innerhalb der Gruppe manchmal stark voneinander abweichen. Als besonders heftige Kontrahentin erweist sich die hübsche Kollegin aus einer untersteirischen Dorfbücherei, die mir schon am Eröffnungstag aufgefallen war. Von ihr kommen viele Einwände, die ich als konservative Vorurteile empfinde. Aber sie ist auch bereit, Ansichten zu revidieren, die sich in der Diskussion als schwer haltbar erweisen.

Der Einstieg in den Themenbereich Arbeitswelt erfolgt mit einem Film. Die Fernseh-Verfilmung des Romans »Auf freiem Fuß« von Gernot Wolfgruber. Ich kenne den Film bereits aus dem Fernsehen, das Buch habe ich sogar mehrmals gelesen. Ein Stück Literatur, das mich immer wieder beeindruckt wegen seiner Nähe zu meinem persönlichen Leben.

Im Vorführraum nehme ich neben der hübschen Kollegin Platz. Ob der Stuhl frei sei? — Ja natürlich, sie könne mich aber auch auf ihren Schoß nehmen, antwortet sie scherzend. Ähnlich neckische Bemerkungen hatte ich in den letzten beiden Tagen mehrmals registriert. Vorgestern war mir diese Annäherung erstmals aufgefallen. Da hatte sie sich plötzlich entschuldigt, daß sie mich bisher nicht mit »Herr Doktor« angesprochen habe. Daß ich Akademiker sei, habe sie erst verspätet erfahren.

Und während der Film über das Dasein und die Träume eines jungen Arbeiters vor unseren Augen abläuft, überlege ich, ob diese attraktive Frau ebenfalls mit mir geflirtet hätte, wenn sie mir zwei Jahrzehnte früher begegnet wäre. Mit dem verklemmten, völlig isolierten jungen Fabriksarbeiter, der seine Umwelt verabscheute. Der sich jeden Tag nach acht Stunden Fabriksarbeit noch mehrere Stunden hinter den Lehrbriefen einer Maturaschule vergrub, und der sich wie ein Ertrinkender an die Hoffnung klammerte, mit der Matura werde er eines Tages der verhaßten Fabrikswelt entfliehen können. Der sich oft nach einer Partnerin sehnte, aber wegen seiner Abkapselung und seiner verklemmt-linkischen Art jahrelang keine Chance fand, seine Träume zu verwirklichen. Fast hätte ich diesen Jüngling und seinen sexuellen Notstand vergessen. Heute als angegrauter Mittvierziger beschäftigt mich weit eher die Frage, wie man einer besorgten Ehegattin und sonstigen Christenmenschen die Erkenntnis beibringt, daß ein gelegentlicher Aufenthalt in der Fremde für die Bewahrung der Heimatliebe durchaus nützlich sein kann.

Nach der Filmvorführung begeben wir uns hinüber in den Vortragssaal. Die Referentin bittet mich als Eröffnung der Diskussion um einen Vergleich zwischen Film und Buch. Ich stelle fest, daß jedes Medium seine spezifischen Qualitäten besitze. Im Film habe ich die inneren Monologe des Helden vermißt, die im Buch besser zum Ausdruck kämen. Stärke des Films sei hingegen die Darstellung von monotonen Arbeitsvorgängen. Das könne man verbal gar nicht so realistisch beschreiben, daß ein Außenstehender sich das konkret vorstellen könne.

Einige Teilnehmer widersprechen. Für sie seien die Gedanken und Wunschträume des jungen Arbeiters im Film schon sehr klar zum Ausdruck gekommen. Nun steht der Inhalt des Films zur Diskussion. Die Referentin verweist auf die fehlenden Kommunikationsmöglichkeiten des jungen Menschen am Arbeitsplatz. Und familiäre Bindung habe er auch keine gehabt, ergänzt eine Teilnehmerin, dadurch sei er in schlechte Gesellschaft geraten. Und die auf mich anziehend wirkende Kollegin meint, am Film sei einiges übertrieben. Zumindestens heute sei die Berufsausbildung ganz anders. Sie kenne das Problem zufällig auch ein wenig von der anderen Seite.

Da kann ich mir bei aller sonstigen Sympathie eine kritische Wortmeldung nicht verkneifen: »Wolfgruber hat diesen Roman in den siebziger Jahren geschrieben, aber er verarbeitet darinnen seine persönlichen Erfahrungen aus den fünfziger Jahren. Ich war in diesen fünfziger Jahren selber Lehrling und Arbeiter in einer Metallfabrik, und ich kann nur bestätigen, daß der Film die Welt des Arbeiters so zeigt, wie ich sie tatsächlich erlebt habe. Und ich treffe auch heute noch junge Menschen, die in diesem Betrieb arbeiten, und wenn ich ihnen zuhöre, dann habe ich den Eindruck, daß sich seit meiner Zeit nicht allzuviel dort geändert hat.«

Es nähert sich die Zeit des Abendessens und die Referentin bemerkt abschließend, sie hoffe, der Film und die Diskussion habe einige Anwesende dazu angeregt, auch einmal das Buch Wolfgrubers zu lesen. — Alle drei Romane Wolfgrubers seien lesenswert, ruft Elfi dazwischen. — Und ich ergänze schon wieder, für die Behandlung des Heimat-Motivs schiene mir Wolfgrubers »Niemandsland« sogar noch bedeutsamer, weil hier, ebenso wie in den späteren Romanen Innerhofers, die Milieuwechsler-Problematik ihren Ausdruck finde. Davon sei noch gar nicht die Rede gewesen.

Aber anscheinend bewegt dieses Problem nur mich sehr stark. Es geht ab zum Abendessen. Während wir uns von den Sitzen erheben, gibt mir Elfi noch einen kurzen Kommentar. Sie habe den Eindruck, mit dem heutigen Thema hätten einige Teilnehmer nicht viel anfangen können.

Spät abends sitzen einige von uns im Clubraum noch mit einem Heimatdichter beisammen, der bisher nur für die Schreibtischlade produzierte. Er kommt aus einem Dorf in der Nachbarschaft, am Fuße des Wechsels. Die dortige Bibliothekarin hat ihn zu einer Lesung hergebracht. Seine zweite öffentliche Lesung. Er scheibt überwiegend in Mundart. Wo er zu philosophieren versucht, kann er wenig begeistern, aber wenn er Anekdoten aus dem ländlichen Alltag erzählt, wirkt er recht überzeugend. Es läßt sich angeregt mit ihm plaudern. Er verbrachte viele Jahre auf dem elterlichen Hof, war einige Zeit Bürgermeister seines Dorfes und ist jetzt bei der Kirchensteuer-Einhebung beschäftigt.

Wie wir da nach der Lesung im kleinen Kreis beisammen sitzen und der Heimatdichter ein ziemlich idyllisches Bild seiner Dorfwelt präsentiert, streicht er auch den Kontrast zu anderen Gegenden heraus. Einige ehemalige Dorfbewohner seien jetzt als Gendarmen im Mürztal drüben beschäftigt, und was die zu erzählen wissen, wenn sie heimkommen, sei schrecklich anzuhören. Wie dort die Kriminalität ansteige, davon könne man sich gar keine Vorstellung machen. Bei so viel Industrie sei das auch gar kein Wunder.

Ich lasse mir meine Herkunft nicht anmerken und erkundige mich nur vorsichtig, wo denn die Bewohner seines Dorfes ihren Lebensunterhalt verdienten. Und ich erfahre von ihm und von seiner Bibliothekarin, daß mehr als 40 Prozent der Männer nach Wien pendeln und nur am Wochenende heimkommen. — Und das fänden sie in Ordnung? — Ja, das seien sie gewöhnt. Die Frauen kämen ohne Schwierigkeiten mit dem Haus und den Kindern zurecht. Und es sei eine Freude, anzusehen, erklärt die Bibliothekarin, wie am Wochenende mit der Rückkehr der Männer das Dorf so richtig auflebe. — »Aber ein Dorf, das nur zwei, drei Tage in der Woche richtig lebt, das kann mir niemand einreden, daß das ein gesunder Zustand ist«, schleudere ich erregt in die Runde. Auch Elfi fällt es schwer, sich angesichts der hier vorgebrachten Meinungen zu beherrschen.

Zu stark sind uns noch die mehr als acht Jahre in Erinnerung, in denen sie mit den Kindern in Mürzzuschlag lebte, während ich in Wien studierte und arbeitete. Und wir deuten schon mit einigen Bemerkungen an, wie uns damals zumute war, wenn wir uns nur am Wochenende trafen. Wie wenig ich beispielsweise von der frühesten Kindheit meiner Töchter mitbekommen habe.

Vielleicht denkt Elfi jetzt auch an unsere Pläne, den Familienwohnsitz nach Wien zu verlegen. An jenen Schicksalstag, als wir die Gemeindewohnung besichtigten. In der Trabantensiedlung aus Beton am Rande des Marchfelds. Als wir schockartig erkannten, hier würden wir niemals Wurzeln schlagen können. An die darauffolgende schlaflose Nacht im engen Bett meiner Studentenheim-Kammer und den damals gereiften Entschluß, den Hochschuljob an den Nagel zu hängen und dort eine sicherlich schlechter bezahlte Arbeit zu suchen, wo wir uns zu Hause fühlten: im Mürztal.

Während ich diese Erinnerung wieder zurückdränge, geht das Gespräch weiter. Auch unsere Referentin widerspricht vorsichtig und erzählt von zerstörten Sozialstrukturen bei den Pendlerfamilien im niederösterreichischen Waldviertel. Doch der dichtende Ex-Bürgermeister und seine Bibliothekarin bleiben bei ihrer Meinung, bei ihnen sei das alles ganz anders. Zu später Stunde verabschieden wir uns freundlich und herzlich. Aber zurück bleibt meine Skepsis gegenüber diesem Bild einer angeblich heilen Dorfwelt am Fuße des Wechsels.

30. August 1981: Heimfahrt. Von Stift Vorau bis Mürzzuschlag fährt man mit dem Auto, wie bereits erwähnt, nur eine knappe Stunde. Am Vortag hatten wir uns noch eingehend beschäftigt mit der langsamen Heimkehr des Peter Handke in den abendländischen Kulturkreis. Unsere Heimfahrt von einem etwas fremdartigen Kulturraum in einen uns vertrauten vollzieht sich rascher. Wir ziehen während dieser Heimfahrt Bilanz:

Es hat uns gut gefallen. Trotz eines dichten Programms und trotz regnerischen Wetters haben wir uns in dieser Woche erholt. Ich spüre in mir ein Selbstvertrauen wie schon lange nicht. Bei Elfi haben sich die in letzter Zeit akuten psychosomatischen Beschwerden gelegt, und unsere Tochter fand Spaß am Kontakt mit neuen Freunden. Im Mittelpunkt unserer Nachbetrachtungen stehen die hier angetroffenen Menschen, ihre oft ganz anderen Ansichten und Lebensformen. Elfi sagt, besonders aufgefallen sei ihr, daß die Menschen hier viel ruhiger, mit weitaus weniger Hektik leben. Und was man zugeben müsse: sie könnten zwar mit ihren fremden Meinungen wenig anfangen, aber dem Andersgesinnten gegenüber verhalten sie sich wesentlich toleranter als daheim unsere Genossinnen und Genossen.

Am Alpl erreichen wir etwa zwanzig Kilometer vor Mürzzuschlag den höchsten Punkt unserer Fahrtstrecke. Links sieht man auf einem Berghang das Geburtshaus Peter Roseggers, der dieser Gegend den Namen Waldheimat gab. Auch einer von den Milieuwechslern.

Vor uns liegt das Mürztal. Wo die Fabriksarbeiter leben. Wo ich selber einmal Fabriksarbeiter war. Wo ich mich als Fabriksarbeiter zutiefst unglücklich fühlte. Wohin ich zurückgekehrt bin, nachdem ich mich nicht an die Großstadtluft und an das akademische Klima gewöhnen konnte.

In dem Tal, in das wir jetzt hinabfahren, leben auch die mächtigen Funktionärsoligarchien, gegen die wir einst als junge Sozialisten angerannt sind. Gegen die ich in anderer Form heute noch anrenne. In deren Augen ich ein linker Spinner bin. In diesem Tal fühle ich mich glücklich, wenn es mir gelingt, bei einem Arbeiter kritisches Bewußtsein oder Interesse für Literatur zu erwecken.

Ist das meine Heimat?

Helmuth Schönauer

Die Heimat ist sicher eine langsame Geschichte

1

Am Siebzehnten kam ein Eil-Telex, ich solle mich sofort auf den Weg machen, der berühmte Heimatdichter Santer liege im Sterben. Wenn möglich, sollte die Geschichte noch ins Oktober-Heft kommen. Fotos, Filme, Texte, Xerographien — nehmen Sie alles, was Sie auftreiben können!

Zu Sterbenden gehe ich besonders ungern, das rührt einen immer, man weiß nie, wie die Sache ausgeht. Bei Toten geht es schnell: ein paar Photos, wer hatte Vorrang, war er betrunken, wie lange sind die Bremsspuren, war das Auto gestohlen?

2

Alle kennen Santer, zumindest einen. Welchen Santer suchen Sie? Der Maler Santer ist vor Jahren gestorben. Wir versuchen seit Monaten, Ordnung in den Nachlaß zu bringen . . . Nein, ich will zum Dichter Santer, der müßte noch leben. Ah, zum Dichter. Da gibt es zwei, einen Heimatdichter und den anderen. Wo ist der Unterschied? Der eine nennt sich Heimatdichter, vom anderen weiß man nur, daß er 1916 geboren ist. Wir bemühen uns um das Werk beider. Wenn jemand gegen siebzig zugeht und Dichter ist, bemüht sich das Kulturamt tapfer — davor ist alles aussichtslos, denke ich. Heimatdichter ist eine Frage des Alters, der Kulturbeamte lacht.

3

Die beiden Santer werden dauernd verwechselt. Anton und Andreas, schon in ihren Anfangsbuchstaben liegt die Verwechslung. Wer unter der Markenbezeichnung Heimatdichter geführt wird, ist über jeden Stil erhaben. In der Buchhandlung gibt es ein halbes Regal mit Santer.

Ah schau, da ist wieder einmal der eine Santer mitten unter dem anderen eingestellt, sagt der Buchhändler. Wir haben ein eigenes Regal für die Dichter unserer Gegend. Die Touristen kaufen fleißig, die Deutschen natürlich. Hier ist ein Lyrikbändchen, das hat ein paar Gedichte ins Englische übersetzt, Sweet Home, sehen Sie.

4

Jetzt läßt sich das Unbehagen nicht mehr länger hinauszögern. Unangenehme Dinge werden oft mit sinnlosen Recherchen verdrängt. Das Telefon filtert die Angst, mit Mundgeruch in Berührung zu kommen. Alle Todessätze fallen mir ein. »Kurz vor dem Tod spürt man alle Knochenbrüche des Lebens auf einmal.« »Im Tod fällt das Augenlicht langsam in sich zusammen wie das Bild eines Bildschirmes, der abgeschaltet wird. In der Bildmitte, in der relativen Helligkeit des matten Schirmes, sitzt für winzige Augenblicke das Augenlicht des Todes.« Soviel man auch liest, es bleibt letztlich unerzählbar, wie man sich einem sterbenden Heimatdichter zu nähern hat. Die Grazer Gruppe fällt mit ein, Gerhard Roth und die anderen, die mit dem alten Nabl noch ein Bier gezischt haben, ehe er gestorben ist. Santer ist nicht mehr im Krankenhaus, man hat ihn wieder nach Hause geschickt. Das bedeutet nicht Gutes. Man hat Santer eine Kunstblase eingesetzt, ein Kunstafter könnte noch notwendig werden. Ich war in der Klinik, man hat mir Auskunft gegeben, aber ich soll nichts darüber schreiben. Über Blasen und Därme schreibt man nicht, einverstanden?

5

Santer lebt allein. Dennoch ist immer jemand bei ihm. Jetzt ist das fein, sagt er, sonst habe ich mich immer bemüht, allein zu essen, zu schlafen und zu schreiben. Sie kommen sicher wegen meiner Blase, ein Heimatdichter, der von der unversehrten Natur träumt und plötzlich mit einer Kunstblase an der Schreibmaschine sitzt, das ist wirklich zum Schreien, ich verstehe Sie, sagt er. Mir ist es schon gar nicht mehr peinlich. Aber seltsam, meine ganze Literatur hat nicht die Hälfte von der Aufmerksamkeit auf sich gelenkt, die jetzt meiner Kunstblase zuteil wird. Ja, ich bin gewissermaßen ein Versuchskaninchen, ich bin einer der ersten in Mitteleuropa, die mit einer Kunstblase ausgestattet worden sind, die Todesrate ist sehr hoch, sterben oder sterben, ich habe keine Wahl mehr. Wenigstens kann ich noch den Nachlaß ordnen, ich bin, wie alle Dichter übrigens, mit meinem Schreiben beileibe nicht fertig geworden. In der Jugend trödelt man, und gegen Ende hin schießt die Zeit scharf.

6

Ich weiß, neuerdings wird die Heimat von den Dichtern neu entdeckt. Aber der Heimatbegriff wird auch ziemlich aufgeweicht. Plötzlich ist alles Heimat, die Heimatdichter schießen aus dem Boden, daß man sich fast geniert, immer ein Heimatdichter gewesen zu sein. Von den neuen Heimatdichtern, die über Nacht der Fabrik eine Schönheit abgewinnen, halte ich nichts. Wissen Sie, was meine wichtigste Erkenntnis ist? Die Heimat ist eine langsame Geschichte. Das müssen Sie sich einmal langsam vorsagen. Die Heimat ist eine langsame Geschichte. Kapieren Sie? Die Heimat ist wohl immer auch ein Stück Utopie. Aber vergleichen Sie einmal, wieviel Geborgenheit von der Heimat verlangt wird, ist das nicht grausamster Kitsch? Man eckt als Heimatdichter immer an, sage ich Ihnen, stets wird man eingeladen, Harmonie zu versprühen, und nie gelingt das. Wir Alten sollten von der Wahrheit und Schönheit erzählen, wir Alten sind von Hause aus dazu da, die Langsamkeit zu beobachten und die Langsamkeit zu erzählen. Die Jungen einbremsen, wenn sie zu schnell werden, das wäre die Aufgabe von unsereins. Aber da können Sie einmal die Perversion dieser Zeit sehen. Die Alten sind die Schlimmsten, weil sie noch immer die Schnellsten sein wollen. Zur Zeit bremst die Jugend die wahnsinnig gewordenen Alten ein und der Heimatdichter trägt eine Kunstblase, ist das nicht trotz des ganzen Schreckens einfach zum Lachen?

7

Das wichtigste Buch habe ich kurz vor der Operation gelesen. »Die Entdeckung der Langsamkeit« von Sten

Nadolny. Dieses Buch hat mich mächtig aufgeklärt. Das können Sie wörtlich schreiben: »Mächtig aufgeklärt«. Da wird endlich einmal erzählt, daß es auf die Langsamkeit drauf ankommt. Der Tod ist uns gewiß, warum beeilen wir uns dann. Glauben Sie, ein Unglück wird milder, wenn man in es hineinrennt?

8

Ich habe immer die langsamste Form der Literatur gesucht. Ein Leben lang. Und immer hatte ich den Eindruck: Jetzt bist Du wieder zu schnell unterwegs, mein lieber Spitz! Sie haben sicher ein paar Zeilen von mir gelesen, ehe Sie mich wegen meiner Blase aufgesucht haben, nehme ich an. Aber Sie werden nichts verstanden haben, wenn Sie nicht lauter gelesen haben. Alles ist so laut und das Leben wäre so leise! Wenn Sie laut lesen, werden Sie von selber langsam, wenn Sie langsam sind, verstehen Sie, was ich meine.

9

Santer ist laut und leise und langsam. Vielleicht hat er in letzter Zeit öfters Interviews geben müssen, wegen seiner Blase. Da wird man leicht professionell, wenn man immer ähnliche Sachen gefragt wird. Aber mir gefällt es, was Santer so von sich erzählt. Wenn Sie mir so lange zuhören und hintennach den Eindruck haben, nichts über mich schreiben zu können, dann haben Sie das erste Mal Langsamkeit erlebt, sagt Santer. Tatsächlich kann ich diese Geschichte für das Oktoberheft vergessen. Es sei denn, Santer stürbe über Nacht. Nur ein toter Heimatdichter ist interessant.

10

Wenn Sie glauben, daß es so etwas wie mich gar nicht gibt, dann liegen Sie richtig. Sie können aus mir keinen Nutzen ziehen, weil meine Geschichte nicht in Ihren Geschwindigkeitsjournalismus paßt. Und wenn ich gestorben bin, habe ich mich Ihnen schon längst entzogen. Kennen Sie das Beispiel mit der Schildkröte, die man nie erreichen kann, weil man sie stets überholt?

11

Selbstverständlich darf ich seine Werke in die Hand nehmen und mir ausgiebig Notizen machen. Oft wird Langsamkeit mit Faulheit verwechselt, was bringt's, sagt Santer. Drei Lyrikbändchen, ein unverkäuflicher Roman, ein paar Ordner mit Skripten, sicher ein paar tausend Seiten, aber welcher Lektor hätte schon Zeit, so einen Skriptenordner zu lesen?

12

Die wichtigsten Sachen habe ich gar nicht geschrieben, sondern gemacht, sagt Santer. In einer Schuhschachtel sind lauter Postkarten. Postkarten sind mindestens so wichtig wie Archive, beide lügen auch, den Nachfahren und Daheimgebliebenen wird auf jeden Fall etwas vorgelogen. Freilich hat Santer die Postkarte in das Licht der Wirklichkeit gehängt. Immer wieder sind alte Ortschaften mit zusätzlichen Häusern beklebt. Oft kann man gar nicht so schnell fotographieren, wie gebaut wird, sagt Santer. Nur Kleben kann einen Bezug zur Wirklichkeit herstellen. Kleben ist langsamer als fotographieren, merken Sie's? In alte Häuser sind neue Fenster eingeklebt, oft auch Fernseher. Die Assoziation Glotzen, hoffentlich stellt sie sich bei Ihnen ein. Fenster sind ursprünglich zum Schauen gemacht worden, heute dienen sie weitestgehend dem Glotzen. Mit meiner Schreibmaschine habe ich auch einmal einen Schreibstreik gemacht, um mich mit anderen Streikenden zu solidarisieren. Aber es wird immer nur für ein Mehr gestreikt, nie für ein Langsamer.

13

Beobachten Sie einmal, wo das Wort langsam vorkommt. Langsam gehst Du mir auf die Nerven.

14

Es gibt so vieles, das mich in meiner Langsamkeit behütet. Die indischen Ragas etwa. Bei dieser Musik lernt man das Atmen. Sie atmen richtig, wenn Sie die Luft spüren und nicht die Lungen. Das können Sie mir jetzt zynisch auslegen, tatsächlich spürt man heute die Luft, und die Kinder sterben daran.

15

Langsam reden, langsam kauen, langsam gehen.

16

Ich getraue mich nicht, gegenüber Santer ein Wortspiel zu inszenieren. Langsam werde ich gehen müssen. Die Verabschiedung ist witzig: Ja, jetzt werde ich gleich einmal die Kunstblase ausprobieren, während des Gesprächs hat sie tadellos gehalten. Daß Sie mir ja nicht gegen den Fortschritt schreiben! Haben Sie gemerkt, daß die Heimat fast von selbst kommt, wenn man langsam wird?

17

Auf dem Heimweg setzt plötzlich Regen ein. Ui, ich hatte plötzlich einen Heimweg. Als alles naß war, hörte der Regen wieder auf.

Walter Beck

Heimatkunde

Ein unglücklicher Zufall muß es gewesen sein, der den Fremden dorthin brachte, wo Deutsch gesprochen wird.

Ein zweiter, noch unglückseligerer Zufall ließ ihn auf das Wort Heimat stoßen. Er fragte einen deutschsprechenden Freund: Was ist das — Heimat?

Und da ereignete sich der dritte unheilvolle Zufall, denn dem von dieser Frage überraschten Freund fiel im Moment nichts Besseres ein — es war in den verflixten dreißiger Jahren — als: ja, siehst du, da gibt es den Heimatschutz ...

Was schützt denn der?

Nun, der schützt das Eigentum gegen kollektivistische Ideen.

Aha, also ist Heimat Eigentum!

Aber nein, warte, es gibt ein Heimatrecht ...

Was ist das für ein Recht?

Das ist das Recht, in einer Gemeinde zu wohnen ...

Also ist Heimat eine Gemeinde?

Nein! — Du verstehst das nicht.

Jedenfalls: der Freund konnte es dem Fremden nicht erklären. Bis diesem eines Tages ein Zeitungstitel in die Augen sprang: Wir wollen unserer Heimat die Unabhängigkeit erhalten! Da in diesen Tagen viel vom »Anschluß« die Rede war, dachte der Fremde: Na also, dann ist Heimat das ganze Land Österreich.

Es dauerte aber nicht lange, da gab es ganz andere Schlagzeilen, etwa von »der größeren Heimat«, in die die Ostmark nun »heimgekehrt« sei.

Ja aber, sagte der Fremde zu seinem Freund, dessen Muttersprache Deutsch war, dann ist ja Heimat Deutschland und Österreich zusammen!

Nein, sagte der, das ist doch etwas zu groß für ein echtes Heimatgefühl. Aber er konnte es ihm wieder nicht erklären.

Als sie sich nach einiger Zeit wiedertrafen, sagte der Fremde dezidiert: Ich glaube nicht, daß Deutschland und Österreich zusammen zu groß sind, um Heimat zu sein.

Und warum glaubst du das nicht?

Weil ich heute an einer Schule vorbeigekommen bin, die Fenster standen offen, und der Lehrer erklärte gerade: Die Heimat dieses Vogels ist Afrika. Also ist Heimat ein Erdteil.

Doch sie konnten sich wieder nicht einigen.

Dann kam der Krieg, und Post ging von der Front in die Heimat und von der Heimat an die Front, alsbald ging es nach den Zeitungen um die Verteidigung der Heimat, und dann war der Krieg aus. Da kamen viele Heimatvertriebene, die nun heimatlos waren und sich eine Wahlheimat suchen mußten. Und bald darauf wurde es noch schlimmer — da kam der Heimatfilm.

Das alles verwirrte unseren Fremden sehr, denn er wußte noch immer nicht, was Heimat ist.

Sein Freund war im Krieg in amerikanische Gefangenschaft geraten. Und nach dem Kriege war er dort geblieben. Nun schrieb er Briefe heim und fragte, wie es in der Heimat stünde.

Da unser Fremder aber noch immer nicht wußte — jedenfalls konnte er das nicht beantworten —, da raffte er sich zu einem letzten Versuch auf und fragte einen der vielen Heimatdichter: Was dichten Sie?

Der Heimatdichter sagte: Dialekt.

Aber soviel wußte der Fremde nun schon, daß Heimat nicht Dialekt sein konnte. Und als er — so rasch streckte er nicht die Waffen! — noch an den Kärntner Heimatdienst schrieb und zur Antwort bekam, das sei vor allem ein Dienst an der deutschen Sprache, die er gegen Fremde schütze, da war's auch nicht das Richtige.

Nun will er noch einen Heimatforscher beauftragen — vielleicht kriegt's der heraus . . .

Was es doch so alles gibt — auf unserem Heimatplaneten.

Friedrich G. Kürbisch

Nachwort

Im Frühjahr 1981 hatte ich dem »Werkkreis Literatur der Arbeitswelt/Werkstatt Graz« — so war damals der Name in Anlehnung an die Werkkreisbewegung in der BRD — die Erarbeitung einer Prosasammlung mit dem Arbeitstitel »Heimat als sozialer Bereich« vorgeschlagen. Das war kein so abwegiges Thema für eine Gruppe, die seit ihrem Zusammenschluß im Frühjahr 1979 sich auf die Darstellung berufstypischer Probleme eingeschrieben hat. Von daher hatten ja ihre Autoren an Fähigkeit gewonnen, Arbeits- und Lebenswelt als ineinandergreifend und als Widerspiegelung gesellschaftlicher Zustände auszumachen; sie sensibilisierten sich am ständigen Widerspruch von Sein und Schein. Ihre bis dahin in zwei Werkstattheften vorgelegten Texte, erprobt auch bei Lesungen in Gewerkschaftskursen, vor politischen Gruppen, in Schulen und bei Kulturabenden, wurden als politisch relevant verstanden; anschließende Diskussionen bestätigten dies. Es war also zu erwarten, daß diese Autoren bei dem für sie neuen Thema der Gefahr, unter der »Heimatliteratur« üblicherweise steht, nämlich der nostalgischen Schönfärberei, einer verlogenen Romantik oder der tradierten Beglückungsmeinung, Heimat sei immer und auf jeden Fall Schutzmantel und Paradies, entgehen werden.

»Wortarbeiter« werden die Autoren dieser Werkstatt in der Presse genannt, nicht abschätzig, sondern hinweisend auf ihren sozialen Status, vielleicht auch anzeigend, daß von da Literatur nicht erwartet wird. Sie als lohnabhängig Erwerbstätige, Hausfrauen und Studenten haben keinen höheren Bildungsgang durchlaufen. Das Handwerkliche für das Schreiben, eben die Arbeit mit dem Wort, mußten sie sich erst selber aneignen. Sie hatten sich zusammengetan, um ein Defizit in der Gegenwartsliteratur abtragen zu helfen. Gerhard Winkler, einer der Initiatoren der Werkstattgründung, begründete dies im ersten Werkstattheft 1979 so:

»Literatur wird im allgemeinen von Schriftstellern ›produziert‹, und was dabei herauskommt, ist ein sehr breites Spektrum, das beispielsweise in der unterhaltenden Literatur von Wortspielereien, die abgesehen vom Autor fast niemand mehr versteht, über den Unterhaltungsroman schlechthin bis zur konsumierten Trivialliteratur (Western, Krimis, Science-Fictions usw.) reicht. Gerade die zuletzt angeführten Groschenromane mit ihren Millionenauflagen kennzeichnen das Leseverhalten von Arbeitern . . . Indes, der Groschenroman ist keinesfalls *das* Leseinteresse der Werktätigen. Spätestens nach der zweiten, dritten Lektüre muß jedem Liebesromanleser aufgehen, daß wohl kaum jedes noch so ehrliche und gutaussehende Mädchen einen Baron oder die fleißige Krankenschwester den Chefarzt heiratet. In der ungeheuren Fülle der Hauptdarsteller bleibt zumeist einer sorgsam ausgespart: der stinknormale Arbeiter.

Im großen Leseangebot fehlt die Arbeitswelt weitgehend. Und wo kein Angebot vorhanden ist, kann auch nicht die Zuwendung zu dieser Thematik erfolgen. Das ist auch auf die Politik der marktbeherrschenden Verlage zurückzuführen. Diesen Zustand zu verändern, käme einer privilegierten Gruppe zu — nämlich den Autoren. Jedoch ist der Autor zumeist schon aufgrund seiner Herkunft und seines Werdeganges nicht in der Lage, über die Arbeitswelt zu schreiben — übrig bleiben die Berufstätigen selbst.«

Es spricht für die Ernsthaftigkeit ihrer Literaturarbeit, daß die »Mannschaft der ersten Stunde« — Elisabeth Beck, Walter Beck, Vera Maria Heller, Erwin Holzer, Hubert Höllmüller, Charlotte Knezevicz, Barbara Lunelli-Winkler, Wolfgang Schnelzer, Gisela Windisch, Gerhard Winkler und Erich Zwirner — mit einer Ausnahme noch heute den Kern dieser Werkstatt ausmachen. In den dazwischenliegenden Jahren sind Neue hinzugestoßen, einige wieder weggeblieben, enttäuscht oder weil Einzelgänger, jedoch heute, nach sechs Jahren Werkstattarbeit, sind es 18 Männer und Frauen, die in regelmäßigen Abständen sich zur Werkstattarbeit einfinden und über mitgebrachte und vorgelesene literarische Versuche und über oft schon druckreife Manuskripte diskutieren.

Warum aber schreiben diese Menschen neben ihrer oft harten Berufsarbeit, neben ihren sonstigen politischen oder kulturellen Aktivitäten? — Im dritten Werkstattheft, Herbst 1982, habe ich unter dem Titel »Ich bin begeistert« eine Antwort darauf für Außenstehende formuliert: »Ich stelle solcherlei Fragen nie. Mir genügt, daß sie schreiben. Notwendigerweise allerdings nur dann, wenn ihre Gründe aus ihren Texten herauslesbar sind. Im Gegensatz zu den gegenüber gesellschaftlichen Tatbeständen Gleichgültigen und Stummen, deren Zahl in einem Wohlfahrtsstaat erschreckend hoch liegt und unter der Marke ›Demokratieverdrossenheit‹ gehandelt wird, setzen sie sich mit politischen, sozialen, ökonomischen und auch ökologischen Fragen der Zeit literarisch auseinander, nicht bloß anklagend und zu ihrer Selbstfindung, sondern — offen oder verdeckt — mit dem Ziele, aufzuklären und zu verändern.«

Die Zeitschrift der Österreichischen Gesellschaft für Kulturpolitik, »Kulturkontakte« (Wien, 11/1981), hatte unter dem Titel »Heimat — abseits von Klischees« den Buchplan öffentlich gemacht. Nun trafen von etablierten Schriftstellern und Autodidakten aus ganz Österreich Manuskripte ein. Die »Steirische Werkstatt«, überallhin offen und gleichgesinnten Autoren herzlich verbunden, konnte umfangshalber lediglich 7 der angebotenen 43 Gastbeiträge berücksichtigen.

Abgeschlossen wurde das Manuskript 1982/83. Ein interessierter bundesdeutscher Verlag, der im Manuskript literarisch hochstehende Beiträge neben typischen Werkstatt-Texten sowie eine starke aufklärerische Tendenz geortet hatte, nahm das Buchprojekt, weil inhaltlich ganz auf Österreich bezogen, doch nicht in sein Programm auf. Nun erscheint das Buch in Österreich, nach Meinung der Werkstattmitglieder in einem Verlag, der die für sie wichtigen Leserschichten erreicht.

Die in diesem Band vereinigten 25 Beiträge, in denen persönliche Erfahrungen dominieren, vermitteln nicht das gewohnte Bild einer Heimat, nicht jene harmonisierte Welt, in die man sich eingebettet fühlt wie »in dem Schoß der Mutter«. Zu ungesichert sind die Mitmenschbeziehungen in Stadt und Land, zu deprimierend die festgefahrenen gesellschaftlichen Strukturen, zu zermürbend die sozialen Spannungen und zu blind die Konflikte, die sich aus dem Anderssein nach Herkunft und Muttersprache ergeben: alles in allem zeichnen sie beschädigte Bilder einer als »heilen Welt« gedachten Heimat, die es in dieser Form ja nie gegeben hat. Indem die Autoren diese Tatbestände im städtischen und dörflichen Bereich aufdecken und den Menschen, wo immer er lebt und arbeitet und um eine gesicherte und wohlgeordnete Geborgenheit sich bemüht, in den Mittelpunkt unseres Daseins stellen, ist dieses Buch ein wichtiger Beitrag zur Arbeiter- und Alltagsgeschichte unserer Zeit und der zurückliegenden fünfzig Jahre.

Die Autoren

Elisabeth Beck
geboren 1943 in Voitsberg/Stmk. Zweijährige staatliche Handelsschule, seit ihrer Heirat Hausfrau.

Walter Beck
geboren 1933 in Fohnsdorf; nach der Pflichtschule Setzerlehre in Judenburg und Voitsberg, seit 1953 Korrektor in der Druckerei Leykam in Graz; Matura in Abendschule, Jus-Studium; Magister; Literaturpreis der steirischen Arbeiterkammer 1977; lebt in Graz.

Helmut Brenner
geboren 1957 in Mürzzuschlag; nach der Pflichtschule Externistenmatura in Wien, Besuch der Hochschule für Musik und darstellende Kunst; Magister; Musiklehrer für Trompete; lebt in Mürzzuschlag.

Gerald Graßl
geboren 1953 in Telfs/Tirol; nach der Pflichtschule Hochschulkurs für kulturelles Management, Lehre als Dekorateur, arbeitete in verschiedenen Berufen (Nachtwächter, Fließbandarbeiter und andere), seit 1979 Buchhändler, Buchdisponent; Initiator der Wiener Werkstatt Literatur der Arbeitswelt; lebt in Wien.

Evelyn Grill
geboren 1942 in Garsten/OÖ; nach Pflicht- und Han delsschule in verschiedenen Berufen: Verkäuferin, Au-Pair-Mädchen in der Schweiz, Angestellte im Verrechnungswesen, Sekretärin; seit 1965 Hausfrau und Mutter von drei Kindern.

Wolfgang Gruber
geboren 1962 in Mürzzuschlag. Lebt in Graz und ist dort als Sozialarbeiter tätig. Veröffentlichungen in Zeitschriften und Anthologien (»Wir sind klein — Ihr seid groß«, Verlag Jungbrunnen; Junge Literatur 1980; OBV), Walter-Buchebner-Preisträger.

Vera Maria Heller
geboren 1924 in Graz, war Serviererin, Straßenbahnschaffnerin, Textilarbeiterin, ab 1956 Stationshelferin in einem Krankenhaus; durch 20 Jahre Betriebsrat; Mitbegründerin der Steirischen Werkstatt Literatur der Arbeitswelt; lebt in Graz.

Hubert Höllmüller
geboren 1962 in Mitterdorf; nach der Matura Besuch der Land- und Forstwirtschaftlichen Fachschule in Graz; mehrere Theaterstücke, die unter anderen im Steirischen Herbst aufgeführt wurden; 1984 als Erntehelfer in Nicaragua; lebt in Graz und Mitterdorf.

Erwin Holzer
geboren 1937 in Altenberg an der Rax, nach der Pflichtschule in den Schoeller-Bleckmann-Stahlwerken als Schlosserlehrling, Walzwerker, Dreher beschäftigt; Externistenmatura 1962, danach Germanistik- und Publizistikstudium an der Universität Wien; Dr. phil.; Leiter der städtischen Bücherei in Mürzzuschlag; lebt in Mürzzuschlag.

Charlotte Knezevicz
geboren 1926 in Graz, nach 6klassiger Mittelschule Ausbildung als Landwirtschaftslehrerin, nach dem Kriegsende Haushaltshilfe und Abend-Handelsakademie für Berufstätige; Verlagssekretärin, Versicherungsangestellte, Schreibdienstleiterin; lebt in Graz.

Felix Kreyss (Pseudonym)

Hilde Langthaler
geboren 1939 in Graz, Medizinstudium, arbeitete in der BRD, in Österreich und in Schwarzafrika; Theaterstück: »Nur keine Tochter«; Veröffentlichungen in Zeitschriften und Anthologien, Mitarbeit im Wiener Frauenverlag und im Arbeitskreis schreibender Frauen; lebt in Wien.

Margit Leimer
geboren 1958 in Hollabrunn, Matura, PÄDAK, Hauptschullehrerin; lebt in Wien.

Barbara Lunelli
geboren 1946 in Graz; nach der Pflichtschule Lebensmittelverkäuferin, Textilwarenverkäuferin, Uhrenverkäuferin, Sozialarbeiterin für Körperbehinderte, Kindergärtnerin; lebt in Graz.

Walter Macku
geboren 1957 in Wien, nach der AHS-Unterstufe drei Klassen MUPÄD; erlernter und ausgeübter Beruf: Chemielaborant.

Hermann Obermüller
geboren 1946 in Öpping/Mühlviertel, Absolvierung des Abendgymnasiums für Berufstätige; Studium an der Universität Wien, Journalistik, lebt in Gstooket bei Eferding.

Otto Hans Ressler
geboren 1948 in Knittelfeld, nach dem Gymnasium Sparkassenangestellter, seit 1978 Direktor des Grazer Dorotheums; Veröffentlichungen: »Das Spiel«, Erzählungen, Europäischer Verlag, »Serenade für ein verlorenes Wort«, Erzählungen, Bläschke-Verlag; lebt in Graz.

Gerhard Ruiss
geboren 1951 in Ziersdorf/NÖ; keine abgeschlossene Berufsausbildung; seit 1970 literarische Tätigkeit in verschiedenen in- und ausländischen Zeitungen; Geschäftsführer der »Interessengemeinschaft österreichischer Autoren«; lebt in Wien.

Sissi Sattler-Zisser
geboren 1958 in Kapfenberg, Volksschulbesuch in Kindberg, Gymnasium in Mürzzuschlag, PÄDAK in Graz; Hauptschullehrerin; lebt in Graz.

Helmuth Schönauer
geboren 1953 in Innsbruck, nach der Matura Germanistikstudium; seit 1978 in der Erwachsenenbildung tätig; Bediensteter der Büchereistelle Tirol; lebt in Innsbruck.

Edith Thabet
geboren 1947, Exportsachbearbeiterin, derzeit Hausfrau und Mutter von zwei Kindern; schreibt Kurzgeschichten und Gedichte, Veröffentlichungen in der Literaturzeitschrift STERZ und in Anthologien des Wiener Frauenverlages, lebt in Wien.

Johannes A. Vyoral
geboren 1953, aufgewachsen in der Eichkoglsiedlung/Niederösterreich, nach dem Gymnasium Gelegenheitsjobs und schriftstellerische Tätigkeit, seit 1976 freiberuflich; Lehrbeauftragter an der Universität Salzburg/Publizistik, Geschäftsführer der »Interessengemeinschaft österreichischer Autoren«; mehrere Preise und Stipendien; lebt in Wien und Türnau bei Litschau/Waldviertel.

Gisela Windisch
geboren 1939 in Dresden, kam 1941 nach Österreich und wuchs bei den Großeltern auf; Vater und Mutter kennt sie nicht; seit einem Vierteljahrhundert Arbeiterin in einer Papierfabrik in Gratkorn, wo sie auch lebt.

Gerhard Winkler
geboren 1948 in Rodalben (BRD), Pflichtschule in Graz, Abendgymnasium in Pirmasens (BRD); Graphische Hochschule in Berlin; Schriftsetzerlehre, Zeitungsmetteur und -korrektor in Berlin, Kalkulant, seit 1976 Landessekretär der Gewerkschaft Druck und Papier Steiermark; lebt in Graz.

Erich Zwirner
geboren 1928, Schlosserlehre; nach der Kriegsgefangenschaft 1948 Wiedereintritt in die VEW Mürzzuschlag/Hönigsberg, Walzenschmierer, Oberbau- und Platzarbeiter, Kompressoren- und Kesselwärter, Umspannwärter, Frühpensionist; Literaturpreis der steirischen Arbeiterkammer 1978; Peter Rossegger-Literaturpreis der Stadt Mürzzuschlag 1983; lebt in Hönigsberg.